MW01710514

LA FONTE DES GLACES

Alain Nadaud est né en 1948 à Paris. Il est titulaire d'un doctorat de lettres. De 1974 à 1978, il fait de nombreux séjours en Inde, au Proche-Orient et en Afrique où il travaille dans différentes universités. De 1978 à 1985, il enseigne les lettres et la philosophie à Paris. Conseiller littéraire dans l'édition pendant dix ans, il a dirigé le Bureau du Livre au service culturel de l'ambassade de France à Tunis et est actuellement attaché culturel à Québec. Alain Nadaud est l'auteur d'une centaine d'articles, de plusieurs essais et recueils de nouvelles ainsi que de sept autres romans : *Archéologie du zéro, L'Envers du temps, Désert physique, L'Iconoclaste, La Mémoire d'Érostrate, Le Livre des malédictions* (Grand Prix de la SGDL 1995) et *Auguste fulminant* (Prix Méditerranée 1998).

Paru dans Le Livre de Poche :

AUGUSTE FULMINANT

ALAIN NADAUD

La Fonte des glaces

ROMAN

GRASSET

© Éditions Grasset & Fasquelle, 2000.

« Qu'y a-t-il de vrai, qu'y a-t-il de faux ? Peut-être tout est-il vrai ou tout est-il faux, ou bien y a-t-il une moitié de vérité ! (...) Quelle proportion, quel poids de vérité y a-t-il là ? »

ANDREÏ VYCHINSKI, procureur
(Sténographie du procès Boukharine, 1937).

Avant-propos

Dès réception du télégramme qui m'annonçait son décès, j'avais sauté dans l'avion du soir et débarqué le lendemain de bonne heure à Paris, juste à temps pour prendre le premier train à destination du Tréport. Après avoir longé le quai, et accompagné du chant tourbillonnant des alouettes, j'avais emprunté la petite route qui monte à l'assaut de la falaise. Les pluies de l'hiver en avaient effrangé le goudron et libéré le gravier sur tout le bas-côté. Arrivé au sommet, j'avoue que j'avais hésité avant de m'engager sur le sentier douanier qui serpente entre les buissons de ronces et de genêts. Je n'avais pas oublié qu'il lui arrivait de déboucher sans prévenir sur l'à-pic de la falaise : à perte de vue, et dans un éblouissement qui empêchait de prêter attention où l'on mettait les pieds, la mer se découvrait dans son immensité tranquille et scintillante...

La maison de ma grand-mère était située à l'écart, au creux d'un léger vallon. On l'atteignait par un chemin de terre, bordé de bosquets de prunelliers. Dissimulées derrière des haies de troènes qu'on avait négligé de tailler pendant l'hiver, les taches vertes des pelouses s'étendaient jusqu'aux murs des villas aux volets clos. A travers les trembles s'apercevaient leurs encorbellements de tuile rouge. En ce début de saison, la campagne était encore silencieuse.

De même, après que j'eus franchi le perron de la grande maison, où j'avais surtout eu pour habitude de séjourner pendant l'été, je constatai qu'aucune agitation ne provenait des étages : point de ces hurlements d'enfants cramponnés à la rampe, ni de cavalcades dans le massif escalier de bois sombre. Et, une fois sur le palier, non plus de ces comptines lancinantes qui, durant les soirs de juillet, montaient de la dalle en ciment qui jouxtait l'escalier de la cave et où, tracés à l'aide de gros morceaux de craie arrachés à la falaise, se superposaient des dessins de marelles, avec, comme dans la vie, le ciel en haut, inaccessible, et l'enfer à nos pieds. De l'autre côté, le jardin était en friche, l'herbe n'ayant pas encore été foulée par les rondes et les interminables parties de cache-cache.

Jadis, on avait eu soin de l'entourer par un grillage tendu entre des poteaux de béton. Aujourd'hui relâchée, et même gondolée par les chasseurs qui l'avaient à maintes reprises enjambée, la clôture demeurait en partie enfouie sous des buissons d'orties; à ses mailles rouillées s'entortillaient le chèvrefeuille vorace, un lierre malingre et des élancées de liserons... Il me faut avouer qu'il ne se sera pas passé un seul été sans que ma grand-mère ait vécu dans la hantise de la tentation que représentait pour nous la proximité immédiate de la falaise. C'est comme si nous avions habité dans le voisinage d'un monstre redoutable, invisible et cependant omniprésent. Afin de ne pas l'affliger de craintes inutiles, enfants et petits-enfants s'efforçaient d'afficher un désintérêt manifeste; mais notre attitude, si elle l'abusait un temps, était loin de la rassurer. Notre insouciance au contraire lui paraissait trop artificielle pour n'être pas suspecte. Aucune autorité, autre que celle de l'amour que nous lui portions et de la confiance qu'en retour elle-même faisait semblant de nous accorder, n'aurait été en mesure de nous dissuader d'approcher des parois de ce gouffre, dont nous savions les abords pourtant friables et traîtres.

Le corps de ma grand-mère reposait dans l'une des chambres du premier étage. C'était là, malgré l'humidité et l'inconfort de cette vieille maison, mais à cause de la vue sur la mer, qu'elle avait décidé de finir ses jours. Il est vrai que je lui avais toujours connu la phobie des pièces sans fenêtres, des endroits sombres et confinés. La contemplation de l'horizon constituait l'unique remède à son âme meurtrie ; et toute cette lumière, disait-elle, était comme un baume à sa mélancolie.

A cause de la toilette mortuaire, à laquelle plusieurs femmes du village étaient occupées, on ne m'avait pas permis de la voir aussitôt. Pour me faire patienter, la garde-malade m'avait invité à prendre place dans le petit salon attenant, qui faisait office d'antichambre, et dont je m'étais empressé de tirer les rideaux. Le manque de sommeil me piquait les yeux. Encore étourdi par le décalage horaire et le brusque changement de climat, je m'étais allongé sur le vieux canapé de soie à larges rayures jaunes et bleues. A de légers bruits, on devinait que c'était presque l'été. Par la fenêtre entrouverte, on entendait le ressac sur la grève et, loin là-bas, porté par les sautes de la brise, le cliquetis d'une drisse contre le mât en aluminium d'un voilier à l'amarre dans le port de plaisance. Quelques mouches tournoyaient, sans jamais se heurter, sous le plafonnier de paille tressée où s'étaient incrustées de minuscules touffes de poussière. Le plancher, que le sable déposé par les espadrilles avait poncé et blanchi, libérait l'humidité qu'il avait emmagasinée pendant l'hiver : il s'en dégageait une entêtante odeur de bois.

Vers la fin de l'après-midi, la garde-malade, qui avait eu la bienveillance de me laisser dormir, me secoua par l'épaule : je pouvais entrer dans la chambre. Malgré ses quatre-vingt-cinq ans, grand-mère Thureau était encore très belle. Seuls ses yeux cerclés de noir et ses narines pincées trahissaient les récents ravages de la maladie qui l'avait contrainte de garder le lit. Ses paupières étaient si fines que j'avais l'impression qu'il ne tenait qu'à elle de les soulever pour me regarder et me prendre la main.

— Elle a demandé après vous, me chuchota la garde-malade. Elle a souvent répété que vous étiez celui de ses petits-enfants qui ressemblait le plus à son premier mari. Elle a passé les quelques jours qui ont précédé son décès à vous écrire une lettre, qu'elle m'a chargée de vous remettre en main propre.

Je m'installai dans le fauteuil en velours rouge, qui était dans l'angle du mur, près de la tête de lit, et décachetai l'enveloppe.

Mon cher Philippe,

Cette fois, je sais que je m'en vais... Ces derniers jours, j'ai beaucoup écouté la radio. En Russie, ils disent qu'un certain Mikhail Gorbatchev a entrepris nombre de réformes. Si les circonstances continuent à lui être favorables et à condition que tu en aies le temps, ne pourrais-tu te rendre là-bas pour essayer de savoir ce qu'il est advenu de ton grand-père et où il est enterré ? En même temps, tu rapporteras un peu de la terre de cette vieille Russie, que tu mélangeras à celle de ma propre tombe...

Dans la pénombre de la chambre, tout était silencieux. La garde-malade avait à demi refermé la porte derrière elle. Ma grand-mère reposait en paix, ses cheveux blancs étalés sur les immenses et frais oreillers ornés de dentelles... Je n'osais bouger, dans la crainte absurde de la tirer du sommeil où elle paraissait ensevelie. A côté d'elle, sur la table de nuit, dans un petit cadre en bois était placé le portrait de Xavier Thureau : de trois quarts, cheveux gominés et plaqués en arrière, fine moustache, il avait l'élégance énigmatique de ceux qui ne livrent pas facilement leurs secrets.

Tu es le seul à avoir appris le russe, tu es donc le mieux placé pour effectuer ce voyage. J'y serais volontiers allée moi-même si j'en avais eu la force. Pour peu que les langues se délient, tu auras peut-être la chance de rencontrer des témoins. Je t'ai laissé un peu d'argent sur un compte d'épargne : n'hésite pas à y puiser, pour le voyage ou les besoins de tes recherches, et aussi pour mettre les gens en confiance... Dans la commode, tu découvriras aussi un dossier, où j'ai rassemblé des papiers contenant des indications qui te seront utiles, ainsi qu'une sacoche où sont rangés quelques livres. Ils sont en fort mauvais état. Le papier en a jauni, et les couvertures n'ont pas résisté. Ce sont les derniers exemplaires de ceux que ton grand-père a autrefois écrits et publiés : il y en a en français, d'autres traduits en russe. Tu les liras, si tu en ressens le besoin, pour te faire une idée... Emporte-les avec toi et, si tu as une étagère où les ranger, fais-leur quelque part une place au sein de ta bibliothèque : c'était le rêve de Xavier que de les voir finir ainsi. Moi, ils m'ont bien tenu compagnie ces derniers temps : c'est parce qu'ils contiennent encore sa voix. Après sa disparition, voilà tout ce qui m'est resté de lui. Il m'aura quelquefois suffi, le soir, d'en lire un paragraphe ou deux. C'est comme s'il était venu s'asseoir près de moi, sur le rebord du lit : je perçois ses intonations, son sourire même, et presque son visage... Comme il est étrange que cette chose, finalement impersonnelle dès qu'elle est imprimée, et en apparence silencieuse quand elle est enfermée dans un livre, garde en mémoire la trace physique, vivante et chaude, de l'être qui lui a donné la vie...

Je relevai la tête. Au nom de la mémoire de Xavier Thureau, et même si elle n'était plus là pour prendre connaissance des résultats, elle me priait de pousser mes recherches jusqu'à leur terme. Et, de la même façon qu'elle venait d'évoquer son mari disparu, dans les tournures de sa lettre j'entendais distinctement les inflexions de sa voix. Elle avait gardé de son séjour en Russie cet accent inimitable, un peu rauque, qui faisait chanter la fin de chacune de ses phrases. Sa présence impalpable, peut-être parce qu'elle flottait encore entre les murs de la chambre, se donnait corps à travers les mots que je lisais, comme dans ces films d'amateur, à l'image tressautante et mal cadrée.

Et tout à coup je la revois, comme je l'avais aperçue, un certain soir de juillet, par la fenêtre de la cuisine. Après avoir fini de laver la vaisselle, elle s'était essuyé les mains à son tablier, qu'elle avait suspendu à un clou près de la porte. Puis elle nous avait appelés alors que, étrangement ce soir-là, nous demeurions en silence, assis sur le muret en ciment qui borde l'escalier descendant à la cave. Elle nous avait ensuite attendus sur le perron, en s'efforçant d'attacher ses cheveux, qu'elle avait relevés en chignon, à l'aide d'un gros peigne en écaille. Puis, son châle rajusté sur les épaules, elle nous avait pris par la main. Cependant, au lieu de se diriger vers le petit bois de pins situé à l'intérieur des terres, elle avait traversé le jardin de devant. Lorsqu'elle poussa le battant du petit portillon en fer, la transparence du jour finissant m'apparut sans limites. La mer en miroir réfléchissait le ciel, qui était en train de virer du mauve au bleu sombre avec, en son centre, une mince tache orange, ultime vestige d'un soleil déjà depuis longtemps basculé sous l'horizon.

A cause de la proximité de la falaise, elle savait que, malgré toute notre bonne volonté, nous n'aurions pas résisté à la tentation d'aller en contempler le fond. Elle avait donc résolu de satisfaire notre curiosité, mais sous sa surveillance. En nous tenant solidement par la main, elle avait coupé le sentier douanier et continué à se frayer un passage entre les herbes rêches et les chardons. Elle ne s'arrêta qu'au bord de l'arête extrême qui donne sur le précipice. Là, le ventre noué par la peur, nous avions écouté monter de l'abîme le caverneux grondement des vagues roulant sur les galets. En nous penchant encore, et à mesure que nos yeux s'habituaient à l'obscurité, nous avions entraperçu leurs crêtes successives, frangées d'écume.

Nous l'avions alors suppliée de reculer d'un pas. Pour ma part, je craignais que le pan de terre en surplomb, d'où sortaient, blanches et grasses, les racines des végétations qui seules semblaient encore le rattacher à la paroi, ne s'effondrât sans prévenir et ne nous emportât avec lui dans sa chute. Le vertige qui nous parcourut la colonne vertébrale du coccyx jusqu'à la base de la nuque nous dissuada à jamais de revenir nous y frotter. Mais, chez ma grand-mère ce jour-là, j'avais pressenti combien la fréquentation de ces abîmes ne lui était finalement pas si étrangère.

Comment dès lors aurais-je eu à cœur de ne pas répondre au vœu de cette femme intelligente, dynamique, toujours prête à venir en aide aux autres? J'avais bien entendu dire que, pour sortir mon grand-père des geôles soviétiques, elle avait bravé mille dangers. Dans la famille, une légende prétendait qu'elle avait même été jusqu'à tenir tête à Staline. L'épisode était-il resté pour elle trop douloureux ? Sur ce sujet, elle avait toujours refusé de répondre à nos questions ; et, quoiqu'elle se fût remariée, elle ne s'était jamais consolée de la disparition de Xavier Thureau, dont elle avait eu un fils, prénommé André : mon père, hélas aujourd'hui décédé lors d'un accident de voiture, et à qui cette disparition avait donné un perpétuel air d'enfant taciturne.

J'ai aimé ton grand-père, nul ne le contestera, même si je n'ai jamais su, pendant les douze années qu'aura duré notre mariage, qui il était au juste et pour quel bord il travaillait. C'est d'ailleurs cette ignorance qui m'a permis de voler à son secours. J'aurais pu le sauver en effet, c'est du moins ce qu'on a essayé de me faire croire, comme si l'on avait instillé en mes veines, et pour le reste de mes jours, le subtil poison du remords. Si je suis arrivée trop tard, c'est plutôt à cause de la quantité de démarches qu'on imposait aux femmes de détenus. Pour faire bonne mesure, on a également tenté de me persuader qu'il m'avait trompée sur la fin, avec une chanteuse, et j'ai bien cru en devenir folle. Mais, après tout, cela n'a rien d'étonnant. Chacun sait que, un jour ou l'autre, les hommes s'en vont. C'est plus fort qu'eux, aucune femme ne devrait ignorer cela. Pourtant, si l'on m'en a fourni de vagues preuves, à force d'avoir retourné cent fois l'éventualité dans ma tête, aujourd'hui je n'en suis plus si sûre. Je me suis même laissé dire que c'était cette femme qui m'avait sauvé la vie, dans des circonstances dont, hélas, à cause de l'état de faiblesse où j'étais alors, je ne me rappelle plus rien. Même en admettant que cette histoire soit avérée, qu'est-ce que cela change ? Il est mort depuis longtemps, et dans des conditions tellement atroces. N'a-t-il pas droit à la paix ? Là-haut, peut-être me sera-t-il donné de m'expliquer avec lui sur ce point...

Contrairement à mon attente, elle ne rouvrit pas les yeux, ni ne me prit la main en m'attirant vers elle pour un dernier baiser. Elle reposait, cette fois pour de bon, dans son immobilité infaillible et glacée. C'est la femme de ménage qui entrebâilla la porte pour m'inviter à gagner la cuisine, où l'on avait gardé mon dîner au chaud.

★

Me conformant au souhait de ma grand-mère, j'effectuai deux voyages successifs en U.R.S.S.

Lors du premier, en 1989, j'eus la naïveté de recourir aux services de l'ambassade de France à Moscou pour qu'ils m'aident à faire passer une petite annonce dans la presse locale. Ils faillirent bien me décourager; ils étaient persuadés qu'un simple particulier, étranger de surcroît, sans autorisation officielle ni recommandation, jamais ne réussirait à publier ce genre d'avis de recherche. Et, en effet, cela ne s'était jamais vu. Leur excès de précaution et leur méconnaissance de la rapidité des évolutions en cours me surprirent.

Si je suis passé outre, c'est parce que les Russes eux-mêmes avaient frayé le chemin, menant des enquêtes similaires qui en appelaient aux bonnes volontés par voie de presse. Agissant pour le compte de la commission de réhabilitation mise en place par l'Union des écrivains, Vitali Chentalinski [1] avait été chargé de faire la lumière sur les assassinats de ses membres les plus célèbres et de retrouver les manuscrits confisqués au cours des perquisitions. J'en avais donc suivi l'exemple car, de mon propre mouvement, j'avoue que je n'en aurais jamais eu l'idée.

1. Le résultat de certaines de ses enquêtes a été publié en France : *Les Archives secrètes de la Loubianka* (Robert Laffont, 1994).

Et ça a marché ! J'étais pour cela entré en pourparlers avec le rédacteur en chef de l'un des rares quotidiens, qui a depuis fait faillite, mais dont la parution avait coïncidé avec les débuts de la *perestroïka* [1]. J'en avais déduit, bien qu'il portât le titre plutôt anodin d'« Étoile de Moscou », que ses lecteurs seraient des citoyens actifs et motivés, susceptibles de m'aider dans mes recherches. Cependant, et sous le prétexte que ce journal ne disposait d'aucune subvention, je fus contraint de payer cette petite annonce au prix fort en regard du peu d'espace qu'elle occupait.

PARTICULIER

de nationalité française, cherche tous renseignements (lettres, documents, photos, témoignages, etc.) concernant son grand-père

Xavier THUREAU

né en 1898, responsable du service de presse à l'ambassade de France à Moscou, de 1928 jusqu'à son arrestation par le N.K.V.D. [2] en octobre 1937, et disparu depuis.

1. *Perestroïka* (« restructuration » de tout le système) et *glasnost* (qui veut dire « rendre public » et qui fut ensuite résumé sous le terme de « transparence ») furent les deux axes de la politique de réformes menée en U.R.S.S. par Mikhail Gorbatchev à partir de mars 1985. (Toutes les notes à suivre dans le cours de cet ouvrage ont été établies conjointement par l'auteur et l'éditeur.)

2. N.K.V.D. : nom donné à la police politique des années trente, qui succéda à la Tchéka, et qui changea plusieurs fois de nom pour s'appeler K.G.B. après la guerre.

Comme on était encore au début de la *glasnost*, l'effet de surprise joua à plein, surtout auprès de ceux qui s'étaient remis à espérer dans la volonté d'ouverture prônée par Gorbatchev. A la suite de sa parution, un certain nombre de personnes entrèrent en contact avec moi. La plupart d'ailleurs n'avaient rien de précis à m'apprendre : les unes se contentèrent de me témoigner leur sympathie et de me souhaiter bonne chance, les autres, au nom de la sainte Russie, tenaient à me présenter leurs excuses pour les méfaits dont les communistes s'étaient rendus coupables envers ma famille. J'ai la certitude que bien d'autres auraient souhaité m'écrire, mais qu'ils n'ont pas osé. Indécis quant à l'avenir de ce nouveau dégel, ils auront craint que cette annonce ne soit encore un piège, tendu par le K.G.B., qui tentait là une manœuvre inédite pour démasquer ceux qui cherchaient à entrer en relation avec des étrangers. J'ajoute qu'il me fallut également essuyer quelques insultes adressées par d'anciens communistes, que la libéralisation en cours avait rendus furieux.

On lira ci-après plusieurs extraits de la correspondance qui me parvint à cette occasion. Après y avoir effectué un tri sévère, je me rendis compte que la récolte était plutôt maigre. A cause du temps qui avait passé, de la hâte excessive où l'on était de me venir en aide, du traumatisme des disparitions qui avaient décimé des familles entières et altéré les mémoires, beaucoup se trouvaient confondre mon grand-père avec un autre. Les auteurs de ces lettres, au demeurant fort touchantes, me parurent toujours de bonne foi. Mais la plupart avaient seulement tendance à mélanger les dates, à mal orthographier les noms. Au souvenir de ces années-là, certains se prenaient même à délirer...

Quelques rares témoins, pour avoir été les enfants d'écrivains que mon grand-père avait aidés et qui avaient par la suite été assassinés ou déportés, ne gardaient de lui qu'une image furtive : une ombre en travers du couloir de l'entrée, l'odeur du tabac anglais qui avait persisté dans le salon bien après son départ, deux ou trois friandises distribuées en cachette. Leur témoignage était cependant trop fugace pour m'être de quelque utilité. Dans l'effort qu'ils faisaient pour ne pas me décevoir, ils ne me livraient jamais qu'un détail ou une anecdote dont il m'était difficile d'apprécier le degré de véracité. Il y eut aussi quelques photos, des plans reconstitués après coup de ce qu'avaient été les camps de la Kolyma, des dessins représentant l'intérieur des baraques, exécutés par d'anciens prisonniers qui prétendaient l'y avoir aperçu. Quelquefois, des brochures accompagnaient ces envois. Bien qu'elles n'eussent pas la pertinence requise pour être intégrées à cet ouvrage, ces bribes avaient néanmoins commencé de livrer un aperçu sur ce que, dans les années trente, avait été la vie de Xavier Thureau, avant et après son arrestation.

Peu après la parution de ma petite annonce, le premier secrétaire de l'ambassade m'accorda un rendez-vous. Je crus qu'il avait cette fois décidé de m'aider ou, comme j'en avais exprimé la demande, qu'il allait m'autoriser à consulter ce qui restait des archives de cette période. Je m'attendais au moins à ce qu'il fît semblant de s'intéresser à mes recherches... Pas du tout ! En termes abrupts et pompeux, il m'exprima sa désapprobation à l'égard d'un texte où il était insinué que l'administration française ne s'était pas souciée autant qu'il aurait fallu d'un de ses agents. Sans me démonter, je lui répondis que je trouvais sa susceptibilité déplacée : il était en effet avéré que les services diplomatiques, auxquels mon grand-père avait appartenu, l'avaient abandonné à son sort. Sous le prétexte qu'on l'avait suspecté d'être un espion à la solde de l'U.R.S.S., jamais on n'avait entrepris de démarches autres que purement formelles. Il se justifia en m'affirmant à voix basse, comme s'il s'agissait d'une confidence, qu'il tenait à ma disposition une dépêche, signée d'un certain Victor Chemlev, qui l'attestait pourtant de manière irréfutable.

— Ce n'est qu'un sale espion ! lançai-je alors, sous le coup d'une colère subite que je ne parvins pas à contenir.

Choqué par mon éclat, il s'empressa de mettre fin à l'entretien. A l'évidence, je n'étais pas le genre d'interlocuteur auquel il s'attendait, compréhensif, avec qui il y a toujours moyen de s'arranger. En réalité, cette dépêche, jamais il ne me la fit parvenir. Non pas à cause de la grossièreté dont j'avais fait preuve. Il y a fort à parier que, après l'avoir examinée avec un peu d'attention, il avait jugé plus prudent de ne pas la rendre publique. Avec raison d'ailleurs, quand on en découvrira le contenu dans la suite de ces pages... Surtout quand on saura où j'en avais retrouvé la copie !

Deux ans plus tard, peu satisfait du portrait lacunaire de mon grand-père laissé par ces documents, je retournai à Moscou pour approfondir certaines pistes que je pensais avoir négligées. Cette fois sans en avertir l'ambassade, je fis paraître une seconde petite annonce, identique à la première, mais dans un journal à plus fort tirage. Pour délier les langues, je crus judicieux de mettre à profit l'argent de ma grand-mère et d'offrir une récompense à quiconque me communiquerait de nouveaux éléments.

Or, à la fin de 1991, il ne s'agissait plus que de l'ex-U.R.S.S. A la suite de la chute du mur de Berlin, le communisme s'était effondré : le niveau de vie avait baissé et la population, devenue irritable, n'avait plus peur de rien. Désormais, c'était chacun pour soi. La dévaluation du rouble aidant, ma proposition attisa les convoitises. Je fus bientôt submergé par une masse de courrier aux motivations douteuses, où je devinais que beaucoup étaient prêts à falsifier les documents en leur possession ou à raconter n'importe quoi. Entre menaces et supplications, tous les prétextes, même les plus fantaisistes, étaient bons pour empocher l'argent. Dans l'un de ces lointains camps de Sibérie, auxquels on sait pourtant que fort peu ont réchappé, plusieurs juraient avoir aidé mon grand-père : le premier affirmait avoir été son voisin de dortoir et lui avoir offert ses bottes de feutre ; le deuxième prétendait lui avoir régulièrement cédé sa part de soupe ; un dernier, de sa vie, n'avait eu d'autre ami que lui. De toutes parts, ce n'étaient que flagorneries, ou encore longues descriptions des souffrances qui s'étaient abattues sur le reste de la famille, en représailles des contacts qu'on avait eu le malheur de nouer avec lui du temps où il était en fonction à l'ambassade. Anticipant sur ma réponse, chacun y allait de sa diatribe contre le régime et les crimes dont s'était rendu coupable le Parti communiste.

Peu assuré de la validité des documents qu'on m'avait fait parvenir lors de cette seconde vague d'envois, combien j'ai regretté que ma grand-mère ne soit plus là pour les authentifier et trancher. Mais comme, de leur examen, il ressort que certaines de ses craintes étaient fondées, peut-être cela vaut-il mieux ainsi. Avait-elle pressenti la vérité, au point qu'elle aura préféré s'éteindre avant d'obtenir confirmation de ce qu'elle redoutait ?

Néanmoins, par fidélité à ses dernières volontés, j'ai suivi ses instructions et achevé le travail qu'elle avait exigé de moi. J'ai d'abord trié les témoignages collationnés au cours des deux séjours que j'avais effectués à Moscou, en éliminant les moins fiables d'entre eux ; puis, je me suis efforcé d'insérer ceux-ci, par ordre chronologique, entre les documents que j'avais jugés plus sérieux et qui étaient contenus dans le dossier dont, par le plus inattendu des concours de circonstances, je fis l'acquisition lors de mon incursion au siège de la Loubianka...

A la Loubianka

Au cours de mes investigations et suite à ma deuxième petite annonce, quelques malfrats n'avaient pas hésité à se manifester et à essayer de m'intimider pour m'extorquer la prime; mais, devant la résistance imprévue que je leur opposai, sans doute jugèrent-ils le danger trop grand, ou tout au moins peu en rapport avec le montant, relativement modeste, de la récompense que j'avais promise. Ils n'insistèrent donc pas. C'est, du moins, ce que je crus jusqu'à ce que, peu avant mon retour pour la France, je reçoive un coup de téléphone d'un inconnu qui prétendait travailler à la direction des archives du K.G.B. et qui, à ce titre, se vanta d'être en état de m'aider dans mes démarches. Compte tenu des sollicitations dont je venais d'être l'objet, je ne pus faire moins que me tenir sur mes gardes.

Un détail cependant plaidait en sa faveur. S'il n'avait pas été un agent des organes de sécurité, comment aurait-il eu connaissance de mon numéro de téléphone? Par précaution, je n'avais mentionné que celui de ma boîte postale. De plus, devinant mes réticences, l'homme avança un argument irréfutable : il me proposait cette chose, à la fois terrifiante et peu banale, de consulter les archives qui concernaient mon grand-père à l'intérieur même de l'immeuble de la Loubianka. Contre un premier versement de principe, il s'offrait de me laisser consulter les pièces les plus significatives du dossier; ensuite, et après que j'aurais vérifié qu'il s'agissait bien de la bonne personne, en échange du reste de l'argent il m'abandonnait la totalité des documents.

Car c'était bien d'argent qu'il était question, mais cette fois sans faux-semblant! Au préalable, il m'avertit que son geste n'était en aucune façon désintéressé. Parce qu'il prenait des risques, il ne me cacha pas qu'il avait l'intention de monnayer ses services au prix fort. Est-ce que j'avais la somme qu'il demandait? L'importance du montant exigé me parut être une garantie. Un escroc à la petite semaine n'aurait pas placé la barre si haut! Pour se justifier, il prétendit qu'il n'avait pas été payé depuis la suppression du K.G.B. [1] et qu'il n'était pas le seul dans ce cas. Pour des officiers des services de sécurité, la chose était en effet inhabituelle. A l'exemple des ouvriers et des paysans qui, sur le bord des routes, vendaient pour leur propre compte les produits fabriqués dans leur usine ou leur kolkhoze, ils étaient plusieurs à avoir décidé de monnayer ce fonds d'archives, dont paraissaient si friands les historiens occidentaux.

Il faut dire que, à la suite de la signature par Boris Eltsine du décret rendant accessibles les archives du Parti communiste qui venait également d'être dissous, ç'avait été la ruée : soit pour faire la lumière sur les procès truqués et les disparitions massives de la période stalinienne, soit, de la part d'un certain nombre de tortionnaires encore en activité, pour

1. Le 11 octobre 1991, le K.G.B., sans être véritablement supprimé, change une nouvelle fois de nom et est réorganisé en quatre services indépendants.

prendre de vitesse les journalistes qui s'intéressaient de trop près à cette période : on n'allait pas manquer de divulguer leurs crimes! Une sourde lutte s'était engagée, à l'intérieur de la Loubianka, entre ceux qui étaient partisans d'autoriser sans restriction la consultation des documents qui y étaient entreposés et ceux qui, dans la crainte de représailles, y faisaient obstruction. Certains auraient voulu accroître la confusion, afin de se donner le temps de détruire ou au moins de falsifier les pièces les plus compromettantes. Lors du putsch de l'été précédent [1], et sentant que la partie était sur le point d'être perdue, plusieurs de ces provocateurs avaient même excité la foule afin qu'elle se rende place Dzerjinski, qu'elle saccage le bâtiment et y mette le feu.

Heureusement, cette tentative avait échoué. A la fin de 1991, les choses étaient de ce point de vue à peu près rentrées dans l'ordre et des contrôles plus stricts avaient été rétablis. Mon interlocuteur reconnut qu'il aurait eu bien plus de difficultés à se procurer le dossier d'un membre du Comité central expédié au Goulag ou encore de celui d'un commissaire du peuple passé par les armes. Certes, des dossiers, il en disparaissait; comment aurait-on été en état de garder le contrôle d'une telle masse de documents... Mais, de leur répartition en zones plus ou moins sensibles, il ressortait qu'on se souciait fort peu de ce qu'il était advenu, il y a cinquante ans, à un étranger dont personne aujourd'hui ne se rappelait plus le nom.

Il me donna un premier rendez-vous devant l'entrée du Hall des Expositions, à côté des jardins qui bordent les murs du Kremlin. A l'inverse de l'individu sournois et répugnant que j'avais imaginé, un jeune type, de constitution robuste, sans hésiter vint à ma rencontre. L'œil vif, le pli de la bouche un

1. A la fin du mois d'août 1991, Gorbatchev faillit être renversé et ne dut son salut qu'à la vigoureuse intervention de Boris Eltsine.

rien cynique, il appartenait à cette catégorie de militaires qui, ayant pris la mesure des défaillances d'un système dont ils n'avaient plus grand-chose à attendre, se louaient comme gardes du corps à des banquiers ou revendaient à la mafia les stocks d'armes entreposés dans les casernes.

Avec une relative tranquillité, il m'expliqua la procédure à suivre, en me faisant comprendre que je n'avais pas d'autre solution : rien ne serait entrepris avant qu'il n'eût graissé la patte de deux ou trois personnes bien placées. Néanmoins, pour me mettre en confiance, il me confirma avoir déjà pris les devants, fouillé dans les registres et repéré l'endroit où avait été classé le dossier qui m'intéressait. En gage de sa bonne foi, il me tendit une chemise bleu sale, qui contenait deux feuillets de mauvais papier jauni qui me laissèrent sans voix :

ACTE D'ACCUSATION

Au nom de l'Union des Républiques Socialistes Soviétiques, le Collège militaire de la Première division spéciale chargée des suspects d'origine étrangère a jugé l'affaire n° 128675, concernant le dénommé Xavier Thureau, de nationalité française, arrêté le 17 octobre 1937.

Suite à l'examen des charges accablantes réunies contre lui, il a été établi que ce pseudo-écrivain, à la faveur de ses fonctions de responsable du service de presse d'une ambassade étrangère et de l'impunité qu'elles étaient censées lui procurer, s'est infiltré sur le territoire de l'Union soviétique pour y mener des actions de subversion. Il en a profité pour jeter les bases d'une organisation clandestine et criminelle, devenue un véritable nid de contre-révolutionnaires, qui avait pour objectif de fédérer les écrivains aigris, hostiles aux progrès engendrés par les avancées du socialisme dans notre pays.

En tant que membre de la franc-maçonnerie, cet agent trotsko-boukhariniste téléguidé par les services secrets français a entrepris de déstabiliser un grand nombre de militants dévoués à notre cause ; il a tenté, en les soudoyant par de fallacieuses promesses de publication en Occident, de détourner les écrivains de l'action révolutionnaire qu'ils menaient sur le front idéologique de la culture. Il n'a pas hésité, en particulier par de virulentes et systématiques campagnes de dénigrement, à travestir la réalité et à induire en erreur nos amis étrangers venus soutenir la cause de la révolution et constater les avancées réalisées par le prolétariat. Ses activités d'espionnage l'ont conduit à mener d'incessantes entreprises de sabotage destinées à entretenir les foyers insurrectionnels qui se seraient découverts au grand jour si, comme il était prévu, les groupes réfractaires de gardes blancs et de koulaks, en avant-garde des armées impérialistes, avaient réussi à envahir notre pays.

Il a de plus été prouvé qu'il était lié de façon intime et répréhensible avec la fille d'un notoire ennemi du peuple, à savoir Anatoli Staréjov, récemment démasqué. A couvert de ses fonctions à la Direction principale de la Sécurité d'État, ce dernier n'aura cessé d'alimenter les tendances sécessionnistes à l'œuvre au sein des restes de la féodalité la plus rétrograde de la République socialiste soviétique du Kirghizistan. De son plein gré et pour satisfaire les visées des pays capitalistes les plus agressifs, sa fille n'a pas hésité à livrer à Xavier Thureau les renseignements dont il avait besoin pour préparer toutes sortes d'attentats terroristes contre la personne du camarade Staline, seul garant de l'intégrité de la glorieuse patrie socialiste.

En conséquence de quoi, et compte tenu du fait que le prévenu a de lui-même reconnu être coupable des torts qui lui étaient reprochés, dispensant le tribunal d'alourdir la procédure par la production de preuves superflues, Xavier Thureau est condamné à la déportation pour une durée de vingt ans dans les camps de Sibérie extrême-orientale, sans régime particulier ni réduction ou adoucissement d'aucune sorte.

La sentence est définitive, sans recours possible, et immédiatement exécutable.

Pour le procureur général Andreï Vychinski,
Constantin Nicolaïevitch Kouznetsov

Le cœur battant, et en le regardant droit dans les yeux, je lui remis l'enveloppe que j'avais préparée et qui contenait le premier acompte en billets de cent dollars. Sans prendre la peine d'en vérifier le montant, il glissa le tout dans sa poche et, tournant les talons, il me lança :

— Je vous rappelle dans trois jours !

A la date fixée, nous nous rencontrâmes de nouveau à l'entrée de l'ancienne place Dzerjinski. La neige, qui était tombée en abondance sur Moscou la nuit précédente, avait recouvert le dessus du socle d'où s'élançait, encore il y a peu, la statue du terrible Félix de Fer [1]. On ne contemple pas sans quelque serrement de cœur l'édifice de la Loubianka qui, par ailleurs, a tout pour faire forte impression : surgi de son austère soubassement de pierre grise, il écrase l'esplanade en contrebas de sa façade couleur pastel où s'alignent, sur cinq ou six étages, de sombres fenêtres de style néo-gothique. Dès qu'il m'aperçut, celui que je ne connaissais encore que sous le nom de Piotr, et qui avait pris soin cette fois de revêtir son uniforme d'officier du K.G.B., me

1. Surnom donné à Félix Dzerjinski, compagnon de Lénine et fondateur de la police politique soviétique, appelée Tchéka, abréviation de « Commission extraordinaire de lutte contre la contre-révolution et le sabotage ». La statue en fut déboulonnée au cours de l'été 1991.

glissa dans la main un petit livret destiné à me servir de laissez-passer.

— Vous avez bien fait de donner suite. Vous verrez, vous ne serez pas déçu. Le dossier de votre grand-père comporte des pièces inédites sur cette période. Croyez-moi, un vrai roman ! Mais attention ! A partir de cet instant, vous vous appelez Sergueï Ivanovitch Berzine, d'accord ? Et surtout, vous ne dites rien : vous me laissez parler !

Sous les regards maussades des chauffeurs de limousines en stationnement le long du terre-plein, qui trompaient leur attente en battant la semelle ou en astiquant, avec de grands mouchoirs blancs, les chromes piquetés par la rouille de leurs Zil ou de leurs vieilles Tchaïka noires, nous gravîmes les marches du perron et pénétrâmes dans le hall en marbre de cette ancienne compagnie d'assurances, aussi spacieux que celui d'une gare de chemin de fer. Le majestueux escalier qui en occupait le centre conservait cependant un aspect inquiétant, à cause des filets tendus entre les étages, qu'on avait négligé d'enlever et qui étaient destinés à empêcher qu'un détenu, échappant à la vigilance de ses gardiens, n'enjambe la balustrade et ne se jette dans le vide.

A vrai dire, je n'en menais pas large ; mes mains étaient moites et glacées à l'intérieur des poches de mon manteau. Je n'osais imaginer ce qui se passerait si notre supercherie était découverte. On examina avec attention nos papiers, enfin les miens surtout. A plusieurs reprises, Piotr s'impatienta de la suspicion de l'officier de service qui, plus par lassitude que par conviction, après m'avoir dévisagé d'un air méprisant, apposa enfin un coup de tampon sur mon livret.

De part et d'autre de chaque palier, sous d'immenses plafonds dont les voûtes, soutenues par des colonnes à chapiteaux corinthiens, étaient ornées de frises en stuc représentant des fleurs en bouquets, des nymphes ou des angelots, s'ouvraient des couloirs larges comme des avenues, percés à intervalles réguliers de portes capitonnées. Régulièrement l'une d'elles laissait passer un militaire à la casquette démesurée ou l'un de ces fonctionnaires au cheveu pauvre et au costume froissé. Au deuxième étage il me semble, mais je serais bien incapable de me rappeler après quels détours, Piotr poussa une porte sur laquelle était apposée une plaque où j'eus le temps de lire :

« Section d'enregistrement et de conservation des fonds d'archives. »

Comme si la règle dans ce bâtiment avait consisté à faire alterner le gigantesque et l'étriqué, nous nous engageâmes dans un étroit couloir qui aurait pu être celui d'une cave et qui, après l'éblouissante clarté qui régnait dans le déambulatoire, était rendu plus sinistre encore par l'éclat jaune sale de l'unique ampoule électrique qui pendait du plafond.

— Attendez ! s'exclama Piotr, avec une sorte de cynisme triomphant dans la voix. Je vais vous présenter quelqu'un !

Il rebroussa chemin jusqu'à une porte qui s'ouvrit sur un petit bureau. Celui-ci ne recevait pour toute lumière que celle qui filtrait par un vasistas au vitrage dépoli, donnant sur une cour intérieure ou une autre cage d'escalier, peut-être bien sur le hall d'entrée. De l'autre côté en effet me parvenaient en écho les frottements de semelle ou les claquements de talon de gens qui allaient et venaient comme dans une salle des pas perdus, mais sans qu'aucun son de voix puisse être distingué. Quant aux murs, ils étaient recouverts d'affiches et de proclamations officielles, parfois punaisées par liasses : y avaient été publiés les innombrables textes de lois, arrêtés et décrets relatifs aux garanties inaliénables dont était censé bénéficier tout citoyen de l'Union des républiques socialistes soviétiques.

Assis à un bureau métallique, le porte-plume encore suspendu au-dessus d'un encrier en verre muni d'un couvercle, un homme annotait ce qui semblait être un rapport, les coudes coincés entre deux montagnes de dossiers. Une monstrueuse machine à écrire, trop lourde pour avoir jamais été déplacée, occupait un angle : une « Drapeau rouge », en fait grossière réplique d'une « Excelsior » de fabrication américaine qui datait des années trente... Dans le chariot était resté glissé l'un de ces formulaires standard et défraîchis que, par souci d'économie je suppose, on continuait à puiser dans les stocks. A la dérobée, j'en déchiffrai l'en-tête, aujourd'hui obsolète :

Commissariat du peuple à l'Intérieur
Département des archives de la Loubianka

— Je vous présente Fédor Ivanovitch Paskine, qui est également écrivain. Il passe pour avoir publié d'excellents romans après la guerre, mais trop imaginatifs pour être conformes à la ligne du Parti, si vous voyez ce que je veux dire... Hélas, je ne les ai pas lus. On ne les trouve plus aujourd'hui. Votre grand-père était du métier, n'est-ce pas ? Alors, il aurait adoré ! D'après ce que j'ai compris, c'était un peu son style. A présent que la littérature ne paie plus, Fédor Ivanovitch a été obligé de se recycler dans les divers travaux d'écriture que nous lui confions. Il est chargé de remettre en ordre quelques dossiers sensibles. Il n'a pas son pareil pour apprécier l'authenticité des documents qui y figurent et les compléter si nécessaire grâce à l'apport des informations qui ont commencé à être divulguées. Il lui arrive aussi d'en établir des copies à la requête des innombrables commissions de réhabilitation qui se sont mises en place dans tous les secteurs et qui nous assaillent de demandes. Eh bien, même si les travaux auxquels il se livre n'ont aucune chance d'être publiés, je suis bien placé pour vous dire qu'il s'agit de véritables chefs-d'œuvre ! Ah ! On peut dire que, comme écrivain, Fédor Ivanovitch Paskine donne ici toute sa mesure ! Méticuleux comme il est... Vous savez, il ne laisse rien au hasard : il vérifie tout, retrouve la chronologie des choses, rectifie les erreurs grossières, comble les manques ! Car il a une de ces mémoires. Sans parler de son imagination, comme je vous l'ai dit ! Hein ? Que ferions-nous sans toi, mon cher Fédor Ivanovitch ?

Le rouge au front, les mains tremblantes et ne sachant plus où se mettre à cause de tous ces compliments, Fédor Ivanovitch releva la mèche qui lui retombait sur le front. Après avoir contourné le bureau, il vint me serrer la main — à l'évidence, il avait déjà fait connaissance avec une partie de mon argent !

Après nous, il referma la porte à clé et nous emboîta le pas dans le corridor. De façon inattendue, celui-ci déboucha dans une salle dont les dimensions, par contraste, étaient stupéfiantes. Elle avait une telle hauteur sous plafond qu'elle occupait bien l'espace de deux ou trois étages. Hormis les fenêtres du fond, qui donnaient sur le mur de la prison bâtie au centre de la cour, les parois étaient parcourues de robustes étagères. Certaines d'entre elles étaient ornées de tringles en cuivre qui permettaient à de longues échelles, dont les pieds étaient munis de roulettes, de coulisser latéralement et d'atteindre n'importe lequel des dossiers bleu anthracite qui, par dizaines de milliers, y étaient posés sur la tranche. Bien que de différentes épaisseurs, tous portaient, bien visible sur leurs dos de carton toilé, dont certains étaient écornés ou déchirés, un numéro de série, inscrit à l'aide d'une encre blanche dont la poussière et le temps n'étaient pas parvenus à ternir l'éclat.

Deux personnes classaient des papiers, de chaque

côté d'une immense table en bois poli, par endroits maculée d'anciennes coulées noirâtres, échappées d'encriers renversés sous le coup d'une bousculade ou d'un excès de fébrilité. Cette surface servait à étaler, trier et classer les documents qui entraient dans la composition des dossiers. Aujourd'hui, c'est là, avec plus ou moins de bonne grâce, qu'on autorisait les chercheurs à consulter les registres d'écrou. Au long de pages entières, jour après jour y avaient été consignés, en des listes dont on ne voyait pas la fin, les noms de ceux qui avaient eu le malheur de pénétrer ici. Pour chacun étaient inscrits la date et le lieu de naissance, précédant la mention : « Arrêté le... », puis dans la colonne suivante : « déporté le... » ou « exécuté le... », et enfin, à l'extrémité de la ligne, le numéro faisant référence à un éventuel dossier d'instruction.

Boris Olegovitch auquel on me présenta ensuite était un homme nerveux. Le nez chaussé de petites lunettes à monture d'acier, il n'avait survécu à son poste que grâce au soin maniaque qu'il apportait à chacune des étapes de son travail. Il ne prit pas même la peine de me regarder, il avait autre chose à faire. L'autre, un certain Ivan Sergueïevitch, que je ne suis pas près d'oublier, ne daigna pas non plus répondre à mon salut. Affalé à la renverse sur sa chaise, il se contenta de me considérer, l'œil torve, avec condescendance. Gros et débraillé, il avait la gueule du tortionnaire, reconverti lors de la récente réorganisation des services à des tâches administratives auxquelles il était clair qu'il ne se plierait jamais de plein gré. Sans se soucier de l'opinion qu'on avait de lui, il maugréait dans son coin, quand il ne se répandait pas en injures contre ceux qui pénétraient sur son territoire. Lui, l'argent n'était pas parvenu à l'amadouer; et je sentais dans son regard qu'il ne m'en témoignait pas la moindre gratitude.

De dessous une étagère, Boris Olegovitch tira l'un

de ces immenses registres, qu'il ouvrit devant moi. Du doigt il me désigna, perdu au milieu d'une succession de patronymes aux consonances allemandes, polonaises ou britanniques, celui qui passait pour être celui de mon grand-père, si ce n'est que l'orthographe en était défectueuse. « Javier Thouret », y lisait-on : né en 1898, arrêté le 17 octobre 1937, pour le motif d'espionnage au profit d'une puissance étrangère, et déporté en décembre de la même année. Aucune indication sur sa mort, mais il était loin d'être le seul dans ce cas, comme il était d'usage pour ceux qui avaient fait l'objet d'une exécution sommaire. Suivaient une signature, illisible, ainsi que le numéro de dossier dont j'avais déjà eu connaissance.

Quand j'eus relevé la tête et donné mon accord, j'eus l'impression que tous ceux qui étaient là poussèrent un imperceptible soupir de soulagement. On avança une chaise, on me servit un verre de thé brûlant. Piotr se tourna alors, avec un air interrogateur, vers Ivan Sergueïevitch, qui jusqu'ici n'avait pas bronché. D'après ce que je compris par la suite de l'accord qui avait été conclu entre eux, celui-ci aurait déjà dû être en état de me présenter le dossier dont il avait la responsabilité. Une discussion s'ensuivit, venimeuse et sourde, à laquelle je me gardai bien de me mêler. Même Fédor Ivanovitch, que j'imaginais plus pondéré, d'une voix glapissante ne se gênait pas pour le couvrir de reproches ! Piotr, à l'inverse, s'efforçait de garder son calme et serrait les mâchoires d'une façon qui ne présageait rien de bon. Je redoutais surtout qu'ils n'en vinssent aux mains : il n'aurait plus manqué que les gardes du service de sécurité eussent été obligés d'intervenir !

Finalement, Ivan Sergueïevitch consentit à ce que ses collègues exigeaient de lui. Il leva son énorme carcasse de sa chaise et, d'un claquement de doigts, m'intima l'ordre de le suivre par une petite porte, aménagée entre les rayonnages, et où sa corpulence lui permit tout juste de s'introduire. Comme dans un puits, en une spirale vertigineuse s'enfonçait un escalier de service, muni d'une solide rampe en fer. Des étages inférieurs émanait une forte odeur d'urine de souris, de vieux papiers et de désinfectant. Au moment de descendre à mon tour, je me retournai : Piotr, Boris Olegovitch et Fédor Ivanovitch, tous trois figés dans une attitude similaire, qui aurait prêté à rire si leur expectative n'avait été teintée d'inquiétude, me regardaient m'engager derrière l'ombre d'Ivan Sergueïevitch, à cet instant projetée, colossale et difforme, contre le départ de la voûte...

Je ne suis pas sûr que les deux ou trois étages, à chaque fois séparés par un large palier qu'obturait une porte en acier blindé, dépourvue de poignée, correspondaient aux niveaux de l'escalier du hall principal. Par ses proportions et les matériaux utilisés, cet endroit était loin de se conformer à la même logique architecturale que celle qui présidait au reste de l'édifice. Sa configuration, ainsi que l'absence de fenêtres, contribuait à ôter tout repère, donnait l'impression que nous étions parvenus très au-dessous de la surface de la terre, au troisième sous-sol par exemple. Un bref calcul aurait cependant suffi à démontrer que nous n'étions tout au plus arrivés qu'au rez-de-chaussée.

Le corridor qui s'offrit à nous, murs et voûtes en briques sales, jointées au plâtre, me confirma dans cette étrange sensation de malaise. Malgré les plafonniers, armés de grillages qui, de place en place, l'éclairaient faiblement, on n'en voyait pas le fond. J'avais entendu parler des souterrains de la Loubianka où, sur une toile goudronnée qu'on nettoyait ensuite à coups de seaux d'eau, on exécutait sans prévenir les suspects. Aussi suivais-je à distance respectable Ivan Sergueïevitch, que la descente avait mis en nage. Tout en se dandinant et en essuyant la sueur qui lui coulait dans les yeux, il déchiffrait les numéros, marqués au pochoir, au-dessus de l'entrée des cellules dont les portes étaient armées d'énormes verrous et percées de judas. Arrivé au numéro 63, il s'arrêta, fourragea dans sa poche, d'abord à la recherche d'une clé, puis d'une boîte d'allumettes. A force de scruter le sol alentour, il finit par dénicher un tronçon de bougie, qu'il me désigna du doigt, et que je ramassai. Ce fut l'unique lumière dont il disposa pour pénétrer dans ce cachot où, à l'instar de ceux que nous venions de longer, s'étaient entassés des dizaines d'innocents. D'innombrables graffiti striaient les parties de l'enduit laissées libres entre les piles de dossiers qui avaient, depuis, été accumulées contre les parois. Les rigueurs de l'ordre bureaucratique leur avaient au moins conservé un classement sans failles. C'est du moins ce que je crus devant l'absence d'hésitation d'Ivan Sergueïevitch, qui en extirpa le document qu'il cherchait. Une telle facilité n'aurait-elle pas dû au contraire m'alerter ?

Il avisa une vieille table en fer de couleur kaki, qu'on avait jadis utilisée pour le transport de la soupe et à laquelle il manquait une roulette. Après avoir calé celle-ci contre le mur afin d'en rétablir la stabilité, il y déposa la chemise de toile cirée dont, d'un geste brusque, il faillit arracher le nœud. Sur l'étiquette de couverture était lisible, et transcrit également de façon fautive, le nom de Xavier Thureau, accompagné de la formule rituelle : « A conserver pour l'éternité. » A l'intérieur avaient été archivés divers documents : lettres de délation, comptes rendus de filatures, bribes de correspondances, dactylographies diverses, protocoles d'interrogatoire où, en échange d'une hypothétique promesse de grâce, mon grand-père s'était efforcé d'avouer tout ce qu'on avait voulu. Il en avait même signé, au bas dans la marge, chacun des feuillets ; et le dernier s'achevait par la mention, tracée de façon hésitante et presque illisible :

Écrit de ma main et en accord avec la réalité.

A la lumière défaillante du couloir, je m'aperçus que certaines pages étaient maculées de taches brunâtres, qu'on avait essuyées d'un geste rapide du revers de la manche, et que je devinai être du sang ! Déchiffrant au passage le nom de ses tortionnaires, je ne cachai pas ma surprise d'y découvrir celui d'un certain Igor Sergueïevitch !

— Tiens, quelqu'un de votre famille ? eus-je le malheur d'ironiser.

— Quoi ? *Mersaviets* [1] *!* me lança-t-il, outré, en m'arrachant la page des mains et en la jetant à terre après l'avoir froissée.

Je n'avais pas même eu le temps de réagir que, par-derrière, et avec une agilité que sa corpulence ne permettait pas de supposer, il m'avait plaqué contre le mur. A son contact, son odeur me submergea : il puait le chou bouilli et la graisse de beignet. De son bras gauche, qu'il avait passé sous mon aisselle et qui me revenait derrière le cou, il m'avait immobilisé. Je connaissais cette clé : en faisant levier avec son autre main, il m'aurait facilement étouffé ou, d'un geste sec, brisé la nuque...

— D'où ça sort, cette connerie ? Quel est le fils de pute qui a oublié ce papier là-dedans ? Je les avais pourtant bien avertis de tout vérifier avant de lancer l'opération. Cette bande d'incapables, comme d'habitude, s'en est foutue ! Et toi, sale petite merde ! Pourquoi es-tu venu fourrer ton nez dans nos affaires, hein ? Tu vas le regretter !

J'en avais déduit que les uns et les autres connaissaient l'emplacement du dossier ; et qu'ils avaient,

1. Salaud !

pour un motif qui m'échappait encore, tenté d'en modifier le contenu. Était-ce une raison pour me traiter de la sorte? J'aurais bien voulu me libérer, mais sans y parvenir. Me débattre ne servait qu'à lui faire resserrer un peu plus sa prise et je sentais que, de son autre main, il essayait de me tâter les poches. Est-ce qu'il savait pour l'argent? Mais déjà, je commençais à manquer d'air... Si au moins j'avais réussi, ne serait-ce qu'une seule fois, à reprendre ma respiration : je me serais ressaisi et lui aurais balancé un bon coup de coude dans l'estomac.

— Tu aurais été trop content, hein? charogne! d'aller brandir le nom de mon oncle sous le nez de ces vermines de journalistes, tous à la botte de cet arriviste d'Eltsine! Ça oui, ils se seraient fait un plaisir de le traîner dans la boue : Igor Sergueïevitch le tortionnaire! Igor Sergueïevitch, « le hachoir de Staline »! Car c'est ainsi qu'on l'appelait dans le temps! Par la même occasion, ils se seraient arrangés pour me foutre en taule.

Les alignements de lumières dans le couloir s'étaient incurvés devant mes yeux et mis à tourner comme les pales d'une hélice jusqu'à ce qu'un voile noir me passe devant les yeux. Bon dieu, c'est qu'il était en train d'essayer de m'étouffer, ce con-là! Je cherchai une dernière fois à me dégager et à crier, mais ma gorge restait bloquée. Je suffoquai. Déjà sa voix ne me parvenait plus que de loin.

— Ah! ça, je te l'assure, il n'avait pas son pareil pour faire parler les ordures de ton espèce. Aucun ne lui résistait. Dommage que tu ne l'aies pas rencontré. Si tu étais passé entre ses pattes, tu aurais compris! D'ailleurs, tu ne vas pas t'en tirer comme ça! Je vais t'envoyer rejoindre le sale espion qu'était ton grand-père, moi, tu vas voir...

A cet instant, je me sentis partir à la renverse. Je crus que c'était la fin et que je m'évanouissais pour de bon. Je cherchai partout quelque chose à quoi me retenir et ne trouvai que la table à roulettes, que je saisis d'une main et emportai avec moi dans ma chute. Je détestais cette sensation de vertige qui vous fait basculer en arrière sans autre solution que de battre l'air de vos bras. J'atterris enfin sur quelque chose de mou et de répugnant, que je reconnus comme étant le ventre de mon agresseur : il m'avait entraîné avec lui en tombant et, à présent, voilà qu'il gisait à terre, étalé sur le dos.

— Mais qu'est-ce que tu fous ? entendis-je hurler. Ivan Sergueïevitch, espèce d'imbécile, tu as perdu la tête !

Quelqu'un se mit à m'assener de fortes claques, sous prétexte de me faire revenir à moi. Lorsque je rouvris les yeux et respirai de nouveau, l'odeur nauséabonde de ce souterrain faillit me faire vomir. Après avoir soulevé Ivan Sergueïevitch par les pans de sa veste, et malgré son poids, Piotr avait contraint celui-ci à se remettre sur ses pieds. Tout en le tenant fermement par le col, et bien qu'il vacillât sur ses jambes, par violentes saccades Piotr le repoussait en arrière dans le couloir. Fédor Ivanovitch, avec une complaisance servile, faisait mine d'épousseter mes vêtements. Je me dégageai.

— Ne vous voyant pas revenir, nous nous sommes doutés que quelque chose clochait. Ah ! Nous avons bien fait de descendre.

Maintenant, ce que je voulais, c'était sortir de ce trou. Je cherchai des yeux la table que Boris Olegovitch avait remise sur pied, avec le dossier dessus. Il le feuilletait page à page, et le referma aussitôt qu'il s'aperçut que je l'observais.

— Tenez, vous l'avez bien mérité ! Il est à vous. Prenez-en soin. Ah ! On peut dire que vous avez eu de la chance...

Après la remontée dans la grande salle, j'étais

épuisé. L'air, dans ces souterrains, ne devait pas être suffisamment renouvelé ; et les violents efforts que j'avais faits pour me libérer m'avaient mis hors d'haleine. Fédor Ivanovitch s'excusa de me retirer un instant le dossier des mains pour s'en aller, à l'abri d'un meuble bas, fourrager dans un tiroir. Il en tira un sac plastique, aux couleurs criardes. Il y glissa le tout.

— D'accord, c'est un peu voyant ; mais, en chemin, au moins personne ne vous posera de questions.

Contrarié par la tournure prise par les événements, Piotr se saisit du sac qu'on me tendait et s'offrit à me raccompagner sans plus tarder. Peut-être craignait-il une nouvelle confrontation avec Ivan Sergueïevitch, qu'on entendait pesamment remonter des sous-sols. Son pas résonnait sur les marches en fer et l'étroitesse de la cage d'escalier amplifiait son halètement. Il était temps : en refermant la porte du couloir, j'aperçus son ombre déjà découpée sur la voûte du dernier palier...

Nous sortîmes de la Loubianka sans encombre. Personne ne nous demanda rien ni ne s'inquiéta de ce que contenait le sac, sur les côtés duquel était dessinée, de façon grossière, une simple paire de jeans de fabrication soviétique. Dehors, le froid glacial me saisit. La nuit n'était pas encore tombée et, sur le fond bleu clair du ciel, une lune immense et blanche s'était levée par-dessus les toits couverts de neige. Arrivé en contrebas de la place, Piotr me pria d'accepter ses excuses. Cependant, avant de me rendre le sac, il exigea le reste de la somme dont nous étions convenus. De la poche intérieure de mon manteau, dont j'avais, juste avant notre rendez-vous, pris soin de coudre les bords, j'extirpai l'enveloppe en papier kraft contenant les dollars. Piotr apprécia la précaution, en parut soulagé, ce qui ne l'empêcha pas de vérifier, avec minutie cette fois, le nombre de billets. A ce moment, je compris qu'il avait craint que Ivan Sergueïevitch ne s'en fût pris à moi rien que pour me dérober l'argent.

Ce n'est qu'après être revenu à l'hôtel, avoir pris une douche et m'être fait monter une collation dans ma chambre, que le doute a commencé à s'insinuer dans mon esprit ; il ne m'a plus quitté depuis. En examinant le dossier à tête reposée, je fus forcé de constater qu'il était pourtant semblable à celui que j'avais consulté dans la cave. Sauf que, sur la couverture, je ne remarquai point la faute d'orthographe qui avait déformé le nom de mon grand-père et, à deux reprises, attiré mon attention. N'était-ce pas le même ? Pourtant, les documents s'y trouvaient bien, à peu près dans l'ordre que j'avais brièvement noté. Mais, par exemple, je fus dans l'incapacité de repérer la page avec les traces de ce que j'avais décelé être du sang. Y en aurait-il alors eu deux exemplaires : l'original, que j'avais consulté dans le souterrain, qui avait servi d'appât ; et son fac-similé, dépouillé des notations dangereuses ou compromettantes, que Boris Olegovitch avait interverti à l'abri du placard, juste avant de me tendre le sac ?

L'attitude étrange des trois hommes, restés figés en haut de l'escalier quand Ivan Sergueïevitch et moi avions entamé notre descente, continuait de m'intriguer. S'étaient-ils aperçus qu'ils avaient omis d'expurger la chemise des documents les plus sensibles et d'en avertir leur collègue ? La mauvaise humeur de ce dernier, qui, au départ, aurait pu être feinte, était-elle devenue réelle lorsqu'il s'était cru l'objet d'une provocation ? Car qu'est-ce qui avait bien pu pousser Ivan Sergueïevitch, à travers moi, à s'en prendre à ses collègues et à sortir ainsi de ses gonds ? En quoi consistait cette « opération », au lancement de laquelle il avait fait un moment allusion ?

Le caractère exceptionnel de mon séjour dans ce lieu lugubre qu'était la Loubianka n'avait-il eu pour prétexte que de m'impressionner, m'empêcher de prêter attention à la supercherie dont j'allais être la dupe. La bagarre elle-même, à laquelle je cherchais d'inutiles explications, n'avait-elle été qu'une mise en scène ? N'avais-je pas acheté à prix d'or, dans la précipitation et presque la panique, et donc sans que j'aie eu le temps de procéder aux vérifications indispensables, un dossier tronqué ou composé de documents douteux ? A l'instant d'en remettre les pages en ordre, une évidence se fait jour : aucune de ces archives n'est d'origine. Toutes, d'une façon ou d'une autre, ont été soit retapées à la machine, soit photocopiées. Un exemple, parmi d'autres : en plusieurs endroits il est fait référence à l'autobiographie que, de sa main, aurait eu à rédiger mon grand-père. Or, excepté les protocoles d'interrogatoire, force m'est de constater que nulle part une telle pièce ne figure au dossier...

De plus, la mise en perspective incertaine des faits et les contradictions innombrables qui en découlent m'obligent à m'interroger sur la duplicité des escrocs qui, dans un premier temps, avaient essayé de m'extorquer la récompense sans rien fournir en échange. Qu'ils eussent lâché prise aussi facilement, et sans revenir à la charge d'une façon ou d'une autre, à présent m'inquiète. Au lieu de s'engager avec moi dans une épreuve de force à l'issue incertaine, n'avaient-ils pas changé de tactique ? N'avais-je pas été la victime d'une stratégie autrement sophistiquée ?

I

COMMISSARIAT DU PEUPLE À L'INTÉRIEUR

Affaire nº 128675

PROTOCOLE
D'INTERROGATOIRE
nº 1

Section : AS
Sous-division : SI [1]
Rubrique : Espionnage à la solde de puissances étrangères
Accusé : Xavier Thureau
Classement : Régime 18
Traitement : Confidentiel
Vérification : Méthodes habituelles d'influence sur les prévenus

1. A.S. : « élément antisoviétique » ; S.I. : « tout individu ayant des relations avec l'étranger ».

— Nom ?
— Thureau.
— Prénom ?
— Xavier.
— Vous êtes étranger ? Quelle nationalité ?
— Française.
— Profession ?
— Responsable du service de presse à l'ambassade de France.
— Adresse ?
— Ambassade de France à Moscou, oulitsa Dimitrova.
— Vous prétendez donc être diplomate ?
— Pas exactement, mais...
— Ne vous fatiguez pas, j'ai compris : vous allez essayer de nous faire croire que vous bénéficiez de l'immunité diplomatique, c'est ça ?
— Pas du tout, je...
— Savez-vous où vous êtes ? Vous vous trouvez au cœur des services secrets soviétiques, dans les sous-sols de la Loubianka ! Une fois ici, les traîtres ne bénéficient plus d'aucune immunité. Et, si besoin est, nous nous faisons fort de pourchasser les criminels jusque dans leurs repaires, en Europe ou ailleurs. Avec nous, les ennemis du peuple ne se connaissent plus de sanctuaires. Rien n'échappe à la vigilance des organes de sécurité dont a su se doter le prolétariat. Date de naissance ?
— 6 novembre 1898.
— Vous avez aujourd'hui trente-huit ans ?
— Oui.
— Où êtes-vous né ?
— A La Garenne-Colombes, près de Paris.
— Profession des parents ?
— Mon père travaillait dans une usine de textiles.
— Un ouvrier, donc ?
— Oui, et même un socialiste de la première

heure, qui a connu la prison pour faits de grève et rébellion contre les agents de la force publique. Il a été condamné pour s'être opposé aux forces de police dans l'enceinte de l'usine alors que celles-ci chargeaient à cheval dans les ateliers, au milieu des ouvriers qui résistaient à coups de barres de fer et de boulons.

— C'était déjà, si j'en juge par l'exemple qu'il vous a donné et la façon dont vous avez marché dans ses pas, un sympathisant de la cause anarchiste, n'est-ce pas ? Vous savez pourtant quel sort la révolution d'Octobre a réservé aux anarchistes ?

— Ce n'était pas un anarchiste mais un militant sincère, hostile il est vrai aux manœuvres d'appareil qui finissent par confier le pouvoir à des bureaucrates malhonnêtes et sans scrupules...

— Eh là ! Mais ne dirait-on pas là le langage utilisé il y a quelques années par Rioutine [1] et ses partisans qui, sous un faux air de marxisme-léninisme, cherchèrent à restaurer le capitalisme en U.R.S.S. ?

— J'ignore de qui vous parlez ! Mais ce que je sais, c'est que mon père était fier de ses positions internationalistes !

— Seriez-vous sournoisement en train de critiquer la ligne définie par le Comité central, sous l'impulsion du camarade Staline ?

— Non, je dis qu'il avait des convictions et qu'il s'y est tenu jusqu'au bout ! Il n'avait donc rien d'un opportuniste ! Certes, il croyait à la révolution mondiale...

— Alors plutôt un trotskiste avant l'heure, si je comprends bien.

1. Rioutine fut, en juin 1932, l'auteur d'un appel à tous les membres du Parti communiste destiné à regrouper les factions opposées à Staline, plate-forme qui servira de prétexte à la condamnation de Boukharine et de Rykov lors de leur procès en 1938 (tous deux furent fusillés en mars 1938).

— Vous savez, à cette époque, on ne cherchait pas sans arrêt à coller des étiquettes infamantes à ses compagnons de lutte, même quand ils professaient des opinions différentes. D'après ce que j'ai compris, ces gens-là ne se trompaient pas d'ennemis. Ils luttaient, avec toute l'énergie dont ils étaient capables, contre l'injustice et les inégalités.

— C'est donc lui qui vous a mis ces idées dans la tête? Et de lui que vous avez aussi hérité ce goût pour la subversion. Car qui d'autre vous a initié aux techniques de sabotage, que vous avez ensuite retournées contre la patrie du socialisme?

— Je viens de vous dire que mon père combattait à visage découvert contre l'exploitation dont il était victime, lui et les ouvriers de son usine.

— Y avait-il déjà des Russes dans son réseau? En avez-vous retrouvé certains par la suite? Répondez!

— Des Russes, il y en avait des quantités dans notre quartier, surtout après l'échec des événements de 1905. Mon père n'hésitait pas à accueillir et à aider vos compatriotes, qui s'étaient réfugiés à Paris pour fuir la police tsariste. Beaucoup de tendances étaient représentées : des sociaux-révolutionnaires aux bolcheviks et, ne vous en déplaise, il y avait aussi des anarchistes...

— Ça ne m'étonne pas. On voit où pareille complaisance va vous mener. Vous reconnaissez donc avoir eu, dès votre plus jeune âge, des liens avec ceux que nous avons depuis lors démasqués comme traîtres et éliminés sans pitié. Or, il a été démontré, au cours des procès qui viennent d'avoir lieu, que leur comportement contre-révolutionnaire provenait de ces trop longs séjours passés en exil, dans ce climat corrompu que génère chez vous l'état d'esprit petit-bourgeois. C'est à cette époque qu'ils ont d'ailleurs reconnu avoir noué des contacts secrets avec des agents des services d'espionnage étrangers, anglais et allemands.

— Comme Lénine alors, et tous les bolcheviks qui l'accompagnaient ?

— Continuez à donner libre cours à cet anti-soviétisme primaire, qui risque de vous coûter fort cher ! Quant à ces vieux bolcheviks, pour lesquels vous avez tant d'admiration, sachez que, après la mort de Lénine justement, bon nombre d'entre eux ne se sont plus retenus de vouloir prendre sa place. En contestant la ligne définie par le Parti, laquelle était contraire à leurs intérêts personnels, ils ont perdu leur légitimité historique et révélé qui ils étaient. Alors est apparu au grand jour leur naturel envieux, leur jalousie mesquine envers le camarade Staline, auquel le prolétariat a accordé sa confiance. L'influence de Trotski a fait le reste, les a mis au ban du mouvement des masses et précipités dans la déviation. Exception faite de Kirov [1], qui a péri sous leurs coups, il est heureux que nous ayons réussi à déjouer leurs tentatives d'assassinat ! Quel âge aviez-vous donc en 1905 ?

— En 1905 ? Voyons, sept ans ou huit ans...

— Dites-moi alors comment, à cet âge, vous auriez été en mesure de distinguer les traîtres en puissance des authentiques révolutionnaires ?

— Je me rappelle très bien les discussions enflammées qu'avait suscitées l'échec de l'insurrection de 1905. Les réunions se déroulaient dans le petit salon qui donnait sur la voie ferrée. Les soirs d'été, à cause du bruit qui entrait par les fenêtres ouvertes sur les talus pleins d'orties, on était obligé

1. Membre du Comité central et du Politburo. Son assassinat, à Leningrad le 1er décembre 1934 — certains prétendent à l'instigation de Staline, qui aurait décelé en lui son rival le plus influent —, servit de prétexte aux premiers procès politiques et aux grandes purges qui suivirent peu après.

de s'interrompre pour laisser passer les derniers trains qui partaient de Saint-Lazare. La locomotive, dans sa robe de vapeur trouée par la gueule rougeoyante du foyer, déchirait la nuit du fracas de ses bielles et du grondement de ses roues; peu après suivait le cliquetis des wagons de bois, dont les compartiments illuminés défilaient sous nos yeux... Puis les conversations reprenaient sans attendre. Elles étaient parfois si houleuses que mon père oubliait de m'envoyer au lit; il arrivait même que je m'endorme soit derrière un fauteuil, soit dans les bras compatissants d'un de ces barbus à la voix tonitruante, qui sentaient la vodka et le tabac.

— C'est donc là que vous avez appris à écouter aux portes et fait votre apprentissage d'espion. Cette tendance était inscrite en vous dès votre plus jeune âge.

— Je n'ai pas peur de dire que c'est sous le matelas de mon petit lit que mon père cachait les journaux, les tracts et la littérature clandestine produite par la section. Dès qu'il y avait une descente de police, j'avais ordre de faire semblant de dormir.

— Bon, passons sur vos états d'âme de futur intellectuel décadent, et revenons-en aux faits. Bientôt vous conviendrez qu'ils sont plus accablants que toutes les pleurnicheries sentimentales sur votre enfance. Je croyais vous avoir demandé des noms...

— Justement! Je me souviens bien de l'un d'eux, une sorte de géant que mon père hébergea pendant un temps et qui s'était pris d'affection pour moi. Il s'appelait Boris Nicolaïevitch Louguine. Vous devez le connaître?

— Jamais entendu parler! Mais je note...

— Boris Nicolaïevitch Louguine est un héros de la révolution! Il est mort en Ukraine aux commandes de sa mitrailleuse Westphalie, qu'il n'avait pas voulu abandonner alors que ses camarades s'étaient débandés pour trouver refuge dans la forêt toute proche. Voilà : sabré en rase campagne lors d'une charge de la cavalerie blanche, commandée par le général Dénikine ! Eh bien, à cette époque, il vivait chez nous, dans la mansarde que nous lui avions prêtée. Il avait commencé à m'apprendre le russe et à me faire lire, à travers les différentes traductions qu'il effectuait pour gagner de quoi survivre, Pouchkine, Tchekhov, Gogol, Dostoïevski, Tolstoï... D'ailleurs, c'est grâce à leurs œuvres que je me suis mis à aimer la Russie qui, pour moi, était devenue la patrie privilégiée des écrivains, l'endroit au monde où ils étaient le plus respectés et écoutés. Ça ne me paraît plus tout aussi vrai aujourd'hui.

— Continuez !

— J'étais encore jeune à l'époque, mais c'est aussi sous leur influence que j'ai pris goût à la littérature et commencé de rédiger mes premières histoires. Déjà, et au désespoir de mon père, je rêvais de devenir écrivain. En effet, il m'est vite apparu que c'était dans l'activité d'écrire des romans que résidait l'aventure que j'appelais de mes vœux : d'abord, dans la vie seconde que l'on mène par le biais des personnages qu'on invente et dont, sur le moment, on ignore ce qui va leur arriver ; ensuite, dans la stratégie qu'il faut déployer pour chercher un éditeur et, peu à peu, se faire un nom.

— On reconnaît bien là l'égoïsme de vos préoccupations de littérateur, à caractère individualiste, sans parler de votre arrivisme forcené. Cela explique la gravité des trahisons dont vous vous êtes rendu coupable. Il est clair que ce n'est pas dans votre bouche qu'on entendra la définition du grand roman prolétarien que le premier d'entre nous appelle de ses vœux. Seule la mise en application des principes du réalisme socialiste est capable d'inculquer aux masses la doctrine du matérialisme dialectique et de les éduquer dans la voie du communisme.

— Mais qu'est-ce que l'art sans la liberté ?

— L'art, c'est de la merde ! Il n'a droit à rien s'il n'est pas au service exclusif du peuple ! Mais ne vous inquiétez pas ! On ne va pas tarder à vous donner l'occasion de déballer vos misérables petites affaires et de fouiller dans ce que votre vie a de plus corrompu. Vous vouliez que l'écriture vous procure des sensations fortes ? Eh bien, vous allez être servi ! Votre libération éventuelle, votre transfert dans un camp de travail en Sibérie ou votre exécution seront suspendus au fil du récit que vous allez nous écrire pour relater vos activités contre-révolutionnaires, ainsi que les crimes que vous avez commis ou tenté de commettre. Surtout n'hésitez pas à puiser dans les ressources de votre art pour nous convaincre.

— Attendez ! Mais de quels crimes parlez-vous ?

— Écoutez, vous n'allez quand même pas essayer de nous faire croire que vous ignorez pourquoi vous avez été arrêté...

— Mais c'est la vérité ! Je n'ai rien fait de répréhensible.

— Ah ! Ça commence mal ! Voyez, d'emblée, vous vous obstinez à me décevoir et à me mettre de mauvaise humeur. Alors, comme les autres, vous allez fuir vos responsabilités et me forcer à user de brutalité à votre égard ? J'ai déjà trop parlé pour un officier instructeur, j'ai fait mon possible pour vous faire comprendre dans quel guêpier vous vous êtes fourré. Je vous aurais cru plus intelligent que ça. Mais, mon pauvre monsieur, nous savons tout de vous... Vous voulez que je vous dise, par exemple, en quelle année vous êtes la première fois arrivé à Moscou pour reconnaître le terrain ? D'accord, vous étiez jeune à l'époque ; et je suis prêt à admettre que cette circonstance plaide en votre faveur : on dira à votre procès que les services secrets français ont profité de votre inexpérience pour vous manipuler.

Cela aura au moins pour avantage de vous attirer la clémence du procureur.

— Pourquoi ? Avant même de m'interroger, vous avez déjà décidé de me traduire en justice ?

— Ne jouez pas au naïf avec nous. Je vous garantis qu'il vaut mieux reconnaître vos torts sur-le-champ. Ce sera moins douloureux pour tout le monde. Car si vous nous faites perdre notre temps, vous ne sortirez pas d'ici vivant.

— Mais il doit s'agir d'une erreur, vous devez me confondre avec un autre...

— C'est ça, continue à faire le malin. Parce que tu t'imagines que le Parti est susceptible de commettre des erreurs. Mais c'est toi qui as commis l'erreur capitale de croire qu'on pouvait en toute impunité s'introduire sur le sol de l'U.R.S.S., saboter sa révolution et attenter à la vie de son chef ! Tu sais, on va te broyer ici. Ton corps ne sera bientôt plus qu'une *kotletka* [1]. Tu n'auras plus que ta bouche d'intacte pour avouer tes crimes et ta main droite de valide pour les signer. Tu n'as pas la moindre chance de t'en tirer, autant que tu le saches et que tu abrèges tes souffrances.

— Mais je vous jure que je n'ai rien fait de ce que vous dites...

— Te fatigue pas ! Tu n'es pas le premier à nous chanter cet air-là. Hélas pour toi, la plupart de tes complices t'ont déjà dénoncé. Il y a des témoins, et ici même, dans les caves de ce bâtiment — car, bien sûr, aucun d'eux ne nous a échappé. Tiens, Boris Pilniak [2], tu le connais celui-là ? Lui te connaît très bien ! Et ce n'est qu'un exemple... Depuis le début,

1. Boulette de viande hachée ; par extension, état du prisonnier soumis à la torture.

2. Boris Andreïevitch Pilniak, écrivain russe, né en 1894, arrêté le 28 octobre 1937 et fusillé un peu plus tard.

ils ont avoué t'avoir vu, sous le prétexte de te perfectionner dans notre langue, essayer de t'infiltrer dans nos rangs, d'abord pour freiner la progression de l'agitation révolutionnaire, ensuite pour recruter des agents avant de t'en retourner en France, prendre tes ordres et fourbir tes armes. Tu pensais, en revenant ici dix ans plus tard, sous la protection de ton ambassade, que tu serais mieux armé pour organiser ta tentative d'assassinat et que personne ne te démasquerait ?

— Mais qu'est-ce que c'est que ces inventions ? Qui sont ces complices ? Et de quel assassinat parlez-vous ?

— Alors, vas-y ! Raconte-moi ce que tu es venu faire à Moscou, la première fois... C'était quand déjà ?

— En 1916 !

— Tu vois bien...

— Mais ce n'est pas pour ce que vous croyez. J'avais regagné la confiance de mon père en travaillant bien à l'école ; et, grâce aux relations qu'avait Boris Nicolaïevitch Louguine à Saint-Pétersbourg, il avait réussi à me faire inscrire à l'Institut d'interprétariat et de traduction. Au moment de réserver sa place sur le bateau, ce dernier proposa de m'emmener avec lui. J'avoue que mon père, fier comme il était que j'apprenne le russe, n'avait pas pris la mesure ni des inconvénients qu'il y avait à faire voyager un adolescent à travers une Europe en guerre, ni des troubles qui régnaient dans un pays déjà pour une large part en proie à l'agitation révolutionnaire et à la guerre civile. C'est une fois arrivé sur place que j'ai compris que la période se prêtait mal aux études. Le peuple était en pleine effervescence, des groupes armés couraient dans les rues, ça tirait de tous les côtés...

— Trop tard ! C'est bien cela, tu es arrivé trop

tard ! Tu n'as pas eu le temps, ainsi qu'on t'en avait confié la mission, de prendre contact avec l'Okhrana [1] ? La révolution a été plus rapide et t'a coupé l'herbe sous le pied.

— Mais d'où tenez-vous ces inepties ? Donnez-moi les noms de ces menteurs, qui m'accusent à tort. Il n'y a qu'à organiser une confrontation, vous verrez bien !

— Elle viendra plus tôt que tu ne l'imagines ; mais, au vu des dépositions que j'ai sous le coude, je crains qu'elle ne te soit défavorable. Et puis, ce n'est pas à toi de me suggérer ce que je dois faire, et encore moins de me donner des ordres ! Où te crois-tu ? Dans les salons de ton ambassade, lorsque tu paradais en te livrant à ta propagande antisoviétique et en dénigrant le socialisme ?

— Mais vous oubliez que, comme correspondant de presse sur les différents fronts, j'ai combattu aux côtés des bolcheviks contre les gardes blancs ; et que j'ai aussi travaillé, auprès du secrétariat particulier de Lénine, comme traducteur des journaux étrangers, et en particulier français.

— Tu t'étais donc introduit jusque-là ? Même lui aura manqué à ce point de vigilance en laissant les agents tsaristes l'approcher de si près ! C'est vrai qu'on a du mal aujourd'hui à se représenter pareille négligence... Le camarade Staline s'était bien rendu compte de ces faiblesses, il les a depuis longtemps corrigées. Ah ! ce n'est pas à lui que ces choses-là arriveraient. En voilà un qui sait, grâce à nous, s'entourer des précautions indispensables. Avec tous les contre-révolutionnaires qui veulent à la fois sa perte et l'échec du socialisme, comme il a raison d'anticiper et de les éliminer avant même qu'ils ne sortent la tête du nid ! Et ça a duré jusqu'à quand, ce petit jeu ?

1. Police secrète tsariste.

— Jusqu'en 1922, date à laquelle je suis rentré en France.

— Tu es retourné dans ton pays parce que tu avais atteint tes objectifs ou parce que tu avais compris que, la révolution courant de victoire en victoire, tu ne pourrais rien tenter avant longtemps ?

— Parce que je me suis marié.

— Ah ! Elle est bien bonne, celle-là ! A quoi tient le sort des ouvriers et des paysans dont tu prétends avoir épousé la cause ? A la rencontre d'une femme ! Les prolétaires, qui eux ont payé de leur sang leur liberté, seront contents d'apprendre cette excellente nouvelle ! Voyons, une dénommée Catherine, c'est cela ?

— Oui.

— Elle appartenait elle aussi aux services secrets français ?

— Pas du tout ! Laissez-la, je vous prie, en dehors de cette histoire.

— Tu sais qu'elle se fait du souci pour toi ? Et je dirai qu'elle n'a pas tort... C'est que tu n'appartiens déjà plus au monde des vivants. Du moins tant que tu t'obstines dans cette attitude négative, par laquelle tu te refuses à collaborer avec nous. Libère une bonne fois ce qui encombre ta conscience ; et formule toi-même ton acte d'accusation. Dis-nous pour quelles raisons tu es coupable et tu crois qu'on t'a arrêté. On verra si cela recoupe nos propres informations. Peut-être à ce moment-là, si tu fais preuve de bonne volonté, si de toi-même tu te désarmes, retrouveras-tu une chance de revoir les tiens. A l'heure qu'il est, ta femme, que tu avais cru mettre en sécurité en France pour avoir les mains libres et mieux diriger tes activités terroristes, n'a pas respecté tes consignes. Vois-tu, quand elle a appris que tu venais d'être arrêté, elle a aussitôt demandé un visa pour revenir te chercher. C'est une épouse formidable que tu as là ! Sait-elle seulement que tu avais une maîtresse en son absence ? Non, hein ? Crois-tu qu'elle prendrait autant de risques inutiles si elle l'apprenait ? Eh bien, nous allons lui montrer que nous ne sommes pas les brutes sanguinaires qu'on imagine que nous sommes en Occident. Le camarade Staline, qui suit cette histoire de près, est même intervenu pour qu'on lui accorde le visa qu'elle réclame avec tant d'insistance. Peut-être la recevra-t-il personnellement, si elle en fait la demande... Quel honneur, n'est-ce pas ? Oui, car elle est morte d'inquiétude à ton sujet. D'ailleurs, à mon avis, elle a raison de s'alarmer : d'abord pour toi, car il faut reconnaître que tu ne fais pas beaucoup d'efforts pour t'impliquer dans la recherche de la vérité qui nous occupe. Mais elle devrait surtout s'inquiéter pour elle-même, parce que, si tu ne parles pas, j'ai le regret de t'annoncer que c'est elle que nous allons être contraints d'interroger, tu comprends ce que je veux dire ? Elle doit savoir tellement de choses ! Je suis sûr qu'elle va se faire un plaisir de tout nous raconter...

— Salauds ! Vous êtes ignobles ! Et vous prétendez changer le monde et promouvoir une société meilleure avec de pareils procédés ?

— Ce n'est pas à toi de juger des méthodes qu'emploie le tribunal de la classe ouvrière pour abattre ses ennemis, dans le camp desquels tu as commis l'erreur de te ranger. Maintenant que tes comparses t'ont trahi, ce sont tes amis qu'il va falloir à ton tour dénoncer... Est-ce que tu as compris ce que nous voulons obtenir de toi ? Les noms de ces intellectuels scélérats, de ces cochons et chiens galeux qui, en secret, complotent avec l'appui des forces impérialistes pour empêcher la victoire de la révolution prolétarienne.

— Et que faut-il que je fasse ?

— Voilà comment nous allons procéder : tu as déjà eu, avant de venir ici, un petit échantillon du traitement que nous infligeons aux espions infiltrés sur notre territoire. C'est vrai que tu es pas mal amoché et, entre nous, pas beau à voir. Même ta femme ne te reconnaîtrait pas ! Mais ce que tu as subi, ce n'est rien, tu sais, juste une mise en condition : d'abord, nous allons à nouveau te battre à mort afin que tu te mettes bien dans la tête que tu n'as pas le choix. Ensuite, après quelques jours où nous te laisserons réfléchir à ton sort, nous te donnerons du papier et un crayon, et tu établiras toi-même, dans les moindres détails, le document qui permettra à la troïka [1] de te condamner à mort. Bien sûr, pour ce qui est de ta femme, il faudra que tu te dépêches : elle n'a pas encore quitté Paris, et il ne tient qu'à toi de lui sauver la vie en nous persuadant qu'il est inutile que nous lui accordions un visa. Les voyages sont longs, difficiles, et dangereux par les temps qui courent : autant lui épargner toutes ces fatigues. Elle apprendra ta mort, elle pleurera, d'accord. Mais il faut que tu saches que ce sera pour elle un moindre mal en comparaison des souffrances qui l'attendent si tu commets l'imprudence de lui laisser franchir la frontière. Est-ce que tu comprends que la chance que je te propose de saisir est tout à fait infime ?

1. Ensemble de trois juges, chargé de prononcer les condamnations à la déportation ou à la mort.

ARCHIVES PERSONNELLES
n° 1

Lettre de Natacha Borachov,
reçue en 1989, après le passage de ma première petite annonce.
Pièces jointes :
— une photographie d'Evguénia Alexandrovna,
— le texte d'une de ses chansons, arraché aux pages d'une revue.

Leningrad, 30 novembre 1989

Cher Monsieur,

Même si ce n'est pas la première petite annonce de ce genre qui, depuis quelques semaines, me soit tombée sous les yeux, qu'un étranger eût à son tour obtenu l'autorisation d'en faire paraître une semblable dans « l'Étoile de Moscou » m'a quelque peu déconcertée. Alors, cette *perestroïka* dont on nous rebat les oreilles, comment la considère-t-on en Occident ? Y accorde-t-on du crédit ? Ne serait-ce point encore l'une de ces ruses qu'on nous tend pour nous faire sortir du bois ? On a déjà connu ça, avec Khrouchtchev ! Oh ! ça n'a pas duré longtemps. Aussi est-ce la circonspection qui est la cause de ce que j'ai un peu tardé à vous répondre. Mais je vais vous dire : la chute du mur de Berlin [1], alors ça ! Qui aurait pensé qu'une chose pareille arriverait jamais !

Et puis, je me suis dit : que craint à présent une vieille femme de quatre-vingt-quatre ans, qui n'a plus goût à rien ? Jadis, j'ai aimé les fêtes et les rires, même si, pendant ces interminables années de terreur qui ont précédé la guerre, la dureté de nos conditions d'existence et les privations ne nous ont pas laissé beaucoup de répit. Jusque dans le malheur, voyez-vous, quand on est jeune, on trouve toujours prétexte à s'amuser. C'est aussi grâce à cette insouciance que l'on supporte. Néanmoins, aujourd'hui, et après ces épreuves, il me faut reconnaître que mes capacités d'espérer sont émoussées. Tant de membres de ma famille ou d'amis ont disparu, du

1. Novembre 1989.

jour au lendemain, sans qu'on en ait plus eu de nouvelles. J'aimerais bien, moi aussi, savoir ce qu'ils sont devenus...

Remarquez, je n'ai guère besoin de chercher très loin. Je n'ai qu'à évoquer le souvenir de mon mari. Que lui est-il arrivé au juste ? Certes, il exerçait un métier à risques. Journaliste, pensez ! Qu'y avait-il de pire à l'époque ? Quand, un soir, la mine défaite, il est revenu à la maison, j'ai aussitôt compris qu'il avait été renvoyé. Et pour quelles raisons ? Jusqu'au bout, il a été incapable d'obtenir la moindre explication. Or, c'était ça le plus terrible : la certitude où il était de n'avoir rien à se reprocher. Comme tous les autres qui, avant lui, avaient connu le même sort, il persistait à croire qu'on avait commis une injustice à son égard. Il ne pouvait admettre que c'était pour le motif qu'on lui avait notifié, si caricatural, et tellement dérisoire. Forcément, cela devait cacher autre chose, mais quoi ? Le caractère grotesque de l'accusation laissait espérer qu'elle lui avait été imputée à tort. Il était persuadé qu'on l'avait confondu avec un autre. Or, c'est au contraire l'énormité du prétexte invoqué qui aurait dû le persuader qu'il s'agissait d'un traquenard. Loin de lui permettre de prendre du recul, de considérer les choses à froid, son incompréhension de la nature réelle de la faute qu'il avait commise, doublée de l'absurdité du reproche qu'on lui faisait, avait le don de le plonger dans l'angoisse. Ah ! tout était bien calculé, avec ce mélange de finesse et de brutalité, destiné à brouiller le profil psychologique de celui qui vous met en cause et vous empêche de savoir s'il s'agit d'un rustre ou d'un fin stratège, d'un idéologue averti ou d'un butor.

Pour lui, la situation est vite devenue intenable. Il s'obstinait à croire que ce qui lui arrivait n'était qu'un affreux cauchemar, qu'il allait se réveiller, qu'on allait enfin lui fournir l'occasion de se justifier, que les choses rentreraient dans l'ordre. Eh bien, ce fut l'inverse ! Un rapide examen de la situation aurait dû lui ouvrir les yeux : combien de ses collègues avaient disparu, pour de semblables vétilles, accablés de ces mêmes insultes, stéréotypées, administratives pour ainsi dire ? Trotskiste ! Zinoviéviste ! Ennemi du peuple ! Traître et renégat ! Chien puant ! S'était-il interposé quand elles s'étaient adressées à d'autres ? Ce n'est que lorsque d'aussi grossières accusations vous cinglent en pleine figure que vous devinez qu'elles ont un goût de sang : déjà vous êtes à peu près mûr pour les aveux...

Mon mari, par exemple, juste avant qu'on ne l'arrête, il n'était plus que l'ombre de lui-même. Son renvoi du journal l'avait déboussolé. Une fois qu'il a eu perdu son emploi, son univers s'est effondré. Ses anciens collègues affectaient de ne plus le reconnaître pour se dispenser d'avoir à lui serrer la main dans la rue. Seul, l'un d'eux a fait mine d'éprouver assez de compassion pour lui suggérer de postuler à l'emploi de balayeur qui, comme par un fait exprès, était devenu vacant à l'imprimerie du journal. Ce provocateur l'a entretenu dans l'espoir déraisonnable de lui obtenir ce poste, dont il lui faisait miroiter les avantages — les avantages d'un emploi de balayeur, vous vous imaginez ? Mais être réintégré dans le journal, à n'importe quel prix, mon pauvre mari n'avait plus que cette obsession. Il ignorait que ce poste n'avait qu'une existence fictive et ne lui avait été proposé, comme ce fut le cas pour ceux à qui il avait été promis de la même façon, qu'afin de mieux l'humilier.

Car, bien sûr, sa candidature a été rejetée ! Il a fallu ce choc pour qu'il comprenne que ces tracasseries constituaient le prélude habituel à son arrestation. Cette dernière, il se mit à la souhaiter aussi ardemment que la place de balayeur. Il avait hâte d'apporter la preuve de son innocence, de confondre ses délateurs. Mais il la redoutait aussi : il savait par ouï-dire que, de là où on vous emmène, nul ne revient jamais. Il n'en dormait plus la nuit. Quand, épuisé, il se levait pour guetter par la fenêtre l'apparition des premières lueurs de l'aube et qu'il faisait encore nuit noire, derrière son dos j'avançais les aiguilles du réveil. Après cinq heures, en général il y avait moins à craindre les perquisitions, et il s'assoupissait enfin...

Ses journées, il les passait sur le balcon, assis dans son fauteuil en osier, à guetter l'arrivée des tchékistes. J'avais peur qu'il ne lui prenne l'envie de sauter dans la rue. Le plus cruel, c'est que, malgré tant de précautions, ils ont quand même réussi à se saisir de lui par surprise, à un moment où, à force de ne rien voir venir, il avait commencé d'espérer qu'on l'avait oublié. Il était allé voir sa sœur à l'hôpital. Eh bien, ils l'attendaient à l'entrée. Ils ont poussé la barbarie jusqu'à traîner devant lui sa sœur malade, et qui n'y était pour rien. Elle était en chaussons, avec sa vieille robe de chambre : ils ne lui avaient pas laissé le temps de se changer ! Est-ce qu'ils l'ont ensuite forcée à prendre le chemin de la Sibérie dans cette tenue ? Moi, la nuit suivante, j'ai quitté l'appartement sur la pointe des pieds, en abandonnant mes affaires sur place, comme si j'allais revenir d'un moment à l'autre, et suis partie me réfugier chez une tante, près de Toula.

Alors que j'aurais mille raisons d'entreprendre des démarches semblables aux vôtres, je m'aperçois que je n'en ai plus la force. Mon cœur s'est endurci ; et j'ai tellement pleuré que mes yeux ont fini par s'assécher. Il le fallait bien, car comment survivre après cela ? Quand, après avoir travaillé ma vie durant pour la patrie du socialisme, je constate que, à moi qui ai pourtant si peu de besoins, ma retraite m'évite à peine de mourir de faim, je me demande si ça valait le coup de consentir autant de sacrifices et, parfois, si je n'aurais pas été mieux avisée de le suivre en rejoignant l'infinie cohorte des déportés. Je serais morte d'épuisement dans l'un de ces wagons glacés et, à la faveur d'une halte du train, on m'aurait enterrée en pleine neige, sur le bord de la voie ferrée...

Par cet envoi, j'espère contribuer, même de façon modeste, à l'enquête que vous menez. Tant mieux si la situation évolue et permet à des gens comme vous de rétablir la vérité. Vous devriez aller voir du côté de la Loubianka... On dit qu'il est parfois possible d'avoir accès à certains dossiers. Si vous avez de l'argent bien sûr ! Vous ferez des découvertes horribles, dont je ne suis pas sûre de vouloir connaître les détails. Ainsi que l'écrivait si justement Ivan Viatchevik [1] : « La fonte des glaces libère les pestilences. »

Le nom de votre grand-père me disait bien quelque chose. Il était enfoui parmi les souvenirs que nous nous sommes depuis efforcés d'oublier. D'abord, il m'est revenu qu'il était écrivain et que j'avais même lu un de ses livres ; ensuite, je me suis rappelé la rumeur qui avait couru à Moscou — mais sans qu'on en ait jamais eu la preuve — comme quoi il avait été l'amant d'Evguénia Alexandrovna Staréjov. J'espère que vous ne le prendrez pas en mauvaise part si les seules choses que je suis en état de vous transmettre sont la photo de celle qu'il a aimée et le texte de cette chanson, dont j'ai compris

1. Ivan Fédérovitch Viatchevik, qu'on suppose avoir été arrêté peu avant la guerre, et auteur d'un unique ouvrage, précisément intitulé *Journal d'une disparition.*

bien plus tard qu'elle lui était dédiée. Je vous accorde que, étant tous deux mariés, leur liaison n'était ni morale ni conforme aux idéaux révolutionnaires de l'époque ; mais l'amour fait partie de ces sentiments qui ne se commandent pas et contre lesquels on lutte en vain. Ils sont faits pour qu'on y succombe, un point c'est tout ! Croyez-en l'expérience de la jeune femme que j'ai été et à qui une semblable passion a ravagé le cœur. Ce n'est donc pas moi qui les condamnerai.

Vous savez, nous n'avions pas vraiment de distractions, hormis ces fêtes ennuyeuses et enrégimentées qu'organisait le Parti. Or, avant mon mariage, j'étais une jeune fille très romantique. Comme nombre de mes camarades, j'étais sans cesse à l'affût des allées et venues des personnages célèbres du moment, surtout des artistes, dont les liaisons amoureuses, si tourmentées, me faisaient frémir et rêver. Evguénia Alexandrovna faisait partie de ces gens-là ; je collectionnais les articles qui concernaient ses tours de chant, auxquels j'allais parfois, ou encore les comptes rendus qui entouraient la sortie de son dernier disque. Dans les rares revues qui, malgré l'austérité idéologique, passaient pour être à la mode et qui, de ce fait, étaient accusées de révisionnisme, il arrivait qu'on publiât le texte de certaines de ses chansons ou les poèmes dont elle s'inspirait. Il n'empêche ! A force de les fredonner, nous avions fini par les connaître par cœur. Inutile de vous dire que nous en préférions les couplets aux ritournelles bien-pensantes ou en forme de slogans qui accompagnaient les fêtes de la Jeunesse organisées par le Parti...

Le texte de la chanson que je vous adresse, un poème en fait, qu'elle s'était contentée de mettre en musique, au départ m'avait fort embarrassée. On n'était guère habitués à une telle liberté de ton.

Pourtant, aujourd'hui encore, je n'en ai pas oublié les premiers vers :

Nous serons amants de légende
Nos prénoms colportés en de fébriles murmures
Lèvres sèches, mains qui se serrent
Modèles malgré nous pour ceux qui désespèrent...

En commençant cette lettre, j'étais persuadée d'en retrouver le texte complet dans la pile de revues que je conserve de cette époque. Eh bien, je peux vous dire que, de remettre la main dessus, ça n'a pas été facile. Remarquez, un hiver après l'autre, nous y avons prélevé tant de numéros, histoire de renforcer la doublure de nos maigres vêtements. Rien de tel que les vieux journaux pour se protéger du froid ou bourrer ses bottes avant que de les mettre à sécher ! Aussi ai-je une prière à vous adresser : si jamais, dans la suite de votre enquête, il vous arrivait de tomber sur le texte d'autres chansons, seriez-vous assez aimable pour m'en retourner une copie ? Les lire à voix haute m'en fera revenir la mélodie et ressouvenir des jours anciens... Vous le ferez, n'est-ce pas ?

Malgré la piètre qualité du papier de ces années-là, ne trouvez-vous pas que la photo d'Evguénia Alexandrovna est bien conservée ? Comme elle était belle ! Je l'enviais. Cependant, à feuilleter ces pages, mon cœur se serre ; je m'aperçois comme le temps a passé et tout effacé. De nous et de nos souffrances inutiles, il ne restera bientôt plus rien. Non pas seulement par la faute du temps, mais surtout à cause de notre négligence. N'avions-nous pas déjà fort à faire pour conjurer nos propres terreurs ? Ne mourions-nous pas naturellement de faim ? Au peuple russe les éléments n'ont-ils pas été le plus souvent fatals ? Et la mort ne nous est-elle pas à ce point familière qu'elle jalonne de flaques de sang l'étendue de notre histoire ? Pourquoi a-t-il fallu en rajouter ? Quand les hommes à leur tour s'en mêlent, parfois ils croient bien faire... Mais quand, poussés par la brutalité de leurs certitudes, ils décident d'y remédier par la force et saccagent ce que leurs prédécesseurs ont mis en place, alors ils font preuve d'une cruauté dont la nature jamais n'aurait été capable.

Cher Monsieur, n'oubliez pas de me conserver un peu de votre temps pour m'écrire. A présent que je ne sors presque plus, une lettre de vous me distraira. Vous me direz, par exemple, si cette photo et cette chanson vous ont été de quelque utilité pour votre enquête. A l'occasion, et si vous ne craignez pas le bavardage d'une vieille femme qui ne vit plus que dans ses souvenirs, passez me rendre visite : achetez des gâteaux, je vous préparerai un verre de thé. Je vous raconterai quel genre de vie menait votre grand-père. Je vous dirai tout ce que vous désirez savoir sur cette période à la fois brillante et ténébreuse, où l'on croyait que le bonheur était possible et où se sont finalement consumés nos rêves, et engloutis nos espoirs.

UNE PHOTOGRAPHIE D'EVGUÉNIA ALEXANDROVNA STARÉJOV

[La page de journal, à force d'avoir été ouverte et refermée, se détache presque toute seule selon le tracé de la pliure. Les angles aussi se sont usés : la fibre du papier à cet endroit en ressort plus blanche. Fort heureusement, les plis n'affectent pas la photo elle-même et ont laissé intact le visage d'Evguénia Alexandrovna.

La célèbre chanteuse, d'origine kirghize, qu'aima mon grand-père y figure de trois quarts, sur fond d'une toile abstraite, qui reste peu distincte et qu'on aperçoit accrochée à l'un des murs de ce qui, par ses voûtes et ses vitrages, semble être une galerie d'art contemporain. Sur l'un des côtés, plusieurs personnes, en costume sombre, sont arrêtées et observent le tableau sans qu'on devine rien de ce qu'elles pensent. L'une d'elles — on dirait Boris Leonidovitch Pasternak — tient un verre à la main...

Evguénia est au premier plan ; son beau visage lisse, aux pommettes saillantes, ne laisse rien ignorer de ses lointaines origines mongoles. Les cheveux frisés, partagés par une raie en leur milieu, gonflent et débordent de chaque côté sur ses épaules. Sous le front haut, ses yeux noirs s'illuminent d'indulgence et de malice sous le flash du photographe. Rehaussés par des sourcils soigneusement épilés, ils regardent quelqu'un, qui a toutes les chances de se situer en arrière de l'objectif, et qui doit lui adresser des signes, qui la font rire et rejeter la tête en arrière.

Cette attitude découvre, sur des dents qu'elle a très blanches et bien rangées, des lèvres charnues : la supérieure, finement découpée en forme de cœur, l'autre ourlée, striée d'imperceptibles nervures verticales. Le tout irrésistiblement appelle le baiser.

En bas de la photo, on distingue son bras. La lumière s'y reflète et permet d'apercevoir, malgré les ombres, la texture soyeuse et dorée de la peau. Le poignet, orné d'un énorme bracelet en cuivre ou en or, typique de l'art des steppes d'Asie centrale, en surgit d'autant plus fin, presque fragile. Une bague, d'une facture semblable, orne ses doigts élancés, qui tiennent une cigarette. Des ongles longs, vernis d'un rouge sombre qui vire au noir, les rendent encore plus effilés.] (NOTE DE L'AUTEUR.)

TEXTE D'UNE DES CHANSONS D'EVGUÉNIA ALEXANDROVNA INTITULÉ « AMANTS DE LÉGENDE »

[En bas de la page arrachée figure le titre du livre d'où ont été tirés les vers qui suivent : Anthologie de la poésie soviétique. *Quelques rapides recherches effectuées à Moscou m'ont permis de consulter l'un des derniers exemplaires de ce travail collectif dirigé par un poète du nom d'Anton Sebaïoutch. En réalité, l'édition que j'ai eue entre les mains n'était elle-même qu'un tiré à part du tome II de l'*Encyclopédie de la littérature soviétique, *sous-titré : « De 1905 à la mort de Lénine (1924) ». L'ouvrage, d'abord publié à Leningrad, en 1930, a effectivement été retiré des bibliothèques, ou remplacé par une nouvelle édition, plus conforme aux rigueurs idéologiques de l'époque.*

Au cours du travail de traduction que j'ai effectué pour insérer le texte dans cet ensemble, plusieurs choses me sont apparues évidentes : à cause de leur difficulté, les quatre premiers vers de la deuxième strophe m'avaient intrigué, jusqu'à ce que je m'aperçoive, puisque c'était de légende qu'il était question, des références successives faites à Lancelot et à la reine Guenièvre, à Tristan et Iseult, à Roméo et Juliette, et enfin à Anna Karénine. Le reste, en revanche, m'a paru assez clair pour se passer de commentaires.

Cependant, il manquera toujours la version chantée par Evguénia. A mon tour de lancer un appel : si quelqu'un, par chance, en possédait encore le disque, qu'il me le signale ou m'en enregistre une version sur cassette. Je lui serais à jamais reconnaissant de me donner l'occasion d'écouter le timbre de voix de celle qui envoûta mon grand-père et fut en partie la cause de ce récit.] (NOTE DE L'AUTEUR.)

AMANTS DE LÉGENDE

Nous serons amants de légende
Nos prénoms colportés en de fébriles murmures
Lèvres sèches, mains qui se serrent
Modèles malgré nous pour ceux qui désespèrent
Qui devinera jamais combien nous fûmes heureux ?

Nul fil tranchant d'une épée entre nous déposée
Non plus qu'une voile trompeuse sur l'horizon hagard
Point de ces rixes sanglantes où s'affrontent les clans
Ni de ces quais bordés de locomotives fumantes.
Amants préservés d'une légende obscure
Qui suspectera jamais nos fugaces étreintes ?

Adultères subsistant en marge de nos lois,
Que de fois nous avons aspiré à être pris ensemble
Afin d'en finir avec ce lourd secret.
Passagers clandestins d'un amour de haute mer,
De justesse nous frôlâmes des récifs trop curieux.
Déjà trop mûrs pour jouer à nous faire prendre,
Mais trop jeunes encore pour entendre raison,
A temps nous avons débusqué tous les pièges,
Et nul ne s'est imaginé que nous étions amants.

Les années ont passé, et jamais soupçonnés
A la rareté des aubes enlacées nous avons survécu.
A l'inverse, dans l'obscurité de nos rideaux tirés,
Indifférents à l'appel des cloches et aux slogans,
Au plus fort du vacarme des rues nous avons reposé...
Sans rien trahir, que de fois nos regards s'effleurèrent
Et même si, à part, nous avons ri et pleuré,
Nul ne saura jamais comme nous avons brûlé.

COMMISSARIAT DU PEUPLE À L'INTÉRIEUR
(Département des archives de la Loubianka)

Affaire n° 128675
Nom du prévenu : Xavier Thureau

DOCUMENT

n° 5

Nature : *Article publié dans un journal français : « La Libre République », accompagné d'une photographie (non parue).*

Objet : *Reportage effectué par le prévenu, au titre de correspondant de guerre, sur le front d'Ukraine (1918).*

[Le présent document comporte deux parties : l'article d'un quotidien appelé La Libre République, *sans qu'il soit précisé dans quelle ville de France ou même d'ailleurs il fut publié ; une photographie, aujourd'hui jaunie, qui accompagnait le texte mais qui n'a pas été retenue comme cela avait été envisagé au départ.*

De l'article il ne s'agit que d'une photocopie, dont la mauvaise qualité est propre à masquer les altérations. On serait en droit de se demander par quel miracle celle-ci figure dans un dossier censé avoir été bouclé avant la Seconde Guerre mondiale. L'invention de la photocopie étant postérieure, il y a de fortes chances pour que ce document ait été rajouté après coup ou substitué à l'original. Mais à quelle fin ?

La photo en revanche paraît être authentique. Elle représente un groupe de soldats hilares, grimpés sur un wagon, qui agitent armes et drapeaux. Cependant, la direction dans laquelle flottent ces derniers laisse à penser que le convoi est à l'arrêt, ce qui contredit le contenu de l'article où l'auteur précise que ce cliché a été pris juste après la bataille de Lvov, alors que le train poursuivait sa route...

On reconnaît distinctement au premier plan Xavier Thureau qui, malgré sa jeunesse et son inexpérience des armes, passe pour s'être illustré en ce combat. Autre contradiction : il est entouré de ses camarades, qui le serrent dans leurs bras, alors qu'il est censé être l'auteur du cliché. Faut-il renoncer à ajouter foi à l'article et admettre que cette photographie est un montage, fabriqué bien après les événements pour les besoins de la propagande de l'époque ?] (NOTE DE L'AUTEUR.)

LA LIBRE RÉPUBLIQUE

AU FRONT

De Xavier Thureau,
notre correspondant spécial en U.R.S.S.

Nous étions arrivés à Sverdiovsk de nuit, dans un camion bringuebalant, qui était venu de Minsk, et dont nous avions aidé à charger la plate-forme arrière de caisses de munitions, de sacs de pommes de terre et de bouteilles de vodka. C'est par-dessus cette cargaison que, tant bien que mal, nous nous étions entassés. Hélas, la toile trouée et grossièrement rafistolée qui était censée nous servir de bâche, avec la vitesse prise par le camion lorsque celui-ci s'était élancé sur ce qui restait de route, n'avait pas résisté à la violence du vent ; malgré nos efforts pour la retenir, elle s'était déchirée en lambeaux et avait fini par être emportée. Ainsi exposés à la bourrasque, nous avions vite été transis. La neige en tourbillonnant s'infiltrait dans le moindre espace compris entre le vêtement et la peau. Seules les embardées du véhicule, en nous projetant les uns contre les autres, nous tiraient de notre engourdissement. Les chocs portés contre nos membres gelés par les angles de la benne nous faisaient un mal de chien. Pour ma part, tous mes soins avaient consisté à protéger des cahots la boîte qui contenait mon appareil photographique.

Aussitôt qu'ils aperçurent les phares du camion dont les faisceaux, à cause des fondrières, balayaient le ciel en tous sens, les soldats délaissèrent les feux autour desquels ils s'étaient regroupés et convergèrent vers l'esplanade que bordait la voie de chemin de fer. Après avoir fait un coude en rencontrant le remblai, la piste se poursuivait sur quelques centaines de mètres, jusqu'à atteindre une petite gare en bois dont la silhouette se découpait sur le fond laiteux de la nuit. Le long de ses quais en planches disjointes, le double tracé luisant des rails, qui avaient été dégagés à la pelle, filait droit vers le sud.

Les hommes qui nous entourèrent à notre descente étaient hâves et épuisés. Plusieurs portaient des vareuses en loques et certains avaient noué de simples chiffons autour de leurs bottes de feutre trouées. La plupart retenaient sur leur épaule tombante la courroie d'un fusil hors d'âge et paraissaient dans l'incapacité de combattre. Ils épiaient nos moindres gestes avec un air réprobateur, se demandant par quelle aberration nous étions venus, et apparemment de notre plein gré, nous fourrer dans ce guêpier. Eux, en effet, n'aspiraient qu'à déserter au plus vite. Alors que le camion achevait sa course en roue libre, quelques-uns avaient trouvé la force de courir à son côté et de sauter sur le marche-pied. Dès lors, ils n'avaient plus quitté le chauffeur de leurs yeux hagards, sans mot dire, mais comme pour prendre date lorsque celui-ci recevrait l'ordre de faire demi-tour. Une fois le véhicule immobilisé, ils en redescendirent à regret et l'examinèrent avec un air suspicieux, où se lisaient à la fois la rancœur et l'envie. Rancœur que le moteur eût cessé de tourner : est-ce qu'il rebrousserait chemin, et quand ? Envie, car celui-ci représentait l'unique espoir de retourner dans leur village. Aussi devinait-on, à leur air farouche, qu'ils ne laisseraient pas si facilement passer leur chance de repartir avec lui et qu'ils étaient prêts à tout tenter pour grimper dedans. Il fallut que l'officier, assis sur la banquette avant, leur ordonne de reculer d'un pas pour ouvrir la portière de la cabine. Et afin de couper court aux convoitises, d'autorité il arracha les clés du tableau de bord, qu'il fourra dans la poche de sa capote.

On nous avait attribué un endroit où dormir dans l'un de ces gourbis, dont la partie basse avait été creusée dans le sol. La neige les avait couronnés d'un toit épais et ainsi transformés en des sortes de bastions souterrains. L'inconvénient venait de ce que les gouttes, en tombant de l'entrelacs des branchages, avaient trempé les mousses et les feuilles qui avaient été jetées à l'intérieur pour servir de paillasse. De plus, les hommes qui s'étaient donné la peine d'installer celle-ci pour leur propre usage et auxquels on avait ordonné de nous céder la place, avant de s'en aller ne s'étaient pas privés, lors de leurs innombrables allées et venues, de tout piétiner sans précaution...

Pour lutter contre l'humidité qui régnait dans les casemates, on avait ranimé les feux dans les trous creusés à chaque entrée. A couvert des sous-bois, ceux-ci faisaient de place en place des taches claires dans la nuit. La distribution de vodka ayant contribué à réchauffer l'atmosphère, des bribes de chansons, accompagnées au bandonéon, selon les sautes de vent tournoyèrent un temps. Puis, par manque de conviction, elles s'effilochèrent jusqu'à se figer dans l'air rendu presque compact par l'intensité du froid, la violence des ténèbres, les brumes givrantes auxquelles se mêlait la fumée des foyers trop chargés de branches trempées et qui, à mesure que les flammes avaient perdu de leur vigueur, ne s'étaient plus consumées qu'avec difficulté.

Nous avions pris nos dispositions pour la nuit; mais, de la terre gelée en profondeur, le froid avait tendance à remonter à travers le corps du dormeur; et, à la faveur de son sommeil, s'il avait le malheur de s'y abandonner sans contrôle, il lui paralysait les membres, puis les entrailles, jusqu'à lui empoigner le cœur. A cause de l'obscurité confinée qui régnait à l'intérieur de l'abri, et alors que j'étais persuadé de n'avoir pas fermé l'œil de la nuit, je ne vis pas l'aube pointer. Peut-être avais-je quand même réussi à m'assoupir quelques minutes, juste avant que s'éclaircisse le ciel à l'est. Même les sentinelles n'avaient pu se retenir de piquer du nez, col remonté et chapka enfoncée sur les oreilles, leurs paupières brûlées par l'âcreté des fumées qui avaient stagné par nappes à partir des foyers mal éteints. Si les gardes blancs, guidés par nos feux, avaient surgi à cet instant, aucun de nous n'aurait été en état de faire front. Pour ma part, claquant des dents et trop transi pour tenter quoi que ce soit, j'aurais préféré succomber d'un bref et définitif coup de sabre.

Soudain je me dressai sur un coude pour mieux identifier la nature du ferraillement insistant et saccadé qui déchirait les restes de la nuit. Ces sourds battements, en résonance sous la chape de nuages bas, firent à leur tour s'ébrouer dans l'ombre les officiers qui, titubant de fatigue et comme pris de panique, se ruèrent hors des cahutes pour gueuler à tout va des ordres de rassemblement et d'alerte au combat. Ce grincement continu, semblable à la plainte suraiguë poussée par un animal blessé à mort aux confins de la steppe, provenait de derrière la cime des arbres, à peine découpée sur d'incertaines bribes de jour. Enfin, chacun reprit son sang-froid en comprenant que cette sorte de râle était provoquée par le martèlement des bielles d'une locomotive ; et que l'interminable cri qui le doublait, en effet bestial et monstrueux, était causé par le poids exceptionnel du convoi qui, répercuté de traverse en traverse, broyait les cailloux du ballast. Par là aussi, chacun fut averti que le train était blindé et appartenait à l'état-major de l'Armée rouge.

Enfin, en ahanant au débouché du rideau de sapins, la locomotive, dont on n'avait jusque-là aperçu que le panache de fumée blanche, lança un coup de sifflet impératif et strident, comme offusquée de ce que le bataillon ne se fût pas déjà rangé au garde-à-vous de chaque côté de la voie. Le caractère impérieux de ce rappel à l'ordre acheva de mettre tout le monde sur pied, même si c'était en maugréant ou en se tenant les reins à deux mains. Rares furent ceux qui s'aperçurent que, pendant ce temps, le camion en avait profité pour faire demitour et s'éclipser.

L'imposante locomotive, grasse et noire, aux flancs plaqués d'une grande étoile rouge vif et à la herse hérissée de drapeaux battant au vent, s'extirpa du couvert de l'allée d'arbres qui bordait le remblai. Enveloppée de fumerolles, elle s'avança, invincible, triomphante comme à la parade. Rien ne semblait en mesure de s'opposer au puissant développement de ses roues, qu'actionnait un jeu compliqué de pistons étincelants. Néanmoins essoufflée par l'effort qu'elle avait fourni pour se hisser en haut de la rampe, elle lâcha des flots de vapeur, où la gare tout entière se retrouva engloutie, avant de s'immobiliser un peu plus loin, à l'abri d'un bois de mélèzes. Mais on l'entendait, tapie là derrière, encore haletante, qui chuintait et crachait; et son cœur de métal, qui cognait de façon étrange, avec des ébranlements sonores, intempestifs, irréguliers...

Le reste du convoi était composé de luxueuses voitures en bois laqué blanc et bleu mais dont on avait défiguré l'élégance par le vissage sur leur longueur d'épaisses plaques d'acier à l'épreuve des balles. Le wagon de commandement avait gardé ses volets tirés, sauf à l'une des fenêtres par où s'apercevaient les abat-jour de petites lampes dont les lueurs se reflétaient sur les cuirs et les boiseries. En retrait, une ombre de la main écarta le rideau et, un bref instant, se pencha pour regarder à travers la vitre...

— Lev Davidovitch Trotski! murmura l'officier qui se tenait à mon côté.

Cette voiture ainsi que les deux suivantes avaient il y a peu appartenu au tsar, dont elles arboraient encore les aigles à deux têtes, arrogantes et stylisées. Aux wagons de marchandises, à l'intérieur desquels on entendait piaffer et hennir des chevaux, succédaient plusieurs plates-formes découvertes où, derrière des empilements de sacs de sable, était posté un régiment de soldats aux silhouettes immobiles; puis d'autres encore, chargées de matériel, qu'on avait recouvert de bâches, mais sous lesquelles se devinaient un ou deux véhicules à chenillettes, des affûts de canon, des caisses de pièces de rechange et de munitions. Enfin, une tour de guet concluait le convoi, prolongée d'un plateau sans rebord mais défendue par une mitrailleuse de fort calibre.

Deux jours durant, le train demeura à l'arrêt, la locomotive sous pression et comme sur le qui-vive, sans que rien advînt. Des wagons à bestiaux on avait seulement fait sortir les chevaux. Le groupe de cosaques qui les sella, vestes rouges et pantalons bouffants noirs, à bride abattue s'élança pour une mission de reconnaissance en direction de l'ouest, là où commençaient les avant-postes des troupes de Dénikine. Puis, dans la matinée du troisième jour, obéissant à un ordre invisible, l'armée se mit en marche et disparut en silence dans la forêt. Enfin, ce fut notre tour... Bousculé par les autres officiers qui avaient dormi dans la gare et qui, comme moi, ne semblaient pas avoir été prévenus du départ, je fus obligé de courir le long du train qui, insensiblement et sans le moindre coup de sifflet, avait commencé de s'ébranler. Fort heureusement, des poignes vigoureuses se saisirent de mon appareil photo et me hissèrent à temps sur le wagon dont les marches passaient à ma portée.

On ne semblait avoir tenu compte ni de ma qualité de correspondant de presse ni de l'entretien que, à ce titre, j'avais sollicité. Au lieu de m'inviter à prendre place à bord de la voiture de commandement, on m'orienta au contraire, en me faisant sauter d'un toit à l'autre, vers les derniers wagons, juste entre la tourelle et le nid de sacs de sable à l'intérieur duquel un soldat s'entraînait à faire pivoter la mitrailleuse, une superbe Fisher 345, de fabrication anglaise et flambant neuve. De là en revanche, je bénéficiais d'un imprenable point de vue : alors que la locomotive, comme un cheval insouciant, se contentait de crachoter sa vapeur et de cheminer à petite vitesse, je voyais se dérouler, mais à contresens de la marche et au gré d'un relief composé de courtes collines, la courbe lente des rails qui disparaissait entre les sapins alourdis par la neige, les villages désertés aux isbas ceinturées de palissades. Parfois, dans un fracassant tonnerre de ferrailles, nous franchissions un pont métallique. En dessous, sur la surface du fleuve figé par les glaces, des partisans s'efforçaient de faire traverser des fourgons tirés par quatre chevaux. En nous regardant passer, ils nous adressaient des signes; et, debout, en nous cramponnant de toutes nos forces pour ne pas être emportés, nous dépliions et brandissions à leur intention de trop vastes drapeaux.

L'un des soldats me tapa sur l'épaule et me montra, sur la droite à l'avant du convoi, les premiers bataillons de l'armée ennemie qui, à perte de vue, avait dispersé ses cantonnements à travers la steppe. Sans pour cela accroître notre vitesse, en fonction des courbes de la voie nous semblions tantôt nous diriger droit sur elle, tantôt la contourner pour la prendre à revers. Par défi, la locomotive se paya même le luxe de signaler sa présence en émettant un long, rageur et interminable coup de sifflet. Déjà, à partir des tentes plantées à proximité, certains éléments de cavalerie avaient commencé de s'assembler pour nous prendre en chasse : d'autres cosaques, mais cette fois en plus grand nombre... Chacun dans les wagons s'installa à son poste et, avec des gestes sûrs, se prépara au combat. Par chance, la voie peu après s'infléchissait en sens inverse ; à mon grand soulagement d'ailleurs, car d'innombrables cavaliers à présent convergeaient de partout. Lancés au galop, ils se rapprochaient du ballast et tiraient des coups de feu dont la précision inattendue — une ou deux balles venaient de me siffler aux oreilles — m'obligea en toute hâte à me mettre à couvert. Le temps de prendre quelques photos, et deux des soldats qui étaient à mes côtés et qui, comme moi, s'étaient crus hors d'atteinte, étaient tombés : l'un abattu d'une balle en pleine tête, l'autre, le cou percé d'un trou, qui dégorgeait de grosses et transparentes bulles de sang rose.

En réponse, des salves partirent des toits des wagons situés à l'avant ; puis la mitrailleuse entra en action : elle fauchait les chevaux en pleine course, qui roulaient dans des gerbes de neige, pêle-mêle avec leur cavalier. A vrai dire, je n'avais toujours pas compris pourquoi ce train était venu provoquer l'ennemi juste à la lisière de son propre campement. Je craignais même pour la suite tant se présentaient d'escadrons qui assaillaient le convoi par son flanc droit. En amont de la mitrailleuse, et donc hors de sa portée, quelques cosaques, plus intrépides, serraient de près les wagons bâchés, dans l'attente d'une occasion favorable qui leur permette de s'y accrocher au vol. Pour l'instant, les tirs des soldats, en position derrière les sacs de sable, avaient repoussé leurs assauts mais il aurait suffi qu'un ou deux d'entre eux réussissent à prendre pied sur le train pour désorganiser notre défense. L'un faillit bien y parvenir ; et, s'il avait eu le temps de dégainer son sabre, il aurait fait des ravages dans nos rangs. Comme si elle avait enfin perçu le danger à être talonnée d'aussi près, la locomotive lança un nouveau coup de sifflet, cette fois presque guilleret, et augmenta sa vitesse. En réponse, de sa cheminée sortirent des volutes de fumée noire. Il était temps car, sur le wagon de queue, où nous n'étions déjà pas si nombreux, la mitrailleuse peinait à maintenir à distance la horde des cosaques dont on apercevait les visages, crispés par l'effort, aux regards injectés de sang, enflammés par la traque.

Et ce à quoi je m'attendais finit par se produire. Le servant de la Fisher, qui arrosait au hasard et gaspillait les munitions, s'écroula sur le canon de son arme ; et, aussitôt après, alors qu'il se levait pour prendre sa place, son assistant fut touché à son tour. Déséquilibré par la vitesse et les secousses de la plate-forme, il bascula hors du train, et roula le long de la voie sur laquelle, à nos trousses, galopaient les cavaliers en rangs serrés. Les soldats, juchés sur la tourelle qui me surplombait, sans cesser de faire feu se mirent à me crier des choses, auxquelles je fis d'abord semblant de ne rien comprendre. Puis, voyant que la situation devenait critique et que, si je ne bougeais pas, nous risquions d'être submergés, j'abandonnai mon appareil photo et rampai jusqu'à la mitrailleuse à l'abandon. En prenant garde aux balles qui sifflaient de partout, je dégageai les corps qui en entravaient la rotation et pris le temps de disposer le dos d'un des cadavres de sorte que le ruban de la cartouchière fût toujours bien maintenu dans l'axe. Puis, ajustant mon tir, j'appuyai sur la détente. Je fus surpris par la souplesse et presque l'onctuosité de la réaction : la mitrailleuse crachait ses balles sans effort...

Les cris d'encouragement des soldats, qui avaient

accompagné mes premières rafales, furent néanmoins de courte durée. Chacun devait s'appliquer à la tâche. Par courtes salves, et en visant avec soin pour économiser les cartouches, je parvins à prendre en enfilade puis à éliminer le groupe de ceux qui s'apprêtaient à monter à bord. Sur l'avant-dernière plate-forme, où plusieurs s'étaient élancés, couteaux tirés, c'est en silence que se déroulaient les corps-à-corps.

Presque au même moment, le paysage se mit à changer : une vallée aux parois en pente douce se forma devant nous. Le gros de l'escadron ennemi s'y engagea à son tour, les naseaux de leurs chevaux effleurant les tampons du wagon de queue, toujours persuadé que la capture du train était à sa portée. Hélas, trop tard pour qu'il s'aperçoive que les nôtres en recouvraient les crêtes et que, de la position dominante où ils s'étaient embusqués, ils allaient les prendre en tenaille et leur couper la retraite. A l'instant où nous nous donnions enfin un peu de champ, et malgré le vacarme de la mitrailleuse, je perçus la détonation plus sèche d'un petit canon qui avait donné de la voix. Je n'en sus pas plus, le train continuant sa course sans faiblir, ne cessant plus de donner du sifflet, comme si la locomotive exultait, ne se tenait plus de joie.

Alors que, tout étourdi, j'essayais de me dégager, avec précaution pour ne pas me brûler au contact de l'arme dont l'acier était bleui par la chaleur, les autres, sautés des toits sur les sacs de sable en contrebas, finirent de m'arracher à mon trou pour me féliciter, me donner de grandes claques dans le dos et m'embrasser. Malgré le vent, les embardées qui secouaient le wagon et un éclairage peu propice, j'en profitai pour tirer un ou deux clichés des soldats qui, affectant de prendre la pose, brandissaient fusils et drapeaux, et, leurs bonnets à la main, poussaient des hourras de victoire...

ARCHIVES PERSONNELLES
n° 2

Lettre de Dimitri Viatcheslav Ionakov, ancien zek [1], postée de Tchéliabinsk, peu après la parution de ma deuxième petite annonce.

1. Zek (z/k) : abréviation en russe de détenu/soldat.

[A la réception de ce courrier, rédigé sur les feuilles à carreaux d'un cahier d'écolier, la première impression fut qu'il avait été écrit par quelqu'un à qui ce genre d'exercice n'était pas familier. La graphie en était approximative, et les lettres étrangement tordues en tous sens. On devinait que son auteur avait beaucoup peiné pour en venir à bout et qu'il l'avait recommencé plusieurs fois. L'état pitoyable et froissé des premières pages démontrait qu'il s'était souvent découragé et avait failli tout arrêter. Les traces noirâtres permettaient même de penser qu'il les avait par instants jetées à terre, et piétinées...

Plus tard, après avoir retrouvé son calme, il les avait reprises pour tenter d'en finir d'un seul trait. A mesure qu'on se rapproche de la fin, l'écriture en effet s'affermit et laisse paraître de moins en moins d'hésitations.] (NOTE DE L'AUTEUR.)

Tchéliabinsk, le 10 décembre 1991

Monsieur,

C'est en écossant les petits pois sur la table de la cuisine que mes yeux sont tombés sur la page du journal où ils avaient été empaquetés. Vous savez comme on est quand on écosse des petits pois ou qu'on effile des haricots verts, les coudes sur la toile cirée, devant cette double page que, de la paume de la main, on s'est efforcé de remettre à plat. On a l'esprit qui flotte, et parfois divague. On relit dix fois le même article ridicule sur l'élevage des poules en République autonome des Kabardino-Balkars ou sur les prouesses de la brigade de ramassage des pommes de Samiarsk.

A cause des caractères gras dans lesquels il était imprimé, c'est le nom de votre grand-père qui a retenu mon attention : car je l'ai bien connu. Hélas, j'aurais préféré ne jamais révéler les circonstances dans lesquelles nous nous sommes rencontrés. Certes, j'ai payé pour les ignominies que j'ai commises en cette période de ma vie, encore que celles-ci eussent mérité mille fois le châtiment qui s'est abattu sur moi. Par le simple hasard des purges à répétition qui ont emporté ceux qui se trouvaient là, Dieu m'a puni comme il fallait pour les innombrables souffrances que j'ai infligées à des innocents. Comment n'avons-nous pas compris que, d'être les acteurs et les témoins de tant de crimes, nous allions tôt ou tard tous y passer ! Dans sa marche aveugle, la justice divine a finalement suivi son cours : vingt ans de camp de travail dans les steppes glacées de la Kolyma ! J'ignore encore s'il me faut remercier le ciel pour n'avoir pas été fusillé comme les autres.

Croyez que je suis prêt à admettre que cela

n'efface ni ne pardonne rien. Si pardon il peut y avoir, vous en déciderez à ma place, au nom de votre grand-père et, pourquoi pas, de ceux qui furent mes victimes. Avant de mourir de pneumonie — ce qui ne saurait tarder, car les froids endurés pendant ce séjour en Sibérie extrême-orientale ont presque achevé de me brûler les poumons —, au moins aurai-je la chance de soulager ce qui me reste de conscience et de me présenter l'âme apaisée devant le juge suprême.

Vous excuserez mon écriture : il m'aura fallu attendre la réclusion des camps pour apprendre à lire et à écrire. C'est là aussi, au contact de popes du monastère de la Trinité-Saint-Serge, que je me suis amendé et ai rencontré Dieu. Je suis né en Ukraine, et n'étais rien qu'un fils de paysan, un peu plus robuste que ses frères, ce qui m'a valu de survivre aux horreurs de la grande famine de 1928, qu'on disait avoir été provoquée par les koulaks et les gardes blancs (on sait aujourd'hui ce qu'il en est !). Au lieu d'attendre que la totalité de mon village eût été décimée et sans même dire au revoir à mes parents, j'avais fui par les chemins de traverse pour tenter de gagner Moscou. Semblable à ces nombreux *bezprizornis* [1], que j'ai plus tard retrouvés dans les camps où, comme droit commun, ils faisaient régner la terreur, ainsi ai-je dormi dans les fossés, mangeant les racines et les insectes que je ramassais sur ma route. Je vivais surtout dans la crainte d'être arrêté, car j'avais remarqué que les milices n'hésitaient plus à passer par les armes les bandes de gamins surpris à piller ou simplement à traîner hors de leurs villages. J'étais donc encore très jeune quand je fus recueilli par la femme d'un officier du N.K.V.D. qui m'avait découvert endormi dans la

1. Orphelins, sans-abri.

remise de son jardin. D'ailleurs c'est dans la crainte d'être dénoncé que ce dernier avait trouvé plus judicieux de se débarrasser de moi en me faisant engager dans les organes de sécurité. Et voilà comment j'ai entamé ma carrière de tortionnaire : en balayant la cour de la Loubianka !

Que connaît-on de la vie à cet âge-là ? Comme on est malléable et qu'on se laisse facilement endoctriner ! Après les années de misère et d'insécurité que je venais de traverser, malgré moi j'étais fier d'appartenir aux sphères officielles et de bénéficier des quelques privilèges qui s'y rapportent, surtout quand, autour de vous, la pénurie bat son plein. On croit à la fois faire œuvre utile et sauver sa peau. Parce qu'on est bien nourri, on s'imagine avoir de l'importance, on se donne des airs. C'est ainsi que, peu à peu, après avoir gagné la confiance des uns et des autres, j'ai été chargé de nettoyer les salles d'interrogatoire du sang et de l'urine qui y étaient répandus. Au début, ça fait tout drôle quand la serpillière accroche par terre des bouts de dents, des touffes de cheveux encore attachées à des lambeaux de peau, ou même des fragments d'os. On se demande comment c'est possible. Mais quand on entend les hurlements depuis le couloir, on comprend vite. Parfois, j'allais vomir seul dans un coin. Quoi qu'il en soit, on ne vous laisse pas compatir longtemps, et la Loubianka n'est pas le lieu où ce genre d'état d'âme a droit de cité ! En quelques phrases bien senties, on se charge de vous faire comprendre que ceux auxquels vous avez affaire ne sont que de la vermine, qu'il s'agit d'ennemis du Parti et de la classe ouvrière, de terroristes qui projettent d'assassiner Staline, ou de mettre au point des plans destinés à faciliter l'invasion de la Russie par les armées fascistes ; par conséquent qu'il pourrait vous en cuire d'éprouver de la pitié, laquelle est un sentiment bourgeois, indigne d'un révolutionnaire. En s'apparentant à de la trahison, elle est donc passible des mêmes peines.

C'est dans ces conditions que votre grand-père, qui n'était d'ailleurs pas vieux du tout à cette époque, nous est tombé entre les mains. J'étais monté en grade et venais d'entrer au 4e bureau de la section politique chargée d'interroger les écrivains et de démasquer les criminels. D'abord placé sous les ordres de Nikolaï Khristoforytch Chivarov, j'étais devenu deuxième adjoint de l'officier d'instruction, un certain Igor Sergueïevitch, surnommé alors « le hachoir de Staline ». Je n'avais qu'un rôle d'assistant ; j'étais celui qui fait office de remplaçant quand tous les autres sont fatigués. Car il n'était pas rare, quand on pratiquait les interrogatoires « à la chaîne », que ceux-ci durent quarante-huit heures, ou même trois jours d'affilée. Il fallait tenir le coup ! C'est donc sous ce prétexte que moi, qui n'étais qu'un paysan illettré et sans aucune culture politique, en un mot un imbécile, qui n'avais en guise de pensées que des slogans et qui, malgré cette tare, avais fini par acquérir une haute idée de la mission qui m'avait été confiée — oui, car c'est bien de moi qu'il s'agit, qui étais moins qu'un ver de terre ou qu'une simple merde —, j'ai contribué à torturer un homme qui avait écrit des livres admirables, ce dont, bien sûr, je n'avais cure à l'époque ! Je pense par exemple à ce *Destin caché,* que j'ai lu ensuite en samizdat et, par le plus grand des hasards, au fin fond de ma captivité au Goulag. Hélas, trop tard ! Encore que, pour moi, pas tout à fait, puisque son déchiffrement, et alors que je n'avais pas vraiment fini d'apprendre mes lettres, m'a plusieurs fois brouillé les yeux de larmes ; et les autres encore, sur lesquels je me suis jeté dès que j'ai pu me les procurer quand, après la publication du rapport

Khrouchtchev [1], j'ai été libéré et placé en résidence surveillée à Krasnoïarsk.

A l'instant de rédiger ces lignes, et malgré les souffrances que j'ai endurées pendant ces vingt années, au seul souvenir de mes forfaits je ressens des frissons de honte. Oui, j'ai frappé au visage, et de toutes mes forces, un homme dont je n'étais bon qu'à être le domestique ou le serf ! Comme je vous l'ai dit, je n'étais pas le seul à frapper, nous nous relayions... Venait d'abord la mascarade de l'instruction préliminaire, qui avait pour objet d'endormir la méfiance du prévenu. On lui faisait croire que, une fois qu'il aurait lui-même fourni les motifs de son arrestation, l'application stricte des règles de droit lui permettrait de rentrer chez lui. Ce qui suffisait à le plonger dans la confusion mentale : quelle faute avait-il commise ? Mais, aussitôt après, sans lui laisser le temps d'y réfléchir, on le passait à tabac, avec méthode, rien que pour faire naître en lui, physiquement cette fois, la terreur dans ce qu'elle a de plus primitif et de bestial. Il fallait qu'il comprenne d'emblée que tout était perdu. Et cela par les moyens les plus élémentaires : on le ligotait sur une chaise, et on frappait à toute volée : la chaise basculait sur le côté, le prisonnier perdait l'équilibre, on le rattrapait juste au dernier moment, avant que sa tête ne heurte le sol. Parfois on le laissait finir sa course : au bruit du crâne sur le ciment, vous n'imaginez pas ce qu'on ressent. J'en faisais des cauchemars la nuit. Un coup à droite, un coup à gauche ! Et avec quoi, on tapait ? Quand c'était sur le corps et les membres, avec un épais morceau de tuyau en caoutchouc ! Quand c'était dans l'estomac, avec un

1. En 1956, lors du XXe Congrès du Parti communiste, Khrouchtchev dénonça les crimes de Staline, fit revenir une partie des déportés et introduisit une timide libéralisation du régime.

sac de sable ; ou sur le visage, à mains nues, qu'est-ce que vous croyez ! Et quand nous finissions par avoir trop mal aux doigts, avec le volume II de l'*Encyclopédie de la littérature soviétique* ! Pourquoi avec ce tome-là précisément ? Ce n'était pourtant pas le plus épais ! Peut-être parce qu'il contenait des nouvelles et des poèmes encore peu conventionnels, écrits avant ou même pendant les débuts de la révolution...

Quand on l'avait bien essoré, on le laissait quelques jours tranquille dans sa cellule, puis on lui donnait les instructions nécessaires afin qu'il rédige son acte d'accusation. Rien n'était plus précieux pour la troïka qui prononçait les condamnations que les aveux rédigés de la main même du prévenu : ça dispensait de fournir d'autres preuves. A cet effet, et à condition que celui-ci manifeste assez de maturité politique pour accepter de collaborer, on l'enfermait dans l'un des « isolateurs », situés dans les caves du bâtiment. Il en existait aussi dans les greniers : une pièce sans fenêtre, avec juste ce qu'il faut de nourriture. Là, il était invité à se concentrer pour chercher la vérité qui lui échappait encore, mener une véritable campagne d'investigation à l'encontre de soi-même. On lui offrait ainsi la chance de tirer au clair les raisons qui avaient provoqué son arrestation. Un authentique travail d'orfèvre, puisqu'il fallait, en usant de termes exacts, qu'il dispose les faits les uns par rapport aux autres avec cohérence et crédibilité. A la seule lecture de ses crimes, les juges devaient être persuadés du bien-fondé de la condamnation à mort que, de toute façon, ils ne pouvaient faire moins que prononcer.

Parfois, hélas, il ne parvenait pas à réaliser du premier coup ce que Lavrenti Béria [1], expert en la

1. Commissaire du peuple à l'Intérieur, qui succéda à Iéjov en 1938, et qui fut exécuté sous Khrouchtchev en décembre 1953.

matière, qualifiera plus tard de « véritables œuvres d'art » : soit il n'adoptait pas le ton juste, soit il ne faisait pas preuve d'une conviction suffisante. Dans l'hypothèse où sa déposition manquait de matière, on lui faisait comprendre la nécessité de procéder à l'établissement d'une nouvelle version. Moment délicat ! Je ne vous cache pas que, devant le caractère fastidieux de l'exercice, il arrivait que le prisonnier se cabre ou se rétracte. On était alors obligé soit, dans cette cellule étroite qu'on appelait le « chenil », de pousser le chauffage au maximum en plein été, soit de redescendre l'accusé dans la salle d'interrogatoire et de se livrer, comme l'avait autorisé une récente circulaire, à de nouvelles « méthodes intracellulaires de persuasion idéologique ». Pendant le trajet par exemple, on s'arrangeait pour lui faire croiser sa fille à demi nue entre deux gardiens, ou pour disposer négligemment sur la table des objets personnels qui appartenaient à sa femme. En général, il n'était pas indispensable d'aller plus loin. Comme on disait dans notre jargon, cela suffisait à « désarmer » le coupable de ses réticences et mauvais penchants à l'insincérité.

Je sais bien que j'ai tort d'aborder ce sujet avec désinvolture, mais que voulez-vous ? Avec le recul, cette farce m'apparaît tellement sinistre et grotesque. Quoi de plus inhumain que de forcer quelqu'un à faire semblant d'être le plus sincère possible dans l'élaboration d'une confession qui ne sera rien d'autre qu'un tissu de mensonges. Excepté les observateurs des partis frères et les journalistes étrangers, triés sur le volet, seuls autorisés à assister aux rares procès publics, ils ne trompaient personne. Voilà l'exploit qui était demandé aux condamnés : ainsi que je l'ai dit, il fallait être un véritable écrivain pour arriver à travestir sa biographie et donner l'impression d'adhérer sans faillir à ses propres affabulations. Et comme certains y allaient ! Une fois qu'ils s'étaient ôté de l'esprit toute velléité de résistance, parce qu'ils avaient compris le procédé — à savoir qu'ils n'avaient plus le choix qu'entre cette confession absurde et une souffrance sans issue —, on ne parvenait plus à les arrêter. Ils en rajoutaient à tel point que nous-mêmes ne réussissions plus à faire la différence. Il leur aurait même été facile de nous compromettre comme un rien tant certains avaient l'art de nous embrouiller avec leurs salades. Mais c'est ensuite que j'ai compris en quoi consistait la manœuvre désespérée à laquelle ils se livraient : sachant que leurs aveux seraient conservés, ils les poussaient à l'extrême, en rajoutaient dans la dérision, escomptant que l'outrance de leurs propos alerterait un éventuel lecteur, dénoncerait à la postérité les méthodes employées pour les leur arracher.

Je me rappelle que votre grand-père fut de ceux-là : je ne suis pas très versé dans la chose littéraire mais son projet d'assassiner Staline en profitant du séjour de cet autre écrivain français, Malraux je crois ? Une formidable trouvaille ! A partir de 1935 d'ailleurs, il commençait à y avoir tant de monde à faire passer en jugement que toute ombre de vraisemblance disparut des confessions. Seul importait le résultat. On en était donc réduit à laisser la bride sur le cou aux plus inventifs. C'est d'ailleurs à cette faculté que se reconnaissaient les vrais romanciers. Hélas, ils n'étaient pas tous du calibre de votre grand-père, qui, lui, nous a tenu tête tant qu'il a pu. A la différence de ces plumitifs, qui se disaient membres de l'Union des écrivains et ne savaient que pleurnicher sur leurs privilèges perdus. Certains craquaient et devenaient à moitié fous : ils n'étaient plus en état de répondre à nos questions autrement que par des éclats de rire stupides. Leur main tremblait tellement qu'ils étaient incapables de tracer une ligne à laquelle on pût apporter du crédit. Ceux-là, nous en étions réduits à les exécuter sans demander l'avis de personne. Pour les autres, quand leurs aveux traînaient en longueur, ou quand le prévenu était en panne d'inspiration, il arrivait qu'un des officiers d'instruction condescende à passer quelque temps à dessiner avec lui les grandes lignes de sa déposition. Par l'énumération d'un certain nombre de suspects, en général choisis parmi ses proches ou ses anciens camarades, on le mettait sur la voie, on lui ouvrait des pistes qu'il ne lui restait plus qu'à explorer. Bref, on lui rafraîchissait la mémoire en quelque sorte ! Et il avait intérêt à s'exécuter : car il faut bien comprendre que c'était lui ou nous...

Autant qu'il m'en souvienne, votre grand-père a bien dû rester trois ou quatre mois avec nous. Ensuite, on a fini par boucler le dossier et l'envoyer au procureur Vychinski. Je sais qu'il a été jugé et condamné, aux termes de l'article 58, alinéa 10, ou peut-être même 65, pour espionnage et propagande antisoviétique. A quelle peine ? Déportation en Sibérie ou exécution lors de son transfert à la prison des Boutyrki, de toute façon cela revenait au même. Surtout avant la guerre : un non-Russe avait peu de chances de résister au froid qui sévit dans les baraques alors qu'il fait moins quarante au-dehors. Quand, quelques mois plus tard, à la chute de Iéjov, je fus à mon tour déporté à Vtoraïa Retchka, près de Vladivostok, qui était le centre de transit à partir duquel s'effectuait la répartition des détenus entre les différents camps de la Kolyma, j'ai bien essayé d'obtenir de ses nouvelles, mais en vain ! Personne n'avait entendu parler de lui.

Croyez que j'en suis désolé... N'hésitez surtout pas à faire appel à moi pendant que je suis encore en vie, ou même à faire état de cette lettre pour obtenir réparation. Si jamais on vous proposait de vous communiquer son dossier, méfiez-vous. Vous ne devez pas ignorer que la plupart des dépositions qui y figurent sont des faux grossiers. Quant à ses aveux, il ne faut pas se faire d'illusions : personne n'a jamais résisté à la brutalité des méthodes employées par le N.K.V.D. Des crimes dont il s'accuse, j'atteste qu'il a tout inventé. Pour en témoigner, je reste à votre disposition : je le jurerai sans crainte devant n'importe quelle commission d'enquête ou de réhabilitation.

En échange des services que je serais susceptible de vous rendre, je n'implore rien d'autre que votre pardon.

Votre humble et dévoué,

Dimitri Viatcheslav Ionakov

II

COMMISSARIAT DU PEUPLE À L'INTÉRIEUR

Affaire nº 128675

PROTOCOLE
D'INTERROGATOIRE
nº 2

Section : AS
Sous-division : SI
Rubrique : Espionnage à la solde de puissances étrangères
Accusé : Xavier Thureau
Classement : Régime 18
Traitement : Confidentiel
Vérification : Méthodes habituelles d'influence sur les prévenus
(Coups autorisés)

— Reprenons ! J'espère que cette fois vous allez faire preuve de plus de vigilance et nous permettre de gagner du temps. Donc, du jour au lendemain, vous rentrez en France ; et vous avez osé prétendre la dernière fois que c'était pour vous marier...

— Oui, en 1922. Mais j'avoue que j'ai menti... En réalité, à ce prétexte, personne n'avait trouvé à redire. Compte tenu de l'ampleur des victoires remportées par l'Armée rouge et les unités spéciales de la Tchéka, j'avais compris que nous ne parviendrions pas à contenir le raz de marée révolutionnaire à l'intérieur des frontières de la Russie par des moyens conventionnels. Sous les appellations de Terreur rouge et de Communisme de guerre, la rage de vaincre des bolcheviks avait balayé les armées blanches de Dénikine et de Wrangel, pourtant soutenues par la nation cosaque et de larges fractions de la paysannerie. Lors de ces affrontements, il ne nous avait pas échappé que le mot de la fin appartiendrait à celui qui, sans honte ni scrupules, et jusque par la violence, réussirait à imposer à un peuple crédule un certain nombre de fictions, comme le pouvoir des Soviets ou la dictature du prolétariat. Nous étions persuadés que nous l'emporterions, non par un choc frontal armé, ainsi que cela s'était passé jusqu'ici, mais en nous attaquant aux fondements idéologiques du régime, c'est-à-dire en forçant celui-ci à découvrir son imposture. Nous avions parié sur le fait que cette seule révélation en provoquerait, de l'intérieur, l'effondrement. Mais avant d'en arriver là, une lutte de longue haleine nous attendait, qui impliquait un changement complet de méthodes.

— Comment êtes-vous parvenu à cette conclusion ?

— L'envoi en exil forcé des cent soixante intellectuels, en septembre 1922, nous a ouvert les yeux. Cette mesure prouvait que c'était sur le terrain idéologique que le combat allait être porté, puisque Lénine en personne avait organisé l'expulsion de ceux qui risquaient de le gêner sur ce plan-là. Mon retour précipité en France était destiné à me permettre de reprendre contact avec eux à leur descente du bateau. Vous imaginez quelles recrues de choix ils constituaient pour nos services.

— Qu'avez-vous fait d'autre pour nuire à l'U.R.S.S. ?

— Une fois en France, j'ai prétendu que je passais des concours administratifs pour devenir agent d'ambassade. Dans un premier temps, j'ai livré toutes les informations de première main que je détenais. En parallèle, on m'avait fait suivre à Meudon une formation aux techniques modernes du renseignement. C'est là que j'ai participé à plusieurs stages intensifs portant sur l'organisation de réseaux clandestins ou le chiffrage des communications ; j'ai aussi été entraîné à la guerre psychologique, aux méthodes de propagande et de désinformation, ainsi qu'au maniement des explosifs, à la préparation d'attentats ou d'opérations de guérilla. Grâce à ma connaissance de la langue et du terrain, je devais me tenir à disposition des services français pour les missions spéciales qu'on m'ordonnerait d'effectuer.

— Et, dans le même temps, vous publiez un roman, intitulé comment déjà ? Ah ! oui, *Les Fleurs de givre*. Une sorte de leurre, si je comprends bien, qui servait à camoufler vos activités subversives...

— Ainsi passais-je pour un écrivain inoffensif, perdu dans un monde irréel et chimérique. Je donnais le change en répondant de façon anodine aux questions des journalistes et en vantant le romantisme des premières années de la révolution. Habilement, j'insinuais que, avec la répression systématique de toutes formes d'opposition, ce bel espoir avait péri. Ce qui, par contrecoup, me donnait l'occasion de regretter le charme désuet de la vieille Russie tsariste, avec ses églises et ses popes, ses aristocrates et son luxe insolent.

— Ce sont ces thèmes-là que vous développez dans votre ouvrage ?

— Non, pas vraiment. A cette époque, je n'avais pas encore eu l'idée de concevoir mon œuvre comme une arme idéologique et n'avais donc pas donné libre cours à mon antisoviétisme.

— Établissez vous-même en quoi votre roman peut néanmoins être qualifié de contre-révolutionnaire !

— Oh ! C'est très simple ! Sur fond de prise du palais d'Hiver, et sous le récit complaisant d'une histoire d'amour par avance vouée à l'échec, je m'efforçais de dissimuler la lutte implacable qu'avait commencé de mener le prolétariat pour sa libération. En effet, ces grands récits d'adultère qui jalonnent la littérature mondiale, où les amants ne sont pas libres de s'aimer comme ils l'entendent, qui souffrent le martyre d'être séparés et exaltent leur passion en de trop rares étreintes, constituent des recettes éprouvées pour pervertir les sentiments du peuple, le maintenir en état de faiblesse et dans la servitude. Ils sont même de purs poisons au regard de la morale socialiste. De tels romans se contentent de faire l'apologie des sentiments égoïstes qui, sous le faux idéalisme de l'amour fou, masquent la profonde dépravation qui caractérise le mode de vie petit-bourgeois. Ils énervent les sens, infusent dans l'esprit du lecteur le subtil poison de la mélancolie et du défaitisme. Et, pour aggraver les choses, je m'étais employé non seulement à dévoyer le cœur mais aussi l'esprit de mes lecteurs en entremêlant le vrai et le faux, le fictif et le réel, de telle sorte qu'ils perdent pied et très vite ne sachent plus qui est qui, et qui fait quoi. Les fils du récit en devenaient incertains, inextricables, contradictoires, jetaient le doute sur ce qui se passait, allaient jusqu'à saper la fiabilité des faits historiques. On comprend ce que ce roman avait de déstabilisant pour des militants qui avaient besoin de mots d'ordre simples et sûrs. Cette lecture revenait à entraver leur détermination et à paralyser leur bras à l'instant où il leur faudrait frapper l'ennemi de classe.

— Est-ce que, aujourd'hui, vous reniez ce roman ?

— Est-ce que cela sera versé à mon crédit ?

— Cela constituera un élément qui plaidera en votre faveur. Car, si je comprends bien, non seulement votre métier d'écrivain servait à dissimuler votre activité d'espion mais, en plus, par le contenu même de vos ouvrages, vous vous livriez à un intense travail de démoralisation de la classe ouvrière, et en particulier des couches intellectuelles que celle-ci cherchait à gagner à sa cause.

— S'attaquer à ce maillon faible constituait l'objectif principal de la section de désinformation et de contre-propagande qui venait d'être formée au sein des services secrets français. A cause de leur soif de reconnaissance, les écrivains sont les plus vulnérables. Et compte tenu de l'audience qu'ils ont toujours eue ici, c'est sur eux que devait porter l'essentiel de notre action. Comme je vous l'ai dit, nous avions compris que la force des bolcheviks reposait sur le mensonge éhonté de leurs slogans et leur art du double langage. C'est donc en priorité sur le plan culturel et littéraire que nous avions entrepris d'agir. Si nous réussissions à détourner les écrivains du front idéologique où, en échange de quelques privilèges et de datchas, le Parti communiste les enrôlait, nous affaiblissions du même coup les bases intellectuelles et l'autorité morale du régime.

— Comment votre ouvrage a-t-il été accueilli en

France ? Avez-vous reçu le soutien d'organisations hostiles à l'Union soviétique ?

— Ce roman m'a procuré une relative notoriété. Le sujet avait tout pour attirer l'attention de la communauté russe exilée en France. Malgré quelques polémiques, il m'a valu la considération des milieux issus de l'émigration, que j'avais justement pour mission de noyauter. En attisant leur ressentiment et leur obsession du complot, j'en radicalisais les positions et maintenais leur haine du bolchevisme en état de surchauffe. Ils formaient le vivier naturel où, le moment venu, à savoir lorsque s'amorcerait le déclin du communisme, nous nous réservions la possibilité de prélever de petits groupes de saboteurs qui s'infiltreraient sur les arrières pour achever de désorganiser l'économie et faciliter la reconquête du pays.

— Vous vous prépariez déjà à retourner en U.R.S.S. ?

— A plus long terme, je m'étais en effet inscrit dans cette perspective. Le livre que je venais de publier était destiné à me servir de carte de visite auprès des écrivains demeurés au pays. Sous le couvert de discussions à caractère littéraire, je me devais, pour les uns, de leur ouvrir les yeux sur la réalité de la manipulation dont ils faisaient l'objet et, pour les autres, d'exacerber la critique qu'ils commençaient de porter contre un régime qui avait pour finalité de les mettre au pas et de détruire toute liberté d'expression.

— Quels étaient les moyens dont vous disposiez pour atteindre vos buts ?

— Il était prévu que je les gagne à mes vues en leur faisant miroiter la possibilité de publier leurs manuscrits en Occident, et de faire fortune par conséquent.

— C'est donc à cette tâche qu'était censé servir

votre emploi de responsable du service de presse à l'ambassade de France à Moscou ?

— Nul endroit plus stratégique que celui-ci pour exercer l'influence néfaste que je viens d'évoquer. La valise diplomatique servait à convoyer les manuscrits refusés par la censure soviétique.

— Quand avez-vous pris vos nouvelles fonctions ?

— En 1932, juste après les premiers procès. Lénine était mort depuis huit ans déjà. Inutile de vous dire combien le changement d'atmosphère dans la capitale était sensible et servait nos entreprises. On était loin de l'effervescence politique, intellectuelle et artistique des premières années de la révolution. J'étais d'ailleurs dépité de ce que nombre d'écrivains que j'avais connus lors de mon premier séjour et dont j'espérais me faire des alliés avaient soit disparu soit choisi de passer à l'Ouest. Staline nommé premier secrétaire du Parti communiste, tout était soudain devenu plus pesant et plus sombre...

— C'est donc pour faire écho à cette déception que vous avez ensuite écrit et publié ce roman, intitulé *L'avenir n'a point d'âme* ?

— Je vois que vos services sont bien informés. Bon, alors j'espère qu'ils vous en ont fait un compte rendu plein d'éloges. Mais j'aurais été encore plus flatté si vous aviez pris la peine de le lire vous-même. Je n'aurais pas hésité à vous faire une dédicace !

— N'essayez pas de le prendre de haut et de m'intimider, d'accord ? Croyez-vous que j'ai du temps à gaspiller pour parcourir vos saloperies ? Non mais, pour qui est-ce que vous vous prenez ? J'ai d'autres urgences, moi, la marche de la révolution n'attend pas.

— Pourtant ce livre a été traduit en russe et publié à Moscou, vous savez ça, non ?

— Grâce à l'obligeance de certains de vos complices, dont nous avons les noms, et qui, sur des compromissions de cette sorte, auront ici même à s'expliquer sous peu.

— Pourtant, à l'époque, personne n'avait émis d'objections...

— Les temps ont changé depuis, vous ne vous en êtes pas aperçu ? Il est vrai que, à ses débuts, la révolution a manifesté une coupable mansuétude à l'égard d'éléments étrangers comme vous, qui prétendaient lui venir en aide et lui étaient finalement hostiles. Il faut dire aussi qu'elle n'avait pas le temps d'entrer dans le détail de pareilles balivernes. Et puis le Glavit [1] n'a pas non plus fait preuve d'une excessive clairvoyance dans ses choix. Nul doute qu'on vous a laissé, à vous autres écrivains, les coudées trop franches. On a cru que vous vous seriez mis de bonne foi au service de la révolution. On voit après coup ce qu'il en résulte : vous n'avez eu de cesse que de chercher à mordre la main qui vous a nourris, en l'occurrence celle des ouvriers et des paysans que vous méprisez et auxquels vous ne rendez guère service par vos écrits. Mais à présent, grâce à la perspicacité de notre Guide suprême, cette période de laxisme regrettable est achevée. Sachez qu'on vous tient à l'œil. Au premier mot de travers, vous serez sans coup férir démasqués et châtiés...

— Depuis quand les bottes de vos critiques littéraires en uniforme ont-elles appris à déchiffrer un manuscrit ?

— Elles piétineront les tiens aussitôt qu'elles t'auront lu, et jusqu'entre les lignes, espèce de pourriture ! Lu, tu le seras, et même percé à jour, mais pour la dernière fois ! Car, sans attendre, le Pro-

1. Département de la censure, seul habilité à délivrer une autorisation de publication.

cureur général qui a signé ton mandat d'arrêt a donné l'ordre d'expurger les bibliothèques de l'Union soviétique de tes ouvrages, de débarrasser de ta prose vermoulue la grande littérature prolétarienne.

— (...)

[Un interlignage plus important interrompt à cet endroit le protocole d'interrogatoire. Le secrétaire ne sera pas parvenu à en reprendre la frappe exactement à la suite. De plus, il apparaît qu'une autre machine à écrire, d'une marque identique mais aux caractères nettement plus usés, a été employée.

Tout indique que l'officier d'instruction a fini par perdre patience devant les brusques insolences de Xavier Thureau. Interrompant la séance, il a alors ordonné de passer à la procédure d'interrogatoire simplifiée qui inclut le recours aux « méthodes de pressions physiques ». Dans la deuxième partie, le ton du prévenu, sa façon d'aller au-devant des désirs de son accusateur, de se couler dans son langage et se charger de crimes imaginaires, permet de déduire qu'entre-temps il a été battu, et torturé pendant plusieurs jours, sinon plusieurs semaines...

Maintenant il me revient que, quand j'avais feuilleté le dossier dans les caves de la Loubianka, c'est sur un document de ce type que j'avais cru apercevoir ces fameuses taches de sang séché...] (NOTE DE L'AUTEUR.)

— Bon, j'espère qu'à présent vous avez compris de quelle façon nous procédons avec les criminels de votre espèce ? Passons alors aux choses sérieuses. Avouez que votre roman *L'avenir n'a point d'âme* a été écrit sur commande directe des trotskistes.

— C'est exact !

— Et de quand date cette commande ?

— De mon séjour en France. J'ai même été payé

pour cela ! D'ailleurs, le travail de sape des idéaux révolutionnaires est lisible jusque dans le titre, en tous points injurieux à l'égard des sacrifices consentis par les socialistes et des efforts déployés par le premier d'entre eux. Bien sûr que l'avenir de la patrie des travailleurs est chargé des espoirs que l'humanité a mis en elle, et que cet avenir sera forcément radieux. Il n'est donc pas nécessaire de se livrer à une analyse détaillée du contenu de ce livre. Dès les premiers mots, son intention de nuire est manifeste ! Il est presque programmatique ; et le reste est à l'avenant...

— Il y a pire encore. En relisant vos déclarations précédentes, j'en conclus que, parallèlement à votre activité de littérateur, et profitant de la protection de votre ambassade, vous avez fondé une organisation clandestine d'écrivains terroristes et contre-révolutionnaires.

— Je vous l'ai dit, c'était l'un de nos objectifs. Sauf que, en raison de mes fonctions et de mon statut d'étranger, officiellement je n'en faisais pas partie ; mais il est vrai que j'avais contribué à sa création et que nous financions l'essentiel de ses activités. Pour être exact, l'embryon de cette association remontait à 1929, date de la dissolution de la première Union des écrivains, à laquelle il avait été possible d'appartenir sans adhérer au Parti. Nombre d'écrivains avaient été affectés par cette décision qui marquait le retour de l'autoritarisme. Nous n'avons eu qu'à exploiter leur mécontentement... Ensuite, le suicide de Maïakovski, que beaucoup pensaient être la conséquence des persécutions dont il avait été l'objet de la part de l'Association russe des écrivains prolétaires, a constitué une autre étape décisive. Nous avions prévu de venger sa mémoire en intimidant ses dirigeants par des menaces anonymes et, si nécessaire, des attentats contre leurs personnes. En 1932, le désaveu par Staline des positions extrémistes de cette association nous coupa l'herbe sous le pied et nous fit perdre du temps. Nous décidâmes alors de recentrer nos attaques sur cette nouvelle Union des écrivains soviétiques, que le Parti avait reprise en main. Les membres de notre organisation avaient projeté de s'y infiltrer pour mieux la combattre de l'intérieur. Ils commettaient ainsi de multiples et infimes actes de sabotage, faciles à faire passer sur le compte de la dilution des responsabilités ou de l'incompétence des participants.

— Qui appartenait à votre groupe ?

— Nombre d'écrivains en vogue, mais déjà en position précaire ou considérés comme suspects : des romanciers et des poètes, tels que Karl Ostrovitski, Boris Pilniak, Pavel Grigorievitch, Ossip Mandelstam...

— Que nous avons arrêtés [1] pour la plupart...

— Oui, mais nous avions aussi pas mal de sympathisants anonymes. Cela allait du secrétaire d'édition à l'ouvrier typographe, et même au correcteur d'imprimerie. Ce leur était un jeu d'enfant que de modifier, discrètement et au dernier moment, le texte des discours officiels. Dans la prose indigeste de certains dirigeants du Politburo qui négligeaient de se relire, intervertir une lettre, mettre un mot à la place d'un autre ou déplacer avec subtilité une virgule ne prêtait pas à conséquence sur le papier. Ce n'est qu'à la tribune, et une fois lancés sur les rails de leur péroraison, qu'ils trébuchaient, déclenchant l'hilarité générale ou une réprobation indignée, que nous alimentions par nos vociférations. Dans ces cas-là, ils étaient en général pitoyables et n'y survivaient pas.

— Donnez des exemples précis !

1. Tous les écrivains cités ici furent arrêtés au cours de l'année 1937 et ont été soit déportés, soit fusillés.

— Difficile de me souvenir... Ah ! tenez : vous vous rappelez peut-être cet article, paru dans la *Pravda,* qui s'en était pris à l'introduction de persistantes coquilles dans nombre d'articles où, par exemple, au lieu des *pobedy* (victoires), on célébrait les *bedy* (maux) du socialisme ? Hélas, notre stratagème ne passait pas toujours inaperçu des autorités, il nous fallait redoubler de précautions.

— Quelles étaient vos autres méthodes séditieuses ?

— L'autre façon de procéder consistait à pousser les esprits du côté où ils ne demandaient qu'à tomber, à retourner contre leurs auteurs l'arme de la délation. Nous nous ingéniions à accroître la pagaille ambiante en attaquant à mots couverts les membres les plus veules ou les plus corrompus du Parti. De la sorte, plus personne ne s'y reconnaissait, car nul ne savait pourquoi il était arrêté. Même les staliniens de stricte obédience se retrouvaient mis en accusation et, malgré leurs dénégations, jetés en prison. Le principe était simple : dès que nous constations qu'on s'en prenait à un écrivain de premier plan, par mesure de représailles aussitôt nous nous arrangions pour compromettre l'un de ces auteurs qui ne vivaient que d'encenser le régime. Nous retournions l'arme préférée du système contre ses propres partisans : nul besoin de preuves ! Quelques lettres anonymes entraînaient une présomption de culpabilité, qui suffisait pour livrer aux instances du N.K.V.D. ceux-là mêmes qui venaient de s'illustrer en dénonçant leurs confrères et s'apprêtaient à en récupérer la datcha...

— Ne restez pas dans le vague. Ce qu'il nous faut, ce sont des noms !

— Au moment du procès Zinoviev [1] par

1. Ancien compagnon de Lénine, il est arrêté une première fois en 1935. Il sera rejugé en 1936, et condamné à mort.

exemple, la revue *Literatournaïa Gazeta* ne sut bientôt plus où donner de la tête : elle avait cru bon d'abonder dans le sens des idées du moment en dénonçant, comme membres du « bloc trotsko-zinoviéviste de droite » et « sales gardes blancs », des écrivains aussi éminents que Kataïev et Parkovski. Nous fîmes aussitôt parvenir au N.K.V.D. de faux documents qui prouvaient la collusion des auteurs de ces articles avec la Gestapo. Alertée par nos soins des calomnies que nous avions lancées et des conséquences qu'elles allaient provoquer, la direction littéraire, dans la crainte d'être elle-même balayée par la purge, fut obligée d'anticiper et, de façon hystérique, de se retourner contre les présumés suspects appartenant à sa propre rédaction. Tout cela contribuait à installer un climat de confusion, dont nous espérions qu'il finirait par se retourner contre le régime puisque aucun de ceux qui le soutenaient, même parmi les plus loyaux et les plus convaincus, ne pouvait se prétendre à l'abri. Combien nous étions naïfs cependant ! Nous ignorions que c'était précisément cette méthode que Staline s'employait à mettre en place puis à systématiser pour semer la terreur dans les rangs de ses partisans, éliminer à mesure ses détracteurs potentiels et décapiter par avance toute opposition.

ARCHIVES PERSONNELLES
n° 3

Lettre du professeur Peter Cruse,
accompagnée d'une nouvelle
intitulée Le Ciel à travers la lucarne,
attribuée à Xavier Thureau.

Cambridge, le 16 juin 1990

Cher Monsieur,

On m'a rapporté que vous aviez récemment entrepris une enquête relative à un dénommé Xavier Thureau, lequel aurait été arrêté en octobre 1937, au plus fort des purges décrétées par Staline, puis déporté en Sibérie extrême-orientale où il aurait fini par être exécuté.

Or il se trouve que j'ai bien connu un auteur qui porte ce nom. S'agit-il de la même personne? Je vous laisse le soin d'en décider au vu des éléments que je vous livre. Le hasard me l'avait fait rencontrer à Paris, dans les années vingt, alors que j'étais jeune journaliste. Xavier Thureau venait en effet de publier son premier roman : *Les Fleurs de givre,* qui se déroulait dans la Russie d'avant 1917. Nous avions beaucoup parlé de Moscou, où il avait séjourné plusieurs années, ainsi que de la révolution d'Octobre, à laquelle il prétendait avoir participé comme correspondant de guerre et qui semblait le passionner. Combien j'ai ensuite regretté de n'avoir pas mieux entretenu ce qui aurait pu devenir une véritable amitié !

Nos liens se sont ensuite quelque peu distendus quand, de mon côté, j'eus pris la décision de retourner en Grande-Bretagne pour réaliser un vieux rêve : celui de créer une revue consacrée à la littérature russe. Or, compte tenu de la situation qui prévalait dans ce domaine, peu à peu *New Eastern Approaches* en vint à se spécialiser dans la publication de manuscrits interdits ou censurés... Est-ce que le nom de cette revue vous dit quelque chose? En tout cas je dois reconnaître que c'est en partie grâce à l'intermédiaire de votre grand-père, qui était donc retourné à Moscou, que je recevais quantité de textes, de la part d'écrivains disséminés à travers toute la Russie, non seulement des récits et témoignages, mais des romans entiers. J'ai bien sûr souvent craint que, en raison de ses activités, Xavier Thureau ne finisse par se faire prendre au piège. Votre petite annonce indique que mes craintes, hélas, étaient fondées !

Alors que ma revue, à cause de la guerre, a cessé de paraître depuis presque cinquante ans, voilà que je reçois, il y a à peine quelques semaines, et par le détour de la Finlande comme cela se faisait à l'époque, une nouvelle, non plus seulement envoyée, mais cette fois écrite par ce même Xavier Thureau.

Avez-vous jamais eu connaissance de *Le Ciel à travers la lucarne* ? Qu'est-ce que cet envoi signifie d'après vous ? Moi, d'abord, mon sang n'a fait qu'un tour : j'ai cru qu'il était encore en vie et qu'il était demeuré là-bas durant ces années. Non, impossible ! Il aurait accompagné son envoi d'un petit mot... Ensuite, je me suis demandé s'il ne s'agissait pas d'un texte plus ancien, écrit juste avant la guerre, retrouvé dans les archives de la Loubianka par un chercheur ou un historien.

Première constatation : à l'inverse des samizdats, en général manuscrits, le fait que cette nouvelle ait été tapée à la machine rend peu probable que Thureau se soit livré à une description de ce qui aurait été son propre emprisonnement, ainsi qu'une main anonyme, au crayon dans la marge, a essayé de m'en persuader. On ne lui en aurait laissé ni le loisir ni les moyens. Remarquez cependant comme la frappe des lettres est caractéristique de ces énormes machines à écrire, de marque « Drapeau rouge », utilisées en U.R.S.S. à l'époque.

Pour ma part, même si je demeure dans l'expectative, je préfère parier pour une composition de ce récit antérieure à l'arrestation de son auteur. Il est fort probable qu'il s'agit d'une œuvre de fiction, rédigée à partir de témoignages récoltés ici ou là. Certains détails auraient-ils alors été prémonitoires ?

Vous la lirez et me direz ce que vous en pensez, n'est-ce pas ? Bien sûr, si vous me prouvez le contraire, je suis prêt à reconnaître mes torts, et cela d'autant que mon argumentation comporte deux points faibles. Le premier : comment ce texte aurait-il échappé à la confiscation des manuscrits qui, en général, accompagnait toute arrestation d'écrivain ? Un ami, une maîtresse peut-être, serait-il parvenu à le soustraire aux organes de sécurité pour le faire circuler après coup ? Le deuxième, encore plus décisif : vous lirez comme moi cette autre inscription, au crayon rouge, qui figure dans la marge, en bas de la dernière page [1]. Cette annotation ne permet-elle pas d'attester que l'ensemble est passé entre les mains d'agents du N.K.V.D. ?

Qui a bien pu m'adresser ce texte, et pourquoi si tardivement ? Votre petite annonce y serait-elle pour quelque chose ? C'est pour cette raison, et au cas où vous ne l'auriez pas déjà dans vos propres archives, que je vous en adresse une photocopie. Vous me direz, d'une part, si les caractères de la machine ont quelque similitude avec ceux des autres manuscrits, tapés par Xavier Thureau lors de son deuxième séjour à Moscou, dont vous devez bien détenir certains exemplaires ; et, de l'autre, si l'esprit et le style vous semblent correspondre aux documents, datés de la même époque, que vous avez déjà en votre possession ou qu'on ne manquera pas d'ici là de vous faire parvenir.

Des dates exactes et des circonstances de sa mort, j'aimerais à mon tour avoir le cœur net. A présent

1. La note citée est la suivante : « *Ce texte a été écrit sur un ton hostile, inspiré par un profond mépris pour le régime soviétique.* »

que je suis à la retraite, je m'occupe à préparer, avec le soutien financier de l'université de Cambridge, la publication d'une anthologie de textes d'écrivains disparus durant cette période, où j'aurais souhaité voir figurer votre grand-père. Je réparerai ainsi ma négligence à son endroit en y intégrant cette nouvelle. De plus, pour la rédaction de la partie biographique, tous les renseignements que vous aurez collationnés au terme de votre enquête et que vous aurez l'amabilité de me communiquer seront les bienvenus [1].

Sincèrement vôtre,

Pr. Peter Cruse

1. Cette lettre, par sa façon de mêler données confuses et détails précis, demeure un mystère. Certaines minuscules contradictions laissent pressentir la manipulation. A ce jour, aucune anthologie sur le sujet n'a jamais paru, que ce soit à Cambridge ou ailleurs. Renseignements pris, un professeur du nom de Peter Cruse a bien enseigné dans cette université, mais il y a déjà presque trente ans. Soupçonné d'être un espion, il l'aurait d'ailleurs quittée brusquement pour gagner l'Union soviétique.

On m'avait extirpé de la cellule de quelques mètres carrés où nous étions une vingtaine de détenus à nous relayer — les uns debout, adossés contre les murs, les autres, allongés à même le ciment — pour essayer de dormir à tour de rôle. Puis, on m'avait fait monter des escaliers interminables qui, à mesure qu'on passait d'un étage à l'autre, devenaient plus abrupts. Sur la dernière partie, à cause de l'état d'épuisement où j'étais, du manque de nourriture et des mauvais traitements, mes jambes finirent par se dérober sous moi : je tombai. Avec toute la mauvaise grâce du monde et en jurant, les gardes se résolurent à me porter, ou dirais-je plutôt à me traîner jusqu'au dernier palier. Là, du fait qu'on était sous la toiture, il faisait déjà meilleur, et l'on n'entendait plus les hurlements des prisonniers, les insultes des bourreaux, le bruit des coups. Au contraire, tout était étrangement silencieux.

On ouvrit l'une des portes qui donnaient dans le couloir et l'on me poussa dans une soupente dépourvue de fenêtre. Combien de temps suis-je demeuré accroupi dans l'un des angles, à caresser de la main le bois râpé du plancher? Ainsi me sentais-je comme en exil, à jamais exclu du monde, partagé entre la contrainte et le délabrement : contrainte physique d'abord, car il n'y avait nulle issue et je savais qu'on ne me laisserait plus sortir que je n'aie auparavant rédigé l'histoire de mes crimes; délabrement moral ensuite car, malgré les souffrances sans nombre qui m'avaient été infligées et le piteux état où je me trouvais, de ces crimes non seulement j'ignorais la nature mais j'avais même été jusqu'à oublier que je les avais commis.

Plusieurs jours durant, les coups avaient été tels

qu'il m'avait bien fallu faire semblant, au moins pour que cela cesse, de me les rappeler. Avec la meilleure volonté, j'avais tout fait pour essayer de les déduire et me les représenter à partir des questions qu'on n'avait pas cessé de me poser. Hélas, celles-ci étaient si stupides et incohérentes que j'hésitais à les prendre en considération. Qui plus est, les violences que j'avais subies m'avaient plongé dans un profond état d'hébétude. Et ce cocon, dont j'aurais aimé ne plus jamais sortir, risquait de m'empêcher de mener avec lucidité la tâche qu'on m'avait assignée. Or, je savais aussi que si je n'obtempérais pas, on me redescendrait aussitôt en salle d'interrogatoire et que, entre chaque séance de tortures, on m'enfermerait dans l'une de ces caves au sol recouvert de quelques centimètres d'eau glacée, sans rien sur quoi s'asseoir ou s'allonger. Alors mes souffrances reprendraient, pires qu'elles n'avaient jamais été...

Or c'est précisément ce que je ne voulais plus connaître. D'autant que j'avais fini par comprendre leur stratagème. Ces souffrances, je les endurerais de toute façon, et en pure perte, puisqu'elles étaient destinées à me faire avouer, non pas quelque acte répréhensible dont j'aurais été l'auteur, mais n'importe quoi qui me passât par la tête, pourvu que cela eût un lien, même vague, même confus avec la réalité. Ce qui m'arrangeait puisque, quelque effort que je fasse, je ne trouvais rien de concret à me reprocher : je n'avais participé à aucune activité contre-révolutionnaire, ni été à l'origine de crimes ou de délits, n'avais non plus jamais comploté ou mené d'actions de sabotage en liaison avec des éléments extérieurs, encore moins insulté le nom de Staline ou de l'un des membres du Politburo. C'est donc d'une culpabilité à l'état pur, et presque désincarnée, qu'il fallait dès à présent que je m'efforce, non seulement de me convaincre moi-même, mais plus encore d'apporter la preuve.

Devant l'énormité de la tâche, je savais qu'il allait falloir que je dilapide en quelques jours les ressources de mon imagination. Je suis d'ailleurs tenté de mettre sur le compte de ma propension à inventer des histoires — travers que je me suis toujours connu — le fait que je sois devenu une proie de choix pour les officiers instructeurs. Sommés de démasquer de nouveaux terroristes, ceux-ci n'auront pas manqué de voir en moi un véritable réservoir à fictions où puiser ce qu'il faut de récits capables de donner lieu à toujours plus d'interpellations : machinations concoctées par de faux diplomates aux motivations suspectes, rencontres d'écrivains abritant des rendez-vous terroristes, espionnes séduisantes et retorses infiltrées jusqu'au plus haut niveau de l'État, embuscades d'agents secrets destinées à détourner l'attention, constitution de groupes subversifs aux appellations surréalistes donneront ainsi matière à quantité de chefs d'inculpation. Il ne leur restera plus qu'à répartir les rôles en fonction des acteurs que les arrestations qu'ils auront provoquées mettront à leur disposition.

Je me retrouvais donc pris au piège de cette mansarde dont les quatre murs aveugles venaient de se refermer sur moi. Car, en effet, ce n'était qu'à hauteur du plafond que ces combles marquaient un angle de fuite dont les plans inclinés convergeaient vers une lucarne. Tout ce que le jour donnait de lumière ne m'arrivait que par cette ouverture. Le vitrage lui-même, trop en hauteur pour être accessible, et par conséquent nettoyé, avec les années avait fini par se ternir et s'opacifier. La poussière s'y était accumulée, et même la suie, incrustée dans les coins. On ne pouvait en espérer de lavage à grande eau que lorsque la pluie s'y abattait en tambourinant.

Ce qui s'était forcément déjà produit mais n'avait pas empêché les gouttes, en séchant, de marquer la vitre de nouvelles taches grisâtres, comme des sortes d'auréoles irisées. Aux environs de midi, le soleil y frappait à l'aplomb et jetait une lumière crue sur les charpentes, au point que j'étais obligé de me protéger les yeux du revers de la main et de me détourner de ce trop vif éclat. Tout au contraire, à l'oblique, la lune dès la première nuit s'introduisit dans la pièce : sa lueur insidieuse me fit me redresser d'un bond ! Avec un peu de chance, c'est la neige qu'il me sera bientôt donné d'apercevoir ! Je l'imaginais déjà, y déposant, par touches légères, son voile blanc de silence... Un instant, j'y ai vu palpiter une feuille, égarée, toute frissonnante, une feuille morte que le vent a remportée sans attendre. Ce qui m'a rassuré : dehors, il y avait encore des arbres !

Une table en bois avait été disposée à la verticale de la lucarne. Je m'y assis sans crainte, en tirant une chaise, dont je m'aperçus que, dépaillée par le dessous, elle était affaissée en son centre. Était-ce à dessein qu'elle faisait si mal aux reins, afin que je n'oublie jamais l'inconfort de la position ? C'est donc là, dans ce golfe de jour, que j'ai commencé à me mettre au travail. Lorsque le soir arrive, j'appuie sur le petit bouton de la poire en céramique qui pend au côté de la lampe à suspension, et qui lui sert de commutateur. L'abat-jour, en métal faïencé de blanc, réglable en hauteur, coulisse le long d'un fil électrique, gainé de tissu torsadé, qui descend des abords de la verrière. J'ai bien essayé, en tirant quelques coups secs, d'en tester la capacité à supporter le poids d'un homme qui aurait décidé de s'y suspendre par le cou. Hélas, son état de vétusté n'augure rien de bon, et j'ai compris que l'installation n'y résisterait pas.

Je n'ai à disposition qu'un épais cahier d'écolier

bon marché, mal massicoté sur la tranche — on aura négligé d'affûter la lame —, au papier poreux, et qui jaunira vite; plus, un dictionnaire, à la reliure en lambeaux, qui semble avoir déjà beaucoup servi. Pendant un temps, je n'ai pu me retenir de le feuilleter, étonné de me rendre compte à quel point le traitement que je venais d'endurer avait réduit mes facultés de penser à leur plus simple expression. Au long de ces jours et nuits sans sommeil, la rétine continûment brûlée par le feu blanc de la lampe, j'avais encaissé ces rafales de questions, inlassablement hurlées à mes oreilles, ponctuées de gifles et de coups de poing. Le résultat en était que j'avais fini par perdre l'usage de certains mots, oublier le sens de plusieurs autres...

C'est donc avec le peu qui me restait qu'il allait falloir que je m'attelle à raconter ma vie, ou plutôt que j'en reprenne les éléments les plus marquants, que je me les remémore dans les moindres détails, et ensuite que je m'efforce de les gauchir avec le dessein de les rendre suspects et haïssables. Tout ce que j'avais dit et fait depuis que j'étais arrivé en Union soviétique, et même avant, je devais le passer au crible, ne rien abandonner au hasard, tout reconsidérer sous un jour nouveau — à savoir celui de l'espion que j'avais été en puissance, et en réalité! J'avais bien compris que l'important ne consistait pas à décrire la vérité telle que je l'avais vécue, mais à noircir le tableau. Non seulement mes actes mais aussi mes intentions avaient été d'un bout à l'autre entachés de cet esprit petit-bourgeois, qui était celui de mes origines et du capitalisme dont j'étais imprégné. Ce système m'avait perverti l'esprit en faisant de moi un être envieux, vindicatif, empli de haine à l'encontre du monde nouveau que tentait d'instaurer la classe ouvrière et son glorieux chef. Depuis que j'avais passé la frontière, aucune des rencontres que j'avais faites, et que je devais énumérer en détail, n'avait été le fruit du hasard ni ne s'était déroulée à titre amical ou gratuit. Toutes trahissaient des ressorts inavouables, où transparaissait ma mauvaise intelligence, entièrement au service de ma mission, qui consistait à nouer des liens secrets avec les trotskistes et les ennemis de l'intérieur, à former et à entraîner des groupes de saboteurs dont le but était de désorganiser la production, affaiblir le régime que s'était donné le prolétariat, avant de l'abattre par un coup d'État où aurait été assassiné le Père de tous les peuples.

Voilà, c'est ce tissu d'absurdités qu'il me revient de mettre en forme, afin de lui donner une apparence qui soit à peu près crédible. Car lorsque ce travail-là sera achevé, c'est-à-dire lorsque je croirai moi-même que cet assemblage de pages manuscrites est suffisamment cohérent pour convaincre les juges de la troïka de ma culpabilité, et donc de l'inéluctabilité de ma condamnation à mort, il ne me restera plus qu'à frapper à la porte et à glisser mes feuillets par l'ouverture du petit guichet que je suppose avoir été ménagé à cet effet. Je devine d'ailleurs, aux rares bruits qui me parviennent — guichets semblables au mien, qu'on ouvre d'un coup, et qui claquent quand ils retombent —, n'être pas le seul dans ce cas-là.

On dit que l'attente dure souvent plusieurs jours, parfois une semaine : au-delà c'est mauvais signe. Pendant ce temps, la nourriture se raréfie, ce qui contribue à accroître l'appréhension. J'ai beau me persuader que ma vie est finie, qu'une fois qu'ils auront ce qu'ils veulent ils m'abattront d'une balle en pleine tête et que, par conséquent, il vaut mieux en finir au plus tôt, je me ronge les sangs, tourne en rond dans ma soupente. Si cela s'éternise, cela signifie qu'ils tergiversent : ils doivent considérer que ma déposition est trop classique, qu'elle ne va pas assez loin dans l'opprobre dont je m'accable, et par conséquent qu'ils hésitent à prendre le risque de la transmettre au juge. Car leur sort à eux aussi est entre les mains de ce dernier. Il dépend de la qualité des aveux qu'ils auront réussi à m'arracher, si ceux-ci donnent l'apparence d'être spontanés ou s'ils sonnent faux. Mais j'ai beau essayer de me les remémorer, j'ai tellement superposé de faits nouveaux et, à partir d'éléments tirés de ma propre vie, inventé d'interprétations vraisemblables que je finis par ne plus savoir si j'ai vécu ou inventé les événements dont je parle. La mort elle-même viendra-t-elle réellement ?

Un jour enfin — très tôt le matin je suppose —, le guichet s'ouvrira d'un coup. Son claquement me réveillera en sursaut et me jettera à bas de la planche sur laquelle, le corps meurtri de plaies et d'ecchymoses, j'aurai vainement cherché la position la moins douloureuse. Les dimensions de l'ouverture sont telles que je n'apercevrai que le bas d'une face glabre et adipeuse, des lèvres pleines de mépris, une langue battant sur des dents jaunes, vociférant :

— Refusé !

ou encore :

— Accepté !

Puis la trappe retombera. Sans appel. « Refusé » voudra dire qu'on n'aura pas trouvé ma confession crédible. De toute façon, j'ignorerai par où j'ai failli. Leur réaction est parfois si imprévisible... J'en serai réduit à supposer qu'on y a relevé des incohérences, des choses peu convaincantes. On aura jugé que l'ensemble ne tenait pas debout, était mal construit, prêtait le flanc à la critique, ne tiendrait pas l'épreuve d'une audience à laquelle assisteraient avocats et journalistes. Comment savoir ? Des raisons d'un pareil verdict, je ne puis rien deviner avant qu'on ne me redescende au sous-sol et qu'on ne me l'explique à coups de matraque. On m'autorise souvent de tels écarts et à ce point de fantaisies ! Je crois toujours que c'est à cause des excès que j'ai commis qu'on me sanctionne alors qu'en réalité je n'en fais jamais assez. La nuance passe pour suspecte, comme si elle formait le maillon faible de toute confession et était par là susceptible d'ouvrir la voie au reniement. Il semble que plus le trait est appuyé, mieux ça résistera à l'épreuve d'un procès public, comme si j'avais à convaincre une assemblée de demeurés ou d'analphabètes, dépourvue du moindre bon sens. Même un enfant n'avalerait pas ces histoires, tous ces complots tarabiscotés, entreprises machiavéliques, attentats qui, comme par hasard, échouent toujours lamentablement.

Est-ce qu'on prend seulement la peine de me lire ? Peut-être se contentent-ils d'ouvrir le manuscrit au hasard... Parfois je rêve qu'on me retourne ma copie à cause d'un adverbe en trop ou d'un mot mal placé, qu'on me fait des reproches sur mon style, pas dans ma manière habituelle, indigne de l'écrivain que je suis, par où j'aurais cherché à rendre lisible la trace des mauvais traitements qu'on m'avait infligés. A moins que l'on n'examine ma confession plus en détail afin de déceler si je n'aurais pas poussé le raffinement jusqu'à la doubler d'une lecture cryptée, où seul un œil averti serait à même de lire la coercition, le trucage et la manipulation. Peut-être s'imagine-t-on que je truffe mon texte d'allusions, où j'aurais dissimulé, sous l'artifice d'un code connu de moi seul, la dénonciation des bourreaux acharnés à m'extorquer des crimes imaginaires.

« Refusé ! » signifie donc que, après un séjour encore plus douloureux dans la cave, il va me falloir tout recommencer. En revanche, « accepté ! » signe ma délivrance, avec en prime la vanité de penser que l'écriture a enfin atteint son but. Une violente certitude, dont je ne parviens pas à définir la nature, me réconforte soudain. De quoi ce récit hasardeux, illogique et fantasque, m'assure-t-il au juste? De ce dont je n'avais jamais cessé de douter : à savoir que j'avais vécu dans l'orbite d'une pratique à laquelle la totalité de mon existence aura été comme suspendue. Après avoir provoqué mon arrestation, elle aura falsifié les données de ma biographie et produit une version si monstrueuse de ce que j'ai vécu qu'il était impossible qu'elle n'entraînât pas ma propre mort.

Cette relation, ainsi que les pièces du dossier qui me concernent, rejoindront ces autres dossiers gris-bleu, semblables à autant de tombes de papier où se lisent les noms et les dates de milliers de disparus, dont les étagères du département des archives forment le cénotaphe. Dans le meilleur des cas, on améliorera l'ordinaire. On me laissera en repos pour que je paraisse présentable à l'audience et sois en état d'entendre le verdict immuable et fatal.

D'un côté comme de l'autre, il n'y aura d'issue que cette balle qu'on me tirera par-derrière, après une interminable marche dans un couloir obscur. Mais, pour l'heure, je n'entends toujours aucun bruit de bottes. Qu'est-ce qu'ils attendent? Je me demande combien nous sommes dans ce cas. Quand la trappe du guichet est retombée, j'ai bien essayé de compter le nombre de claquements qui se sont succédé, mais sans parvenir à distinguer s'il s'agissait de l'écho laissé par le mien dans le couloir ou de celui des autres guichets, refermés à la suite. Longtemps, je me suis tenu debout en silence au milieu de la pièce, aux aguets...

Peu à peu cependant, mon attention se détourne vers le carré de ciel, découpé par la lucarne, juste au-dessus de ma tête. Inquiet de savoir ce qu'il y a dehors, souvent je m'efforce de tendre l'oreille et de reconnaître, lorsque s'installe la nuit, l'origine de certaines vagues lueurs. Impossible de résister à l'idée de monter d'abord sur la table, puis de redescendre pour y placer la chaise et, tout en vérifiant la stabilité de l'échafaudage, le dictionnaire sur lequel, en me tenant d'une main au fil de la lampe, sans trop forcer pour ne pas l'arracher, je parviens à me tenir en équilibre. Ainsi ai-je réussi à me hisser jusqu'au sommet, malgré les craquements de la chaise qui menace de se déboîter, et donc au risque de me casser les reins. Avec précaution, je me redresse de toute ma hauteur et, la tête relevée, constate qu'en tendant le bras je suis presque à toucher le carreau. L'air y est d'ailleurs beaucoup plus frais et, à proximité du verre, carrément glacé. De plus, malgré la saleté du vitrage, je crois distinguer le fourmillement des étoiles, cette fois toutes proches. Cela me fait un drôle d'effet de me retrouver perché là-haut, à l'écoute des bruits du dehors, le toit, et presque la liberté à portée de la main.

En me haussant sur la pointe des pieds et en retenant mon souffle, j'ai fini par me persuader qu'il y avait, au-delà, comme une rumeur. Que je ne suis pas parvenu à bien identifier. J'hésite entre le bruit que ferait un cortège ininterrompu de limousines officielles roulant, rideaux tirés et à forte vitesse, sur la rampe pavée qui mène à la porte du Kremlin et le raclement contre les berges des énormes glaçons que charrie la Moskova au moment de la débâcle ; ou encore la mer et son ressac... Dans le premier cas, je devrais apercevoir les faisceaux des phares, qui balaient la nuit, ou distinguer, selon les moments de la journée, certaines irrégularités dans le cours du trafic. Au lieu de cela, tout le jour ce lointain chuintement ne laisse pas d'être constant. Ce qui ruine du même coup ma deuxième hypothèse : j'ai été arrêté en octobre, la débâcle n'est pas de saison. Et même ma troisième : Moscou est loin de la mer. Et puis les aléas de la marée et les variations atmosphériques devraient jouer sur le rythme des vagues, faire au moins passer cette rumeur du chuchotis au déferlement avec, par instants, lorsque le flot se retire, de soudaines plages de silence.

Ces conjectures m'obligent à me demander si l'on ne m'aurait pas, pendant que je dormais, transféré quelque part du côté de Leningrad ou d'Odessa ? Ou alors, à cause de l'effort qu'on a exigé de moi, si mon imagination ne se serait pas épuisée à la tâche ? Serais-je victime d'hallucinations auditives ? Les coups portés contre mon tympan lors des interrogatoires ne m'auraient-ils pas provoqué un début de surdité ? Je sais combien il est déraisonnable de penser cela mais rien ne peut me faire changer d'avis : je suis sûr que la mer demeure à quelque distance. L'idée s'en est même renforcée à mesure que la nuit tombe. A travers le carreau, le ciel est devenu d'un bleu si intense sur l'un des côtés, avec, çà et là, la demi-douzaine d'étoiles dont j'ai parlé, et si rose de l'autre, où se reflètent les dernières lueurs du couchant. Il est même si pur, malgré le reflet persistant de minces bandes de nuages, que je n'ai pas douté un seul instant que ce ciel était marin et n'avait atteint cet état de transparence que grâce à la proximité de quelque plus vaste respiration océanique.

Cette illusion suffit à me faire jaillir les larmes des yeux. Me revient alors le doux visage de ma chère Evguénia Alexandrovna, détaché sur un fond de ciel d'une pureté toute semblable, lors du séjour que nous avions effectué à Téboulssik, sur les bords de la mer Noire. A présent que je me dresse sur la pointe des pieds, comme aspiré par un ciel identique à celui sous lequel nous nous sommes aimés, la fugacité de cet instant s'impose à mon esprit comme l'emblème de la précarité qui caractérise les quelques mois qu'aura duré notre liaison, pourtant bien plus résistante que la plupart des liens que forge la société des hommes. De manière paradoxale, je suis assuré que c'est la fragilité de cette image, et le désespoir déchirant qu'elle contient, qui me soutiendront en mes derniers instants. Malgré ma lâcheté et mon peu de résistance à la torture, qui m'ont conduit à faire étalage de tant de mensonges éhontés, à utiliser les ressources de mon écriture pour leur donner une apparence logique, à dénoncer des gens que je n'avais jamais vus, à falsifier des faits par ailleurs avérés, en bref malgré l'ignominie dont j'ai fait preuve, l'image de sa beauté, cachée au fond de moi, demeurera à jamais intacte. Nulle insulte ni coup ne parviendra à la dénaturer, la salir ou l'ôter de ma mémoire. Elle sera mon viatique, l'icône qui me permettra de continuer à regarder droit devant moi lorsque j'entendrai, sous les doigts de l'officier qui m'aura emboîté le pas, l'imperceptible déclic du bouton-pression qui lui permet de libérer de son étui en cuir la crosse du petit automatique à huit coups. Je sais alors que, d'une seconde à l'autre, il va m'en appliquer le canon fermement contre la nuque. Je jure de garder jusqu'au bout le souvenir de son corps sous mes doigts ; et seule l'image de son sourire dans la lumière de l'aube m'empêchera de céder au bref sursaut de panique qui s'emparera de moi lorsque je sentirai sur mon cou le contact froid et rond de l'extrémité de son arme. Il précédera d'une fraction de seconde l'assourdissante détonation. Cet infime espace de temps ressemblera à cette autre éternité qui nous aura justement manqué pour, de cet amour, épuiser la promesse.

COMMISSARIAT DU PEUPLE À L'INTÉRIEUR
(Département des archives de la Loubianka)

Affaire n° 128675
Nom du prévenu : Xavier Thureau

RAPPORT

D'OBSERVATION

n° 9

Nature : *Déposition effectuée par l'agent d'information Iaroslav Chernevski, après vérifications et contrôle.*

Objet : *Rencontre entre le prévenu et Evguénia Alexandrovna Staréjov (zoo de Moscou, 18 mai 1936).*

[Il s'agit là d'un rapport de police habituel, comme on en trouvera des dizaines de milliers dans les archives de la Loubianka, à la différence près que sa version initiale paraît avoir été enrichie de la retranscription sténographique d'aveux extorqués au cours d'une ou plusieurs séances d'interrogatoire. Iaroslav Chernevski, photographe de son métier, appartient à cette catégorie de délateurs professionnels, recrutés par le N.K.V.D. et appelés seksot. Comme beaucoup d'agents dans son cas, il aurait été à son tour arrêté et questionné sous la surveillance, et même la contrainte physique rigoureuse d'un officier d'instruction, à la faveur du changement d'équipes provoqué, au sein des services de la Loubianka, par la nomination de Nikolaï Ivanovitch Iéjov en tant que commissaire du peuple aux Affaires intérieures (septembre 1936).] (NOTE DE L'AUTEUR.)

IAROSLAV CHERNEVSKI : — Ne vous en faites pas, je dirai tout ! Vous savez que j'ai appartenu aux Organes de sécurité, et été l'un des vôtres ! Pourquoi vous acharner sur moi ? Vous n'avez qu'à consulter mon dossier, vous verrez que j'ai été en tous points un agent zélé et consciencieux ! En plus, je suis disposé à collaborer avec vous. Que voulez-vous savoir ? En quoi consistait mon activité de photographe et ce qu'elle cachait ? Oui, oui, aucun problème...

Alors voilà : pas de meilleure couverture pour un indicateur que celui de photographe dans les parcs de culture et de loisirs, le zoo de Moscou ou les jardins publics environnants. La discrétion assurée ! Pas même besoin de se déplacer d'un endroit à l'autre en portant sur l'épaule le lourd appareil à pied : il suffit de se poster à la croisée de plusieurs allées et de voir venir. On peut tranquillement y repérer, longtemps à l'avance, les personnes suspectes. Une fois passé la porte, et à cause de cette sorte de nonchalance où les jette l'oisiveté, ils relâchent leur vigilance, tombent le masque, adoptent des comportements déplacés ou provocateurs qui trahissent le fond de défiance qu'ils nourrissent à l'égard de la révolution. Persuadés que personne ne les remarque, ils se laissent aller à tenir à mi-voix des propos pleins d'aigreur contre la classe ouvrière, son avant-garde et son éminent dirigeant, le camarade Staline.

Ils sont partout, infiltrés même au sein des groupes qui viennent des différentes républiques de l'Union, à qui l'on a offert le voyage en récompense des efforts accomplis en matière de productivité, ou qui, plus simplement, visitent la capitale afin d'y admirer les prouesses réalisées par les travailleurs moscovites. Une fois qu'on a recouvert sa tête du drap noir et vissé son œil à l'objectif, les traîtres, je vous assure, on les décèle du premier coup : ils tranchent sur les autres par leur mine renfrognée, leur hâte sournoise à placer un bon mot ou une parole désobligeante destinée à tourner en ridicule les loisirs des prolétaires qui, à l'issue d'une dure journée de travail, trouvent en eux la ressource de s'éduquer, faire du sport ou tout simplement se délasser du labeur accompli.

Sous mon air bonimenteur et désinvolte, j'en ai dénoncé un certain nombre, qui se croyaient tout permis et le prenaient de haut. C'est qu'on ne me la fait pas à moi ! J'étais doté d'un véritable flair politique pour identifier les saboteurs en puissance. J'ai même contribué à faire intercepter séance tenante certains activistes trotskistes qui se préparaient à comploter contre le régime. Leurs interrogatoires m'ont d'ailleurs donné raison. Et leurs protestations, au moment de leur arrestation, étaient à la mesure de leur surprise d'avoir été démasqués si rapidement.

S'il arrive que la population se méfie, moi, j'ai le prétexte tout trouvé : je peux les aborder à l'aise. Vous savez, personne ne résiste à la vanité de se faire tirer le portrait et de le rapporter chez soi, en souvenir du parc de la Culture et du Repos Sokolniki. Ça les excite, et leur fait perdre toute retenue. Même jeunes, ils se montrent sous leur vrai jour de futurs petits-bourgeois, avides de prendre la pose pour plaire à leur fiancée ou en remontrer à leurs camarades komsomols restés dans la province. Vous savez, je ne me contente pas de les prendre en photo, je radiographie leur âme et débusque leurs mauvais penchants de l'intérieur, parfois avant même que ceux-ci ne se soient déclarés. Tel est le privilège de la chambre noire, et la magie qui en découle : on ne peut rien me cacher !

C'est au plus fort de la vague d'arrestations qui a suivi l'assassinat de Kirov que j'ai donné la preuve de mon dévouement aux directives du Kremlin. Vous vous rappelez que le camarade Staline avait décidé de purger le Parti et l'armée de tous les trotskistes-droitiers qui y étaient dissimulés. A l'échelle modeste qui était la mienne, et grâce à mes talents de physionomiste, j'ai largement contribué à cette campagne d'épuration. C'est d'ailleurs ce zèle qui m'a fait remarquer de mes supérieurs. Au lieu de continuer à me laisser moucharder à la petite semaine, Anatoli Staréjov [1] a aussitôt vu le parti qu'il pouvait tirer de moi et il m'a recruté au service des archives de la Loubianka. Dans un premier temps, j'avais été chargé d'analyser les documents photographiques qui figuraient dans les dossiers d'accusation des commissaires du peuple à l'Industrie et aux Chemins de fer, pris avec leur complicité par des espions à la solde des services secrets étrangers, en particulier japonais. A l'inverse, je savais parfaitement déceler les trucages dans les prises de vue effectuées par les nazis dans le cadre de leurs tentatives de désinformation. Ensuite, parmi les documents qui représentaient tel ou tel agent, j'étais passé maître dans l'art de reconnaître, rien qu'au strabisme imperceptible du regard ou à la pliure dégoûtante des lèvres, le trotskiste embusqué, le garde blanc, le traître à la patrie, le révisionniste, l'ennemi caractérisé du peuple...

Puis, et toujours grâce à mes talents de technicien, mes supérieurs — oui, oui, il est toujours question d'Anatoli Staréjov — n'ont pas tardé à s'apercevoir que j'étais capable, à la demande, de maquiller n'importe quel cliché. De ce savoir-faire, Staréjov

1. Directeur principal de la Sécurité d'État (département du N.K.V.D.), placé sous l'autorité de Iagoda, commissaire du peuple à l'Intérieur, et d'Agranov, commissaire adjoint. Père d'Evguénia Alexandrovna, Staréjov fut arrêté le 16 octobre 1937 et aussitôt fusillé.

en personne a compris l'immense profit qu'il en tirerait pour l'avancement de sa carrière. Dès qu'il a été nommé secrétaire auprès d'Agranov, notre ancien commissaire du peuple adjoint à l'Intérieur, j'ai été entraîné dans son sillage, d'accord, sans savoir que c'était un zinoviéviste de droite ! Oui, bien sûr, moi aussi je n'ai pas hésité à me livrer à des activités d'espionnage à son profit...

D'abord, et en dehors des tâches qui étaient les miennes au sein du N.K.V.D., combien n'en ai-je pas retouché de ces portraits de secrétaires du Parti ! Sur les murs des locaux de leur section, là-bas dans leur lointain district, ils cherchent tous à se hausser du col et à se constituer une légitimité en affichant leur photo à côté de celle du camarade Staline : pour cela, ils auraient bien voulu arborer un air altier quand ils n'étaient que gauches ou contrefaits. Ensuite, que de fois ne m'a-t-on pas requis pour supprimer un membre du plénum ou du Politburo d'une photo officielle et pour effectuer les raccords nécessaires afin qu'il n'en paraisse plus aucune trace.

Vous voyez, je ne vous cache rien. Quel avantage auriez-vous à me tourmenter davantage ? Je connais les méthodes qu'on emploie ici ; je vous le jure, je n'ai aucune intention de résister. Qu'on en vienne à Xavier Thureau ? Quand vous voulez...

C'était en octobre, ou même en novembre 1937. A cause des talents de physionomiste que je viens d'évoquer, on m'avait mis en sa présence et demandé si je l'avais déjà rencontré. Eh bien, je n'ai pas eu longtemps à réfléchir. Déjà, première chose : rien qu'à le voir, il était facile de constater qu'il n'avait rien des manières d'un Russe. Sur-le-champ j'ai su que c'était un agent à la solde d'une puissance étrangère, la France, ça, je ne l'ai découvert que plus tard. Mieux, et c'est là que j'ai provoqué l'étonnement de l'officier instructeur, un certain Igor Sergueïevitch.

Vous le connaissez? Il témoignera en ma faveur si besoin est... Aussitôt, je lui ai dit : attendez ! ce type-là, je le connais. Je crois bien l'avoir rencontré l'année dernière, je suis même à peu près sûr de l'avoir déjà photographié ! Ça leur en a bouché un coin ! Facile, je n'ai eu qu'à consulter ma collection de clichés pour mettre la main sur la photo à laquelle je pensais. De lui, je me souvenais, et comment ! Par sa faute, j'avais gâché de la pellicule pour rien ! Or, au prix où elle était...

C'est peut-être à ce moment-là que je suis allé trop loin. J'aurais dû réfléchir avant ; car le malheur, c'est que, sur la photo, Xavier Thureau n'était pas seul. En fait, je l'avais surpris en compagnie de la chanteuse Evguénia Alexandrovna, qui devait sa célébrité au fait d'avoir mis en musique les poèmes de plusieurs écrivains des débuts de la révolution. Pour moi, ça s'arrêtait là. Mais quand, ensuite, j'ai apporté cette photo à Igor Sergueïevitch, ce dernier a eu un bref mouvement de recul. Sa main s'est mise à trembler. Il m'a regardé avec des yeux par en dessous, puis il m'a interrogé pour savoir à qui d'autre j'avais montré cette photo. A personne, j'ai répondu. Bien, a-t-il dit, donne-moi cette photo. Je la lui ai donnée. Puis, il m'a demandé : tu connais la femme qui est dessus ? J'ai répondu : oui, une chanteuse de cabaret. Mais lui, d'une voix sourde : crétin ! C'est la fille d'Anatoli Staréjov, l'un des subordonnés d'Agranov. Et tu sais qui est Iakov Agranov j'espère ? J'ai dit : comment ne le saurais-je pas ? C'est le commissaire du peuple adjoint à l'Intérieur, le second de Iagoda, le chef de nos services ! Et c'est ainsi qu'il a répliqué : alors, tu veux tous nous faire exécuter dans un fond de cave ? J'ai dit : merde ! Bien sûr que non ! Bon ! qu'il a ajouté, il ne te reste qu'une chose à faire, c'est de fermer ta gueule, tu as compris ?

Que faire ensuite? Cette histoire, c'était de la dynamite... Détruire le cliché? C'est ce que j'aurais fait à sa place. Mais, qu'il l'ait détruit, lui, je n'en ai jamais été certain. J'ai compris qu'il hésitait et était sur le point de se raviser : mettre cette photo en lieu sûr, pour plus tard, au cas où les choses tourneraient mal? Il est impossible que l'idée ne lui ait pas traversé l'esprit. Oh! remarquez, elle n'avait rien de compromettant, sauf qu'on les voyait ensemble. Or, là était justement le problème. Eux, on ne peut pas dire qu'ils avaient tenu à ce qu'on les prenne en photo, au contraire ils avaient tout fait pour s'y opposer. C'est pour cela que l'image était à moitié floue : ils avaient bougé. Néanmoins, on les reconnaissait parfaitement.

Ah! Mon dieu! Ça alors, oui, c'est bien cette photo-là! Comment l'avez-vous retrouvée? Quoi? Elle était classée dans mon dossier? Ah! Cette ordure de Sergueïevitch! Mais qu'est-ce que ça signifie au juste? Ce dont on m'accuse aujourd'hui a quelque chose à voir avec Xavier Thureau? Qu'est-ce que vous insinuez? Que c'est à moi d'en décider? Que j'aurais été son complice? Mais vous êtes fous! Aïe! Oui, bon, d'accord, ce n'est pas ce que j'ai voulu dire!

Que je m'explique sur cette photo? Rien de plus facile! Que j'aurais fait exprès de la prendre de travers pour mieux brouiller les pistes? Mais pas du tout! C'est de sa faute, à lui. Regardez-le, qui tend la main en avant, l'air furieux, pour tenter de masquer l'objectif; et elle, qui se détourne en essayant de se cacher le visage de son foulard. C'est leur réaction qui m'a alerté, et persuadé qu'ils ne devaient pas avoir la conscience tranquille; et je ne me suis pas trompé! Vous pensez bien, je comprends mieux maintenant : la fille du directeur principal de la Sécurité d'État, qui aurait été la maîtresse d'un espion français ? En voilà une affaire ! Moi, je l'ai bien vu : d'abord, il était clair que ce pur produit de la bourgeoisie lui avait fait adopter les mœurs dégénérées de l'Occident. Sûrement ils couchaient ensemble, en cachette, et gaspillaient leurs forces en pure perte quand la jeunesse de ce pays n'aspire qu'à avancer, main dans la main, vers l'avenir radieux du socialisme. Il devait l'avoir dévoyée par de belles paroles, car jamais une jeune fille comme elle, si attachée aux traditions de notre vieille Russie, et une artiste qui plus est, ne se serait laissé corrompre à ce point ! Et vous croyez que c'était pour ses beaux yeux, et qu'il l'aimait peut-être ? Comme je vous l'ai dit, j'ai tout de suite su qu'il était un agent des services secrets étrangers, qui essayait de la circonvenir pour mieux remonter jusqu'à son père et lui extorquer ces renseignements dont l'Occident capitaliste, jaloux de nos fulgurantes avancées, était devenu si avide !

Pourquoi je n'ai rien dit, et ne les ai pas dénoncés sur-le-champ ? C'est compliqué ! Tout s'est passé très vite, et d'une drôle de façon. Vous voulez que je vous raconte en détail comment Xavier Thureau a rencontré Evguénia Alexandrovna ? Écoutez, je le peux d'autant mieux que j'ai assisté à la scène en direct : c'était peu avant que je ne prenne cette photo. Vous le saviez ? Ah ! bon... C'est même pour cette raison que vous m'avez fait arrêter ? Sergueïevitch m'a dénoncé et vous a rapporté que je n'étais pas là par hasard ? Que j'avais tout organisé et avais été chargé par Staréjov d'assurer leur protection ? Maintenant, je commence à comprendre... Mais téléphonez à Anatoli Staréjov, il vous dira lui-même que c'est faux ! Comment ? Vous venez aussi de l'arrêter ? Et il a confirmé la version de Sergueïevitch ? Bon dieu ! Et elle ? Vous l'avez arrêtée aussi ? Non, pas encore. Oui, oui, ce n'est pas à moi de poser des questions...

Bon, je vous le répète, ce jour-là j'officiais au parc zoologique de Moscou. Oui, j'ai bien dit au zoo de Moscou, je n'invente rien, près de l'entrée de la Bolchaïa Grouzinskaïa. Le zoo de Moscou, qu'est-ce que cela a de si extraordinaire qu'ils se soient rencontrés à cet endroit ? Est-ce qu'ils avaient préparé leur coup ? Alors là, moi, je n'en sais rien. Comment ça, je devrais être au courant ? Non, je vous assure, je ne cherche pas à me disculper. Vous croyez que je fais exprès de faire l'innocent ? Je suis un peu bavard, je le reconnais, mais je n'ai pas pour autant l'intention d'en rajouter. D'ailleurs je n'aime pas les zoos : la vue des animaux en cage me provoque toujours un sentiment de malaise, où l'étonnement se mêle à la stupeur. Les odeurs de paille aigre et d'urine, les grognements sourds, les rafales de cris suraigus, tout ce vacarme intempestif du côté du rocher habité par les singes accentuent l'impression que, pris un à un, ces animaux, lassés de leur interminable captivité, ont perdu tout ressort. On sent bien dans leurs yeux ternes que les souvenirs de savane ou de forêt sont à jamais éteints. Le spectacle de cette brutalité contenue, entravée, réduite à l'impuissance, incite à la mélancolie, ce qui n'est jamais très sain pour le moral des prolétaires. Et même, s'il faut parler franchement, moi, je vous le dis tout net : les zoos, je suis contre. La contemplation des fauves par exemple, avec leur air résigné, ou qui tournent d'un bord à l'autre du terre-plein imitant de façon artificielle leur environnement naturel, ça me serre la gorge. Malgré le côté éducatif de la chose, je trouve ça décadent. C'est mon point de vue, je ne critique pas. Mais il faut bien que nous soyons d'accord au moins sur un point : il n'y aura de salut, pour ces animaux-là, que dans le vaste élan social en faveur de la société sans classes.

Oui, oui, j'en reviens à Xavier Thureau... Cela faisait un certain temps que, tout en continuant à prendre des photos, je l'avais repéré et gardais un œil sur lui. Ainsi l'avais-je suivi, l'air de rien, déplaçant mon trépied à distance. C'est au détour d'une allée qu'il a aperçu Evguénia Alexandrovna en arrêt devant la fosse aux ours polaires. Elle, je l'ai reconnue du premier coup d'œil. Je l'avais aperçue plusieurs fois sur des affiches. Et même si, à cette époque, je ne comprenais pas toutes les paroles de ses chansons, j'aimais sa voix, avec ses inflexions suaves, ingénues, et si pleines d'émotion. Cependant, je ne vous cache pas que, en bon communiste, je considérais que les poèmes dont elle s'inspirait étaient loin de correspondre aux orientations définies par le Parti. Quelques-uns m'avaient même paru scandaleux. On la disait protégée par certains personnages influents du Kremlin... Jusqu'à ce que Sergueïevitch m'ouvre les yeux, à l'époque je n'en savais guère plus. On l'excusait aussi en prétendant que les pièces en vers qu'elle avait mises en musique dataient des débuts de la révolution, quand les artistes, emportés par leur enthousiasme juvénile, mais encore sous l'influence des mœurs aristocratiques dégénérées de l'ancien régime, croyaient à l'amour libre ou vantaient les charmes de l'adultère. Moi, je veux bien, mais ce n'est pas une raison. Il y avait cette chanson en particulier, que chacun fredonnait, comment c'était déjà, ah oui, « Nous serons amants de légende... » Tu parles ! Ah ! on peut dire qu'elle a fait le tour de Moscou celle-là, et qu'elle en a conforté plus d'un dans ses vices. Il est heureux que, depuis, on y ait mis un terme. Quelle inconvenance ! Ça ne vous a pas choqué, vous ? Mais cette chanson était en contradiction flagrante avec la nouvelle morale socialiste !

Lascivement appuyée contre le parapet en ciment de la fosse aux ours, Evguénia Alexandrovna semblait l'attendre, comme une proie délicieuse et offerte. Après coup, moi aussi je me suis demandé si ce n'était pas une invite et s'ils ne s'étaient pas donné rendez-vous là exprès, à l'abri des regards. Alors qu'elle était penchée jusqu'à mi-corps pour tenter d'en apercevoir le fond, c'est à cet instant précis que l'un des ours a surgi hors de l'eau et failli l'entraîner avec lui dans les profondeurs du bassin. Elle ne s'y attendait pas ! En se reculant de frayeur, elle n'a pu faire autrement que heurter de plein fouet Thureau qui, à ce moment, se tenait en retrait derrière elle. Sous le choc, celui-ci a manqué à son tour de perdre l'équilibre. Il s'est retenu de justesse, en trébuchant sur plusieurs pas. D'ailleurs ce n'est qu'en lui entourant la taille de ses bras qu'il n'est pas tombé avec elle à la renverse.

Alors qu'ils demeuraient enlacés, je fus indigné de le surprendre — et elle qui faisait semblant de ne s'apercevoir de rien ! — à lui caresser les seins à travers l'étoffe souple du manteau. Étaient-ce là des manières à la fin ? N'avait-elle commis pareille imprudence rien que pour se donner le prétexte de se jeter dans ses bras ? A ma grande stupéfaction, elle n'en paraissait ni étonnée ni choquée. Au contraire, passé le temps de la première émotion, loin de s'offusquer des libertés que Xavier Thureau prenait avec elle, elle éclata de rire en le dévisageant, comme si c'était lui qui avait tout manigancé et été à l'origine de la bonne farce qu'on venait de lui jouer.

Nullement décontenancés, et comme s'ils se connaissaient depuis toujours, d'un commun accord ils décidèrent de poursuivre ensemble la visite. Combien de temps demeurèrent-ils, le nez collé aux vitrines derrière lesquelles rampent les serpents ou se tapissent les sauriens ? Je savais qu'il était impossible de rien distinguer dans la pénombre surchauffée, où je n'aurais pu les suivre sans me faire remarquer, mais que j'imaginais propice à l'échange de longs baisers. En revanche, ils ne résistèrent pas à l'idée de faire les pitres devant les clôtures où, intriguées, les autruches étaient accourues à leur rencontre. Mais, on sentait bien qu'ils avaient l'esprit ailleurs. Leur curiosité s'émoussait rapidement. Passé le premier instant de surprise, leurs découvertes étaient suivies d'une inexorable déception. Au-delà de la grande volière, au grillage incrusté de fientes et de duvet, ou même de la mare, où de squelettiques échassiers en vain piquetaient la vase, ils poursuivirent leur chemin avec une hâte accrue. Je compris que je n'avais pas de temps à perdre...

Anticipant sur leurs intentions, j'allai disposer mon trépied du côté de la sortie, vers l'enclos des singes derrière lequel ils n'allaient pas tarder à surgir. Peu après, au loin je les vis arriver. Ils s'arrêtèrent devant ces groupes de babouins à la verge rouge dont, avec un sourire gêné, elle détourna les yeux. De son comportement on déduisait déjà que la pudeur allait bientôt lui devenir un sentiment étranger. Elle n'était pas l'honnête Soviétique que je croyais, voilà ce que je veux dire. Et n'était en rien digne de la confiance que lui avait accordée son pays. Que son père ait été démasqué comme traître n'est donc pas un hasard.

Je voulus profiter de l'occasion pour les prendre en photo. Mais à peine eus-je mis la tête sous le drap que, m'apercevant, ils se précipitèrent sur moi avec la véhémence dont je vous ai parlé, lui, hurlant et s'apprêtant à jeter mon appareil à terre, elle s'efforçant de dissimuler son visage. Mais le cliché était pris : celui-là même que vous avez entre les mains! Étonné par la violence de leur réaction, je leur fis croire que je n'avais pas eu le temps d'appuyer sur le déclencheur. J'étais surtout mécontent d'avoir gâché de la pellicule. Comment? Des amoureux qui ne veulent pas être pris en photo ? On n'a jamais vu ça, excepté pour un tas de mauvaises raisons ! Je vous assure, il y avait là de quoi attirer la suspicion de n'importe qui !

COMMISSARIAT DU PEUPLE À L'INTÉRIEUR
(Département des archives de la Loubianka)

Affaire n° 128675
Nom du prévenu : Xavier Thureau

DOCUMENT

n° 10

Nature : *Lettre du prévenu à son ami Jean Lartigue, résidant en France.*

Objet : *Récit par le prévenu de sa rencontre avec Evguénia Alexandrovna, ainsi que de leur séjour sur les bords de la mer Noire.*

[Ce document, retrouvé dans le dossier de Xavier Thureau, est la copie d'une lettre adressée à Jean Lartigue, poète dont il avait fait la connaissance place des Ternes, à Paris, au moment de la sortie de son premier roman. De cette rencontre était née une amitié littéraire, renforcée par le fait que Xavier Thureau avait usé de son influence pour faire entrer ce dernier comme secrétaire dans une maison d'édition.

De la correspondance qu'ils échangèrent durant ces années, rien n'a été conservé, si ce n'est cette lettre, interceptée par le N.K.V.D. et dactylographiée par un agent de la Loubianka avant de parvenir à son destinataire.

On ne comprend d'ailleurs pas par quel moyen ce courrier, selon toute logique acheminé par valise diplomatique, s'est retrouvé entre les mains des services secrets soviétiques. Il aura donc fallu, après que Xavier Thureau l'eut déposé au bureau d'ordre, que quelqu'un s'en saisisse, le lise et en fasse établir une copie destinée à être archivée dans le dossier établi à son nom.

Cette éventualité confirme l'hypothèse, qui sera ensuite avancée par Ludmila Beretchova, secrétaire de Xavier Thureau, selon laquelle un agent des services secrets soviétiques était infiltré parmi le personnel de l'ambassade, à un grade relativement élevé, ce qui, après tout, et compte tenu de l'époque, n'a rien d'invraisemblable ou même de surprenant.] (NOTE DE L'AUTEUR.)

Moscou, le 30 septembre 1936

Mon cher Jean,

N'es-tu pas mon ami ? C'est donc à ce titre qu'il faut que je te raconte ce qui m'arrive. Je n'ai ici personne à qui parler et tu es le seul en qui j'ai confiance. J'espère même au besoin bénéficier de tes conseils. Il s'agit en effet d'un sujet quelque peu intime autant que délicat... Bien sûr, j'aurais pu attendre un prochain voyage à Paris mais, comme je n'en aurai avant longtemps l'opportunité, je ne parviens pas à contenir mon impatience.

Voilà : je suis tombé amoureux d'une femme, qui n'est pas la mère de mon fils. Tout cela s'est passé il y a plusieurs mois. C'était en mai. En sortant de l'ambassade à l'heure de midi, j'étais allé au zoo. Tu sais que j'affectionne ce genre d'endroit, et ce depuis toujours. A Moscou, quand je ne suis pas trop débordé de travail, le mardi en général, j'ai coutume d'y effectuer de longues marches à pied. Il n'y a rien qui soit plus distrayant. Et, quand il fait beau, c'est vraiment la seule promenade qui me délasse.

J'avais remarqué depuis longtemps que garçons et filles aiment à déambuler le long des allées en blaguant ou en se faisant des niches, et les amoureux à s'y promener, d'un pas attentif et lent. Il y a là quantité de boutiques où l'on vend des friandises, des jouets, des calicots, des fanions et drapeaux aux couleurs de la révolution, sans compter les innombrables portraits du Guide suprême, qui est vraiment partout. L'été, on s'assoit à l'ombre pour se reposer un instant et déguster des boissons gazeuses. De plus, il y a toujours des animaux insolites ou drôles à observer, que ce soient les panthères des neiges ou les chevaux de Prjevalski. Sais-tu que la propagande actuelle prétend que, sous le règne du tsar, ceux-ci y étaient devenus neurasthéniques ? Et que, depuis la révolution, même les animaux ont changé de mentalité. En dépit des privations imposées par les pays capitalistes, ils ont toujours mangé à leur faim et été correctement traités.

Voilà donc le lieu idéal soit pour y faire des rencontres, soit pour y emmener sa maîtresse. Là, à l'écart du monde — vaguement au loin bruissent les rumeurs de la ville —, on y croise de ces groupes d'ouvrières, qui se tiennent par le bras et marchent en chantant ; ou quelque jeune fille solitaire et sentimentale, appuyée à une rambarde devant l'enclos grillagé qu'en silence arpentent les tigres de Sibérie. L'avantage, c'est qu'on n'est pas dérangé. Les jeunes garçons, que ce régime semble avoir rendus timides et peu entreprenants, trouvent plus facilement prétexte à engager la conversation.

Avec ses allées tortueuses, ses recoins et ses bosquets, ce jardin zoologique se prête bien aux haltes, aux explorations, aux retours en arrière, aux regards interrogateurs, aux serrements de mains, aux attouchements furtifs, aux baisers dérobés... En plus, la présence de tous ces crocs, griffes, cornes, pattes, défenses, et de ces pupilles mi-closes, faussement indifférentes ou obliques, nous renvoie à cette partie de nous-mêmes que les conventions ont encagée ou émoussée ; mais c'est aussi la proximité de ces corps massifs, le chatoiement des fourrures et la luisance des cuirs qui réveillent et font tressaillir notre animalité lointaine. Elle nous rappelle à l'ordre de cette sauvagerie, tapie au fond de nous, et toujours aux aguets. Elle incite à se rapprocher de la femme que l'on vient de suivre et que l'on convoite. A la faveur de la complicité qui, par opposition, ne demande qu'à s'instaurer à l'intérieur de l'espèce, il ne reste plus qu'à lui sourire, la prendre par le bras, enfin la serrer contre soi.

A mon âge, marié et avec un enfant, j'admets volontiers qu'il y a bien de la gaminerie à fréquenter ces endroits, surtout avec de telles idées en tête. Sans doute aurais-je été mieux inspiré d'y emmener mon propre fils... Bref, à présent le mal est fait, et je n'y peux plus rien. Car tu ne devineras jamais de qui j'ai fait la connaissance. Elle s'appelle Evguénia Alexandrovna Staréjov ! Tu vois qui c'est ? Mais si ! Cette chanteuse, d'origine kirghize, dont je t'ai récemment fait parvenir un disque ! Je lui avais été présenté une fois, dans sa loge, lorsqu'elle se produisait au cabaret le Cygne noir. Ce soir-là, mais sans que j'en eusse pris conscience, j'en étais déjà à moitié tombé amoureux. Mon Dieu, si j'avais su...

Et sais-tu où je l'ai rencontrée ? Devant la fosse aux ours ! De loin, il m'avait bien semblé que c'était elle. Evguénia Alexandrovna ? En ce lieu ? Mon cœur s'était mis à battre à tout rompre. J'avais accéléré le pas et pris un raccourci. Lorsque je l'eus rejointe, par chance elle me tournait le dos : cela me laissait un peu de répit pour réfléchir au prétexte que j'allais invoquer pour l'aborder. Elle s'était penchée par-dessus le parapet en ciment, arrondi à l'imitation de ces rochers polis par le vent et la pluie, qui entoure le bassin. Cette position, en soulignant la finesse de sa taille, mettait aussi en valeur ses belles hanches, et relevait l'extrémité de son manteau, découvrant ses bas noirs jusqu'en haut des mollets. Son visage me demeurait caché par les boucles de sa chevelure, qui lui retombaient de chaque côté de la tête. Elle m'intimidait ! Si seulement elle avait consenti à jeter un coup d'œil dans ma direction : j'aurais rassemblé mon courage et serais allé m'accouder à son côté. En plus, j'avais un sujet de conversation tout trouvé : la légendaire fourberie des ours blancs ! Je venais justement de lire un ouvrage sur la façon qu'ils ont, lorsqu'on les croise sur la banquise, de jouer l'indifférent et de passer leur chemin, leurs petits yeux noirs luisant de cruauté inexpressive. Puis, quand on se croit hors de danger, après un large arc de cercle, de revenir à l'improviste et de se jeter sur vous par-derrière.

Qu'elle ne m'eût pas entendu venir m'avait presque découragé de lui adresser la parole. J'eus même la tentation de passer mon chemin. Cependant je m'inquiétais de ce qu'elle se fût avec autant d'imprudence penchée par-dessus le parapet. Il fallait que je la mette en garde ; et avec raison : pendant que, non sans hypocrisie, la plupart des plantigrades, dans leur impatience à obtenir un quignon de pain, amusaient la galerie en faisant le beau, j'avais remarqué que l'un d'eux, par le côté du bassin, sans faire ni bruit ni remous s'était glissé dans l'eau verte et avait disparu en ses profondeurs. Son manège me poussa à m'approcher, rien que pour essayer de deviner l'endroit où ses narines allaient de nouveau affleurer à la surface...

Or, comme s'il avait pris son élan depuis le fond du bassin, d'un seul coup l'ours fit irruption hors de l'eau. Dans un vaste froissement d'écume, il bondit à la verticale en direction d'Evguénia, qu'il tenta au passage de happer par la manche. Lorsque, juste sous elle, claqua la mâchoire rose ourlée de babines noires, elle n'eut que le temps de se rejeter en arrière en poussant un cri bref et perçant. Et c'est sans plus réfléchir à rien que, de frayeur, elle se jeta contre moi et atterrit dans mes bras.

Une fois hors de portée du fauve, qu'on entendit, dans une gerbe d'éclaboussures, chuter avec fracas au cœur de l'eau nauséabonde, d'abord Evguénia ne chercha pas à se dégager. Je pus la garder serrée contre moi encore un moment... Elle, occupée à reprendre ses esprits, encore commotionnée et haletante, le souffle coupé par la peur qui venait de la submerger ; moi, heureux de m'être trouvé là, à cet instant précis.

Ah ! pour ça, on peut dire que nous sommes littéralement tombés dans les bras l'un de l'autre. Je sentais son cœur battre dans sa poitrine. J'aurais bien aimé conserver l'avantage, et profiter de son trouble pour marquer de l'empreinte de mes dents sa nuque, tout hérissée de minuscules cheveux et d'imperceptibles frissons. Peu à peu cependant, je fus obligé de relâcher mon étreinte, mais non pas sa main, qu'elle m'abandonna, comme sans y penser. Quand je me présentai, elle me dit que ce n'était pas la peine, qu'elle m'avait reconnu et se rappelait très bien que j'étais venu la voir dans sa loge ; et même, après ma visite, qu'elle avait éprouvé la curiosité de lire mes livres, du moins ceux qui avaient été traduits en russe ; qu'elle désirait depuis longtemps en parler avec moi ; et que ça tombait bien puisque, sans cette opportunité, elle n'aurait jamais osé. Ce que nous fîmes en allant nous désaltérer à la buvette qu'il y avait sous un arbre, où étaient disposées de petites tables blanches. Elle prit un soda, qu'elle ne but qu'à moitié. Et lorsqu'elle me tendit la bouteille pour que je la finisse, je ne pus m'empêcher de penser que le goulot avait comme un avant-goût de ses lèvres...

J'avoue que nous ne nous sommes désormais plus intéressés que de loin au rhinocéros impassible, aux flancs caparaçonnés de boue, à l'éléphant en équilibre sur le rebord de sa fosse, sa trompe d'arrière en avant sans arrêt en balance, au chacal infatigable, qui court en rond à la recherche d'une issue, à la girafe nonchalante, aux yeux maquillés, à la démarche élastique et dansante... Même le lion, si dédaigneux, malgré nos appels et claquements de langue, s'obstina à éviter de croiser nos regards. C'est seulement à la vue des lionceaux à grosses pattes, encore insouciants, vifs et pelucheux, qu'Evguénia Alexandrovna a battu des mains et trépigné de l'envie de les prendre dans ses bras, de se rouler avec eux dans l'herbe. Hélas, elle était bien trop loin pour avoir une chance de passer la main à travers les barreaux et leur gratter le dessus de la tête. C'est d'ailleurs ce qui nous a conduits, d'abord par jeu, à nous tourner l'un vers l'autre puis, comme le mâle joue avec sa femelle, à nous prendre à bras-le-corps et, sans autres artifices, à nous ébouriffer et nous embrasser pendant que, allongée sur un tronc, pattes pendantes, une panthère noire nous observait du coin de l'œil. Evguénia me chuchota que, excepté l'arrondi des oreilles, elle lui rappelait son chat, qui avait pour habitude, en des poses à peu près semblables, de s'endormir sur le radiateur de la cuisine.

Autant te dire que la promenade au zoo et la rencontre que je venais d'y faire m'avaient laissé excité et pantois. Elle avait réveillé en moi le goût d'une peau autre, de sa chair parfumée, du mélange des salives, et même le désir d'une imperceptible et incongrue odeur de sang. Voilà par quel sortilège je me suis découvert altéré du corps de cette femme. Je n'avais plus qu'une envie : dénicher une tanière où nous aurions abrité l'intimité de notre amour. Nous nous serions arraché nos vêtements. Nous aurions mis à vif notre désir, sans réserve exploré les recoins de nos corps. Nous nous serions mordus à pleines lèvres. A mon tour, et comme un animal, je ne rêvais que de m'ébattre avec elle, et copuler.

Cette dernière formule, tu la trouveras grossière... Mais, à toi, je suis incapable de rien cacher. Crois-tu, étant à la fois marié et étranger à ce pays, que je puisse, sans courir de grands dangers, et alors que tout le monde surveille tout le monde, devenir l'amant de la fille d'un apparatchik du N.K.V.D. ? Car voilà bien ce qu'elle est aussi, et ce que j'ignorais jusqu'ici. En bref, elle n'est rien de moins que la fille d'Anatoli Staréjov, directeur principal de la Sécurité d'État. Ce qui est à la fois un avantage, une protection, et un risque considérable ! Car si cela se savait... Crois-moi, je n'en mène pas large ; mais, que puis-je faire d'autre ?

L'été venu, Evguénia a dû partir en tournée dans les hôtels chics qui bordent la mer Noire. Moi, je suis resté à Moscou, en partie à cause du voyage que Gide a effectué ici. Tu en as peut-être eu des nouvelles, au moins par ceux qui l'ont accompagné. Après le décès de Maxime Gorki, survenu au début de son séjour, celui de ce pauvre Eugène Dabit, à Odessa ! La scarlatine... Incroyable, n'est-ce pas ? Cela ne m'étonnerait pas qu'en France on laisse entendre qu'il se soit agi d'un assassinat. A cause des formalités à accomplir pour le rapatriement du corps et de l'incident provoqué par le vol de ses carnets, j'ai sauté sur le prétexte pour me rendre à Sébastopol, d'où j'en ai profité pour faire un détour jusqu'à Sotchi et rejoindre Evguénia.

Ce qu'il a fait chaud cette semaine-là ! Dans l'impossibilité où nous étions de partager la même chambre sans éveiller les soupçons, une fin d'après-midi nous sommes montés dans un autocar pour nous rendre sur une plage que j'avais localisée, non loin de Téboulssik. L'examen d'une carte dans le hall de l'hôtel m'avait permis de remarquer que, à un certain endroit, le bord de la mer n'était guère éloigné de plus d'une centaine de mètres de la route. Après avoir demandé au chauffeur de nous déposer à proximité, nous avons marché, un peu au hasard, guidés par l'éblouissement du crépuscule qui, pensions-nous, n'avait atteint pareille transparence que grâce à la réverbération de la surface de la mer sur le miroir immense du ciel. De temps à autre cependant, nous marquions le pas pour tendre l'oreille et essayer de distinguer le chuintement imperceptible des vagues sur la grève, que nous imaginions toute proche, dissimulée derrière la légère déclivité qu'accusait le terrain à cet endroit.

L'obscurité avait commencé de tomber. A l'est, le firmament avait pris une teinte de velours bleu sombre, percée de quelques étoiles. Nous étions toujours persuadés que, au-delà de la prochaine dune, la mer allait enfin se découvrir à nous, ample, mouvante et silencieuse. La luminosité ambiante restait telle que nous aurions cru la toucher de la main et même pouvoir déchirer le mince voile de brume qui s'était formé à l'horizon. Cependant, nous ne sûmes jamais s'il s'agissait de nuages ou si la nuit là-bas s'était épaissie au point de devenir presque palpable.

Sans nous en apercevoir, et parce que le chemin que nous avions emprunté se confondait avec les coulées laissées par d'anciens ruisseaux gonflés par les crues, nous en avions perdu la trace parmi les bancs de gravier, ici et là plantés d'herbes souples et d'ajoncs. Et, sans autre repère que le seul drapé de cette lueur étirée devant nos yeux, nous y marchions avec difficulté. Régulièrement, nos souliers se remplissaient de sable et de cailloux, qui irritaient le pied et nous empêchaient d'aller plus loin : il fallait alors nous arrêter pour ôter nos chaussures et les vider.

Une heure plus tard, nous n'étions toujours pas parvenus à la plage à laquelle nous aspirions... Avions-nous tourné en rond sans nous en rendre compte, ou été trompés par le mirage de cette lumière surnaturelle ? Déjà le jour à notre droite ne se décelait plus qu'en un infime trait pâle, qui surlignait l'horizon. Il fallait nous rendre à l'évidence : nous avions fini par nous perdre dans cette ancienne lagune asséchée, d'où la mer s'était retirée bien plus loin que la carte ne l'indiquait. A mesure de notre avance, celle-ci se dérobait, demeurant hors d'atteinte ; et, de ce que nous croyions être le bruit du ressac — mais, par une nuit si calme, y avait-il seulement des vagues ? —, nous ne percevions que le friselis léger de la brise nocturne qui agitait le sommet des bouquets d'aulnes, des peupliers épars et des eucalyptus.

Les ténèbres se renforçant, et alors que nous n'y voyions plus qu'à peine, nous n'eûmes d'autre ressource que de nous réfugier à l'abri d'une minuscule falaise, creusée par un ancien cours d'eau, et qui ménageait en cet endroit une sorte d'alcôve. Le sable y était d'une fluidité immatérielle et avait emmagasiné la chaleur du jour. Nous nous allongeâmes du mieux que nous pûmes, en prenant soin de nous recouvrir de nos manteaux, moi allongé sur le dos, elle, blottie contre mon côté gauche, la tête posée à plat sur mon épaule. Hélas, lorsqu'on passe une première nuit ensemble, ce n'est pas une position qu'on peut tenir longtemps... Je me souviens que, pour une raison que je ne m'explique pas — peut-être la montée de la brume sur l'horizon avait-elle gagné tout l'espace —, le ciel était devenu d'un noir laqué, dont l'intensité s'était encore renforcée de l'éclat disséminé des étoiles. Puis, la lune se leva et répandit son ombre douce sur toutes choses. Quoi de plus poignant pour des amants, jusque-là contraints de dissimuler leur amour aux regards d'autrui, que de se contempler enfin sans détour, dans leur nudité émerveillée, révélée grâce à cette déchirure inattendue provoquée dans le rideau de la nuit.

Au matin, il faisait encore très doux. Nulle rosée n'était tombée sur la terre, comme si la lune, qui entre-temps s'était esquivée, avait à mesure tout asséché. Elle reposait à mon côté, dans l'ovale pur de son visage, les yeux clos, le souffle apaisé, les cheveux noirs largement étalés sur le pull-over qui lui avait servi d'oreiller. Rompue par l'amour, elle avait, au moment de s'endormir, rejeté un bras au-dessus de la tête, découvrant son aisselle nue, dans un geste d'abandon qui prouvait qu'elle s'était abîmée d'un coup dans le sommeil. A la faible lueur du jour naissant, je ne me lassais point de la contempler, allant jusqu'à faire glisser le manteau pour la dénuder plus encore, admirer son sein, suivre la courbe de sa taille jusqu'à la naissance de la hanche.

Ce n'est pas le froid mais le fait de se sentir observée qui lui fit relever les paupières. En un vague regard, elle m'aperçut. Alors rassurée, elle fut tentée de replonger dans la quiétude harmonieuse de ses rêves; mais, au même instant, elle avait dû se rappeler combien le temps nous était compté. Aussitôt, cette absence à la vie et à soi-même, telle qu'elle lui avait été prodiguée par le sommeil, lui fut insupportable. En effet, il ne nous restait plus que quelques heures avant d'être à nouveau séparés. Comment dès lors continuer à se complaire dans un pareil oubli et ne pas profiter du moment?

Elle rouvrit les yeux, partagée entre la fatigue engendrée par une nuit trop courte et l'envie de demeurer éveillée pour ne rien perdre de ce premier bonheur qui venait de nous être accordé. Avec un soupir, et presque un gémissement de volupté, elle se rapprocha de moi pour venir plus encore se lover entre mes bras. Là, forte de cet indubitable contact physique, elle crut pouvoir encore conjuguer les délices apaisantes du sommeil et l'assurance qu'elle n'avait pas rêvé, que nous avions bien dormi ensemble. Mais, une fois nos corps enlacés, c'était compter sans le surgissement lent, inexorable, impérieux du désir renaissant. Déjà je n'avais pu me retenir de déposer un baiser sur ses paupières, puis dans le creux du cou. Et, cela seul, c'était trop. Il était inévitable que suivent d'autres baisers, accompagnés de caresses à la fois insistantes et précises. En un seul mouvement, je vins sur elle et pénétrai dans sa chair...

— Je veux rester toujours avec toi !

Elle ne me chuchota que ce seul mot à l'oreille, dans un imperceptible souffle. Ce n'était pas grand-chose ; et, pourtant, c'est ce « toujours » qui me déchira le cœur, car tel était justement ce que mon amour, pour l'heure, était incapable de lui offrir.

Rien qu'à te décrire cette scène, j'en éprouve à la fois une souffrance et un plaisir. C'est comme gratter une blessure, dont la cicatrice, à peine refermée, encore fragile, est toujours susceptible de se rouvrir. La leçon que j'en tire ? Je ne me rappelais plus qu'aimer fît tant souffrir ! Rien que de penser à elle, je défaille ! Et mes doigts en tremblent alors que je saisis le stylo pour t'écrire ces lignes ; ou quand je décroche le combiné du téléphone après avoir calculé qu'à cette heure j'ai quelque chance de la trouver seule dans sa chambre, ou dans sa loge avant son entrée en scène. Tremblement intérieur surtout, dû à l'anxiété qui en même temps lui fait écho : cette crampe à l'estomac, qui désormais ne me quitte plus, ces palpitations intempestives à hauteur du cœur, ce brusque tournis qui me fait passer un voile noir devant les yeux quand je me lève de ma chaise à l'énoncé de son nom : souvent il m'arrive de manquer d'en tomber par terre.

Comme mû par la nécessité d'économiser mes forces, je m'allonge sur le canapé. J'essaie de penser à autre chose, par exemple en m'efforçant de lire le journal, de la première à la dernière page. Mais je ne suis pas dupe de cette imperceptible accélération du sang qui, alors que se prolonge la lecture, et ainsi qu'on sent le flux de la fièvre s'emparer de ses membres, me court dans les veines. Jamais auparavant je n'avais pris au sérieux ces métaphores, héritées de l'Antiquité, que je trouvais figées, précieuses et naïves, parfois grotesques, du genre : « les flèches acérées d'Éros », « les feux de l'amour », et toute cette quincaillerie véhiculée par la mythologie. Or, contre toute attente, c'est à présent dans ma chair que j'éprouve la parfaite adéquation entre ce que signifient ces figures de style et les souffrances que j'endure. Loin d'appartenir à une rhétorique passée de mode, je m'aperçois qu'elles décrivent avec exactitude ce que je ressens. Oui, mon ami, car c'est bien en plein cœur, en tout cas en cet endroit de ma poitrine, que ma chair est transpercée, que gît le plus aigu de la douleur. Ne dit-on pas qu'on a le « cœur qui saigne » ? Même si cette expression semble illogique, car c'est plutôt cet organe qui, du sang, assure la propulsion, telle est l'impression que ça donne : dans le côté gauche, et sans jamais cesser d'être indistincte, celle d'une blessure ouverte, d'où quelque chose en effet s'écoule... Quand on souffre d'amour, tout est à prendre à la lettre de ce qui est dit dans les poèmes : cette brûlure qui vous consume, cette soif qu'aucune source ne parvient à étancher...

Faire semblant de l'ignorer ne résout rien. Alors je laisse retomber mon journal à terre, ferme les yeux pour m'isoler en mes pensées et m'enfoncer dans ce rêve délicieux. Avec méthode, je m'applique à faire resurgir les traits de son visage, les minuscules imperfections qui en font le charme, les courbes de son corps, la grâce de ses gestes. Cependant, ces épisodes ont été si rares que je ne puis faire mieux que me remémorer les mêmes scènes, dont la répétition confine au ressassement, certes plein de volupté, mais mortel. Tel est le sort des mots d'amour que nous avons échangés : comme un idiot, je m'entraîne à en reproduire les intonations, pour leur donner plus de poids et raviver la présence de celle qui les a prononcés, quand bien même je m'aperçois qu'il y a dans son accent quelque chose d'inimitable. Leur approximation cependant suffit à me bouleverser. Mais le soulagement que j'en ressens n'est que passager. De fait, j'apaise ma douleur, mais en la ravivant. Au moins cette souffrance m'apporte-t-elle la preuve que celle qui en est la cause n'est pas un rêve, qu'elle est bien là, quelque part dans Moscou, vivante et proche, et presque familière. Enfin, c'est ce souvenir même, en ce qu'il est à la fois vif et vain, qui contribue à me rendre son absence insupportable et, à regret, me contraint à penser à autre chose. Je reprends mon journal pour m'occuper l'esprit et retomber dans le travers que j'ai décrit plus haut ; en une alternance sans fin...

Oui, je suis bien obligé de reconnaître que, à cause des tourments qu'il engendre, de cet amour je ne suis pas le maître. Et pourquoi donc est-ce que je l'aime ? C'est cela qui continue de m'être un mystère, même si la chose, en y repensant, ne m'étonne qu'à moitié. Si j'avais été plus vigilant, de loin j'aurais peut-être vu arriver le coup. Aurais-je pour autant été en mesure de le parer ? Rien n'est moins sûr. Et dire que j'avais, il y a peu, commis l'erreur de proclamer que la passion était ce qu'il y a de plus ridicule au monde, que c'était une perte de temps, que pour ma part j'avais passé l'âge ! Voilà bien la punition de ma vantardise ! Il ne m'en aura fallu guère plus pour être jeté au centre de la passion la plus périlleuse qui soit ! Car cet amour est condamné à la clandestinité : de la façon dont nous sommes surveillés, jamais nous ne nous verrons comme nous en avons envie.

Malgré les difficultés, à cette passion pour rien au monde je ne renoncerai. Je sacrifierais volontiers tout ce qui m'est le plus cher pour vivre cette insatiable et violente intimité avec une femme que je n'avais au départ pas la moindre chance de rencontrer. Comment ce qui m'était à ce point éloigné est-il devenu en si peu de temps le plus familier?

Tant de choses chez elle m'étonnent, et me surprennent, qui expliquent l'attention infinie que je lui porte. D'elle je ne connais rien par avance. La façon qu'elle a de vivre et de réagir, comme en léger décalage, m'est chaque jour imprévisible. Je constate que mon bonheur s'alimente à cet émerveillement continu, par rapport à des choses qui, avec une autre, seraient de l'ordre de la banalité : le son de sa voix, les formes de son corps, comme elle se jette à l'improviste dans mes bras, l'incroyable audace dont elle a usé pour m'avouer sa passion, la façon à la fois pudique, voluptueuse et presque désespérée avec laquelle elle s'est donnée à moi la première nuit, comme si cela avait été quelque chose de naturel, alors qu'elle prenait tous les risques. Encore aujourd'hui, je ne boude ni ma surprise ni mon plaisir : pour moi, ce me fut le plus somptueux des cadeaux. Comment ne pas lui en être à jamais reconnaissant?

III

COMMISSARIAT DU PEUPLE À L'INTÉRIEUR

Affaire n° 128675

PROTOCOLE
D'INTERROGATOIRE
n° 3

Section : AS
Sous-division : SI
Rubrique : Espionnage à la solde de puissances étrangères
Accusé : Xavier Thureau
Classement : Régime 18
Traitement : Confidentiel
Vérification : Méthodes habituelles d'influence sur les prévenus
(Coups autorisés)

— Parlez-nous des actions de sabotage que vous avez menées dans le domaine des arts et de la culture.

— De par les fonctions que j'occupais à l'ambassade, je dirigeais la délégation chargée d'accueillir les écrivains français à leur arrivée en U.R.S.S. En général, les membres du parti communiste de mon pays nous ignoraient. A leurs yeux, nous n'étions jamais que des agents de l'impérialisme français. Ils se considéraient ici comme chez eux et se faisaient un point d'honneur de ne jamais faire appel à nos services. Il n'y avait donc rien à en tirer. Quant aux autres, ceux qu'on appelait les « compagnons de route », ma mission consistait en premier lieu à sonder la solidité de leurs convictions ; puis, si celles-ci étaient mal assurées, à les informer, aussi discrètement que possible, des réalités que dissimulait la propagande dont ils avaient été l'objet. Je devais les prémunir contre le zèle obtus de leurs guides ou de leurs traducteurs qui, comme vous le savez, n'étaient que des agents du N.K.V.D. Sous prétexte d'accomplir quelques formalités administratives, je procédais avec eux à de cyniques échanges de vues sur la situation et, à partir de là, les mettais en garde contre l'endoctrinement massif qu'ils allaient subir au cours de leur voyage. J'essayais de désamorcer l'admiration inévitable qu'ils éprouveraient lors des visites de fermes ou d'usines ultramodernes qui constituent la vitrine du socialisme, et jusqu'à ces prisons modèles que, par dérision, les Russes qualifient d'« Intourist ». A l'occasion des toasts rituels, il fallait qu'ils soient bien avertis qu'on ne les prononçait pas tant pour leur faire honneur que pour célébrer la caution morale qu'ils représentaient ; et que les discours sur l'amitié entre les peuples n'étaient destinés qu'à leur faire couvrir une politique dont, par leur adhésion réelle ou simulée, ils allaient servir à masquer les innombrables ignominies.

— Et vos entreprises perverses aboutissaient à quels résultats ?

— La plupart, déjà victimes du bourrage de crâne qu'ils avaient enduré avant de partir, et les autres, plus par timidité envers des hôtes aussi généreux ou encore par crainte de faire le jeu de l'ennemi, refusaient de se rendre à l'évidence. Quelques-uns, à force de harcèlement de ma part, ont fini par changer d'avis au cours de leur voyage et par devenir des éléments hostiles à la révolution socialiste.

— Ne vous contentez pas de généralités ! Vous n'avez aucun intérêt à diluer, dans des considérations vagues ou édulcorées, vos activités répréhensibles. Vous n'ignorez pas que dans votre dossier il y a déjà largement de quoi vous faire fusiller sur l'heure. Alors n'essayez pas de philosopher. Pas de faux-fuyants, tenez-vous-en au sujet !

— Eh bien, prenons le cas, je ne sais pas, moi, par exemple d'André Gide...

— C'est ça ! Excellent ! Parlez-nous de ce lapin galeux d'André Gide, de ce scribouillard aux mœurs dégénérées, de ce déchet puant, incapable de s'amender, fidèle reflet du libéralisme et de la corruption qui règnent dans vos pays capitalistes. Vous ne sauriez mieux tomber. Le connaissiez-vous déjà avant qu'il n'arrive ?

— Non, pas vraiment ! D'abord, je l'avais lu, comme tout le monde... A vrai dire, je n'avais pas grande estime pour cet écrivain à la prose convenue. Ensuite, je nourrissais à son égard un certain ressentiment : il avait refusé mon premier roman, lorsque je l'avais présenté à la N.R.F. Mais ma mission me commandait de passer outre à mes préventions. La première fois que je l'ai rencontré, ce fut donc au début[1] de l'été 1936. Mais pas lors de son arrivée... Je ne sais ce qui s'est passé : son avion avait atterri avec deux heures d'avance, et je l'avais manqué. Est-ce que ce contretemps était prémédité ? Je l'ignore. Il était accompagné de Pierre Herbart et d'Aragon qui, lui, je crois, m'avait percé à jour et cherchait à me tenir à distance. La mort de Gorki a heureusement fait diversion à l'animosité qu'il me vouait, et l'émotion a été telle qu'il a fini par m'oublier. Le discours que Gide devait préparer pour les funérailles m'a encore obligé à attendre plusieurs jours avant qu'il ne consente à me recevoir dans sa suite de l'hôtel Métropole.

— Surtout, ne cherchez pas à cacher le contenu antisoviétique de vos conversations avec ce fourbe par des bavardages littéraires : nous avons tout enregistré !

— Mes réponses à vos questions sont-elles alors bien nécessaires ?

— Tu n'as pas encore compris que nous voulons que tu abondes toi-même dans notre sens et que tu fasses la preuve de ta culpabilité, que tu forges de tes mains l'arme qui te précipitera dans la tombe. Je croyais que c'était clair pourtant...

— Si, si, bien sûr ! A dire vrai, je ne m'expliquais ni l'admiration ni d'ailleurs la haine qu'André Gide suscitait.

— On ne te demande pas de nous entretenir de tes états d'âme ou de nous abreuver de considérations esthétiques. Je te le répète, c'est fini tout ça ! Ce sont des faits que nous voulons !

— Oui, j'y viens ! Tenez, ses manières affectées, sa pose de littérateur qui se faisait un devoir de prendre position sur les problèmes sociaux, ses prin-

1. Gide est arrivé à Moscou, après une escale à Berlin, le 18 juin 1936.

cipes et ses scrupules d'intellectuel, et jusqu'à sa volonté d'être équitable dans le jugement qu'il entendait porter sur la révolution d'Octobre en faisaient un élément de choix, qu'il semblait facile de faire basculer dans notre camp. Car, pour moi qui savais de quoi il retournait, il était clair que le gouvernement de l'Union soviétique faisait fausse route à son sujet en croyant que ce serait un allié sûr. Que Staline s'en soit entiché au point de l'accueillir à la tribune d'honneur et de l'avoir autorisé à y prononcer un discours m'avait dès le départ fort étonné.

— Sauf qu'il ne l'a pas reçu en tête à tête comme il le souhaitait ! Ne t'obstine donc pas à vouloir donner des leçons de politique à ceux qui ont en main les destinées de notre pays ! Ce n'est pas de ton ressort. Vois d'ailleurs où ce genre de prétentions t'a mené. Préoccupe-toi plutôt de dire la vérité et de répondre aux graves accusations qui sont portées contre toi.

— Aujourd'hui, vous êtes quand même bien obligés de reconnaître que ce voyage a été mal préparé et qu'il s'est retourné contre vos intérêts !

— A cause de saboteurs de ton espèce !

— Ce n'est pas moi qui l'ai invité, que je sache !

— Il est vrai que trop de négligences ont été commises, que nous ne t'avons pas surveillé d'assez près. Mais c'est à rechercher les responsables de ces manquements que nous nous employons. Oui, ce cafard lubrique de Gide a trahi la confiance que le prolétariat avait placée en lui. Quand on pense à la façon dont la patrie des travailleurs l'a accueilli, s'est saignée aux quatre veines pour le transporter, le choyer, le goberger des fruits de son labeur ! Avec pour résultat de s'apercevoir qu'elle avait réchauffé un serpent en son sein ! Dis-nous quel a été ton rôle exact dans cette forfaiture.

— J'ai joué le coup du mieux que j'ai pu. Et lui,

il a suivi mes conseils. Je dois dire que les résultats ont dépassé mes espérances... Dans les quelques mois qui ont suivi son retour en France, il a publié un joli petit livre d'impressions de voyage [1]. A sa lecture, j'avoue avoir été assez satisfait. Il voulait même m'en dédicacer un exemplaire, ce que, par prudence, je me suis bien gardé d'accepter. Mais ce ne sont pas les félicitations qui m'ont manqué, que ce soit de la part des services français ou de celle des trotskistes embusqués ici ou là.

— Tu continues à faire le malin avec moi ? Sache que cet ouvrage a indigné tous les vrais communistes ! D'ailleurs, ce pervers ne désarme pas ; nos agents en France nous ont récemment appris qu'il venait de publier une suite [2], où il persiste à dénigrer l'U.R.S.S. et à insulter le camarade Staline, au point que celui-ci lui voue une haine mortelle. Pour contrecarrer l'effet désastreux produit par ce livre, notre grand Guide s'est vu contraint d'allumer des contre-feux et de mobiliser les écrivains restés loyaux à notre cause, comme Lion Feuchtwanger par exemple, qui a été chargé de rétablir la vérité par la publication d'un ouvrage [3] qui fasse la lumière sur la réalité des procès que nous intentons aux ennemis du peuple. Mais toi, comment es-tu arrivé à obtenir le revirement de Gide ?

— En fait, ça n'a pas été si facile. Au début, et en dépit de quelques interrogations, il partait même

1. *Retour de l'U.R.S.S.* (Paris, nov. 1936).

2. *Retouches à mon Retour de l'U.R.S.S.* (Paris, juin 1937). Ni Xavier Thureau ni l'officier d'instruction ne semblent en revanche avoir encore lu ce dernier.

3. L'ouvrage s'intitule *Moscow 1937.* Mais, en échange de sa rédaction, l'auteur du *Juif Süss,* fidèle soutien de Staline en Occident et partisan inconditionnel des procès de Moscou, avait exigé qu'on accordât la vie sauve à Karl Radek, mis en accusation en compagnie de Piatakov, le 23 janvier 1937.

d'un préjugé favorable. Alors qu'il était en disposition d'esprit de chanter les louanges du socialisme, c'est moi qui l'ai prévenu contre de tels excès et ai refroidi son enthousiasme. Lorsque je l'ai enfin rencontré à son hôtel, je me suis efforcé de lui dessiller les yeux. Au ton du discours qu'il avait prononcé lors des funérailles de Gorki, je croyais pourtant avoir peu de chances de lui faire entendre raison. Les écrivains sont de grands sensibles ; leur nature émotive les rend plus vulnérables que les autres. Je constatais que Gide, comme beaucoup avant lui, n'avait pas résisté à la pression psychologique suscitée par la ferveur populaire, le décorum de la place Rouge, et la place d'honneur qui lui avait été accordée à la tribune officielle au côté de Staline. De plus, j'avais appris qu'il venait à nouveau d'éconduire Boukharine [1]. Je trouvais son attitude plutôt regrettable, car le témoignage de celui-ci aurait eu davantage de poids que le mien...

— Boukharine, cet abominable bâtard de renard et de porc, cherchait à sauver sa peau, surtout après les soupçons qui avaient commencé de peser sur lui à l'issue du procès de Zinoviev et Kamenev. Nous avions alors réuni nombre d'éléments qui prouvaient qu'il avait fait alliance avec les suppôts de l'impérialisme pour tenter d'éliminer le camarade Staline. Certaines accusations laissaient même supposer que Gorki avait été empoisonné sur son ordre. Boukharine comptait se servir de Gide pour entrer en communication avec les factions trotskistes qui

1. Nicolaï Boukharine, bolchevik dès 1906. Tombé en disgrâce, il s'attendait à être exclu du Parti et pressentait que ses jours étaient comptés. Il avait sérieusement envisagé l'hypothèse du suicide et entamé une grève de la faim à la veille de la tenue du plénum du Comité central de fév.-mars 1937. C'est là qu'il sera insulté et traité de fasciste par Molotov et Vorochilov, et menacé de prison par Staline lui-même, auquel il s'était opposé.

complotaient à l'extérieur... Mais nous nous sommes interposés à temps. A quel moment es-tu intervenu dans cette histoire ?

— J'étais retourné avec Boukharine chercher Gide à son hôtel ; mais celui-ci avait préféré reporter la discussion à plus tard. Après son discours sur la place Rouge, il était impatient de se montrer dans la salle des Colonnes, où était exposé le catafalque de Gorki. Ils avaient prévu de se donner rendez-vous à la sortie...

— Oui, et heureusement que Koltsov veillait au grain ! C'est grâce à sa perspicacité que la manœuvre a échoué. Il avait fort bien repéré le manège de Boukharine. Lorsque celui-ci, le moment venu, a essayé de se rapprocher de Gide, il ne lui en a pas laissé le temps. Il l'a pris par le bras et l'a entraîné presque de force hors de la salle.

— Voilà pourquoi Gide l'a ensuite cherché partout sans le trouver...

— Maintenant, toi, quand tu l'as rencontré, que lui as-tu dit ?

— Je l'ai mis en garde contre ce qu'on lui montrerait au cours de son voyage. Je l'ai invité à ne pas accorder trop d'importance aux parades ou aux vivats des pionniers. Je lui ai conseillé de fausser compagnie à ses guides officiels pour observer par lui-même l'état misérable du pays. Je lui ai recommandé de prêter attention au conformisme et à la soumission générale des esprits, à l'étendue du mensonge sous lequel on essayait de dissimuler la réalité. Au début, il l'a un peu pris de haut. Mais il semble que la leçon ait porté ses fruits. Je n'ai pas eu le loisir de m'entretenir davantage avec lui : il avait un programme chargé et partait le lendemain en train à Leningrad, avec Pierre Herbart, pour accueillir ses trois autres compagnons de voyage qui, de Londres, étaient partis par bateau, le *Cooperatzia* je crois...

— Qui est ce Pierre Herbart dont vous parlez ? Il habitait Moscou ?

— Oui, depuis plus de six mois. Vous ne le connaissez pas ? Dommage ! Sous prétexte de s'occuper de l'édition française de l'une de vos revues de propagande intitulée *Littérature internationale,* il projetait d'éditer une publication clandestine à vocation subversive ; mais il ne lui a pas fallu longtemps pour comprendre qu'il n'arriverait à rien. C'est ce qui l'a en partie décidé à accompagner Gide pendant son voyage, puis à rentrer avec lui en France pour devenir son secrétaire.

— Et les autres membres du groupe ? Leurs noms ? Quel genre de relations avez-vous entretenues avec eux ?

— Très variables... C'est surtout Eugène Dabit, avec lequel j'étais le plus lié. J'avais adoré son bouquin : *Hôtel du Nord,* que j'avais lu avant de regagner Moscou. Il y avait aussi Jef Last... Qui encore ? Ah ! oui : Jacques Schiffrin ; et Louis Guilloux, qui était secrétaire du premier Congrès des écrivains antifascistes, mais que je n'ai pas eu le temps de bien connaître. De Moscou, ils sont partis faire une grande virée en voiture à travers le Caucase, qui les a ensuite conduits à Gori, Soukhoum, Sotchi et Sébastopol. Cependant, de Tiflis, Schiffrin et Guilloux étaient rentrés précipitamment en France par le train : Moscou, Berlin, la Belgique... à cause d'un différend qu'ils ont eu avec Gide sur un point que je ne m'explique pas bien...

— Ah ! bon ? Vous ne savez pas pourquoi certains de ses compagnons avaient été indignés par son comportement ? Eh bien, moi, je vais vous le dire : Gide avait tant apprécié les bains de Tiflis qu'il ne voulait plus en sortir. C'est après son départ que les autorités se sont aperçues qu'il en avait profité pour dépraver plusieurs des jeunes garçons de l'endroit. Le résultat, c'est que ceux-ci sont devenus des délinquants, en rupture avec la morale socialiste. Tellement irrécupérables que nous avons dû nous résoudre à envoyer l'un d'eux en camp de rééducation, précisément celui dont cette tapette s'était entichée.

— C'est donc bien à cela que la *Pravda* faisait allusion lorsqu'elle a publié cet entrefilet qui annonçait la condamnation du garçon... Voyez-vous, sur le moment, j'ai cru qu'il s'agissait d'une provocation.

— Au service de presse de l'ambassade, vous avez fait ce que nous attendions de vous, en adressant à Gide la coupure en question.

— Piètre stratagème ! Je viens de vous dire que vous le connaissiez mal. Malgré ses travers, Gide n'est pas du genre à céder au chantage. Parce que vous croyiez qu'avec ces méthodes il allait revenir sur sa décision de publier *Retour de l'U.R.S.S.* ?

— C'était un moyen comme un autre de lui envoyer un avertissement. Même si ça n'a pas eu l'effet escompté, cet entrefilet a au moins eu une vertu pédagogique. Désormais les communistes savent à quoi s'en tenir avec lui et avec les invertis de son espèce. Et vous, pourquoi n'êtes-vous pas resté en contact avec le groupe jusqu'à la fin du voyage ?

— A quel titre l'aurais-je fait ? D'abord, cela aurait attiré l'attention, ensuite mes mises en garde avaient suffi. Je ne les ai rejoints qu'un peu plus tard, à Sébastopol, quand le pauvre Dabit a eu ces graves ennuis de santé — la scarlatine, vraiment je n'arrive pas à y croire ! — qui ont abouti à son décès en plein mois d'août. Il est vrai qu'il avait fait une telle chaleur cet été-là ! Et puis, il y avait eu cette histoire concernant ses carnets, que vos collègues s'étaient crus bien inspirés de confisquer. Ça commençait à faire du scandale. Devant l'insistance de Gide, l'ambassade a failli être obligée d'élever une protestation officielle. C'est donc moi qu'on a envoyé là-bas pour s'occuper du transfert du corps en France et tenter de calmer le jeu. Heureusement que, dans ces carnets [1], il n'y avait rien de compromettant. Ils ont fini par être rendus à Gide, qui les a ensuite transmis à la famille dès son retour. Mais autant vous dire que cette histoire l'avait fort indisposé contre les autorités soviétiques.

— Alors, ces carnets, Dabit les avait laissés traîner exprès, pour attirer l'attention de nos services et faire diversion ? Cette lopette de Gide avait encore une fois bien calculé son coup !

— Eh oui ! Reconnaissez-le : à votre tour d'avoir été bernés ! Car Gide, pendant ce temps et à l'abri des regards, accumulait ce qu'il fallait de notes. A l'origine, celles-ci n'étaient destinées qu'à lui servir d'aide-mémoire. Même exaspéré comme il l'était par toutes vos tracasseries, à les publier il a longtemps hésité. Une fois à Paris, de cette opportunité il a souvent discuté avec ses amis. Il en craignait les conséquences sur le développement de la lutte contre le fascisme. Mais, comme vous ne l'ignorez pas, à plusieurs reprises je suis revenu à la charge au téléphone : je l'ai incité à ne pas transiger, à mettre, comme il l'avait toujours fait, son art au service de la vérité. Enfin, c'est grâce à mes indications que nos services à Paris, alertés de l'imminence de la publication de *Retour de l'U.R.S.S.*, ont eu le temps de préparer l'opinion, de soutenir et d'assurer le succès d'un contre-feu aussi inespéré à la propagande soviétique.

1. « Ils [ces carnets] n'offraient du reste absolument rien dont se pût alarmer la censure. Dabit était extrêmement prudent. Il m'avait dit plus d'une fois qu'il se reposait sur moi pour en parler. » André Gide, *Retouches à mon Retour de l'U.R.S.S.*

COMMISSARIAT DU PEUPLE À L'INTÉRIEUR
(Département des archives de la Loubianka)

Affaire n° 128675
Nom du prévenu : Xavier Thureau

DOCUMENT

n° 12

Nature : *Lettre d'Evguenia Alexandrovna Staréjov, fille d'Anatoli Staréjov, à sa sœur Nadiouchka (dite ici Nadejda).*

Objet : *Semaine passée en compagnie du prévenu dans la datcha de Boris Leonidovitch Pasternak, à Peredelkino (novembre 1936).*

Moscou, le 25 novembre 1936

Ma chère Nadejda,

Nous sommes revenus de Peredelkino, où nous nous étions donné rendez-vous ; et nous avons passé une semaine dans la datcha que Boris Leonidovitch [1] vient d'achever de construire ! Cela faisait si longtemps que je n'étais pas allée à la campagne ! Nous nous sommes juré d'y retourner... Tu sais, ces voyages m'ont fatiguée, surtout cette interminable tournée sur les bords de la mer Noire. L'ambiance y est exécrable, ce n'est plus comme avant. Cette nouvelle génération de cadres du Parti, qui n'a jamais lutté pour le socialisme et qui s'est hissée au pouvoir à force de flagornerie, manifeste une arrogance qui me dégoûte.

Au Théâtre municipal de Sotchi, il y en a même qui ont eu le culot de m'accueillir avec des sifflets, tu te rends compte ? A cause de cette chanson : « Nous serons amants de légende... » Je sais : toi non plus tu ne l'aimes pas ; mais que veux-tu ? Je n'y suis pour rien. A l'inverse de ce qu'on prétend, ce n'est pas moi qui l'ai écrite ! Et puis, je la chante depuis tant d'années, pourquoi m'arrêterais-je ? A chaque fois, quand je me rappelle qu'elle a été composée aux tout débuts de la révolution, cela m'attriste. Je pleurerais presque sur cette époque, aujourd'hui perdue, où les gens croyaient si fort à l'amour et à l'avènement de la liberté. Ils n'avaient pas froid aux yeux, comme on dit. A présent que ma

1. Peut-être par mesure de sécurité, Evguénia n'a pas mentionné en entier le nom de l'écrivain Boris Leonidovitch Pasternak (1890-1960), jugé « apolitique » dans les années trente et objet d'une surveillance étroite, futur auteur du roman *Le Docteur Jivago* (1957), pour lequel il obtiendra le prix Nobel de littérature en 1958.

propre vie me permet d'en mesurer le sens, je ne vais quand même pas me renier ! Quoi qu'il en soit, cela prouve que les mœurs ont bien changé : cette morale petite-bourgeoise, que nos parents avaient combattue et soi-disant éliminée, revient en force, plus rigide qu'avant. De partout surgissent les donneurs de leçons, experts en morale socialiste, sûrs de leurs droits !

Veux-tu que je te fasse enrager ? Cette chanson, je l'ai chantée comme jamais ! Je m'en suis délectée, ça a dû se sentir ; voilà qui a peut-être provoqué l'hostilité du public ! Et sais-tu pourquoi ? Parce que mon amant était dans la salle. Dans mon cœur, c'est à lui que je l'avais dédiée. Tu te rappelles au moins que j'ai un amant, n'est-ce pas ? Sous prétexte de régler des problèmes relatifs au séjour à Sébastopol d'une délégation d'écrivains français, il avait fait le voyage depuis Moscou : ce qui nous a donné l'occasion de passer quelques jours ensemble, sans personne pour nous surveiller. Cela a été trop court, mais si merveilleux ! En essayant de rejoindre le bord de mer, nous nous sommes égarés et avons été obligés de dormir sur la plage, comme des adolescents. Il faisait doux, il y avait une lumière presque irréelle, tout y était si poétique ! Je n'ai jamais été aussi heureuse de ma vie ! Quand il est reparti, d'un seul coup la mer est devenue grise. Je n'ai plus aimé la côte et ses rochers. J'en ai même été réduite, sans le moindre remords, à annuler mes derniers concerts : personne de toute façon ne se serait déplacé... Le climat s'étant mis à l'unisson de ma mélancolie, il n'a plus arrêté de pleuvoir. La promenade du front de mer, balayée par le vent et les embruns, était devenue atroce. On aurait dit qu'il allait se mettre à neiger.

Il aura fallu que je me rende à Peredelkino pour retrouver, comme s'ils étaient liés l'un à l'autre, à la fois le soleil et mon amant ! Pourtant, l'arrière-saison était déjà bien avancée. Jamais la lumière, qui dardait ses rayons à travers les branches des sapins et illuminait le sous-bois, ne m'était apparue aussi diaphane. Des milliers de ces petits moucherons translucides, tu sais, qui signalent l'approche imminente de l'hiver, dansaient dans ses faisceaux. C'était Noël en plein été. Une vraie féerie ! Comme j'ai regretté que tu ne sois pas là ! Avec cette chaleur, inhabituelle en octobre, l'air était partout saturé de parfums. En courant dans le ciel, les nuages faisaient miroiter de reflets argentés l'herbe sèche des collines. La forêt avait pris une apparence presque magique ! A nouveau pendant cette semaine, j'ai connu ce qu'était le bonheur.

Dieu bénisse Boris Leonidovitch qui, à la barbe des tchékistes, n'a pas craint d'accueillir dans sa datcha un étranger. En outre, il a eu la délicatesse de ne pas s'apercevoir qu'il était mon amant, comme s'il n'y avait dans sa présence rien d'anormal ou de choquant. Oui, il s'agit toujours de ce Français : il s'appelle Xavier Thureau, et travaille à l'ambassade. Rappelle-toi, tu l'as croisé une fois dans le hall d'entrée, lors du récital que j'avais donné au Cygne noir ! Voilà, c'est lui ! Je m'en suis entichée comme une folle et ne puis plus vivre sans le sentir auprès de moi. Si je ne me retenais, je passerais le reste de mes jours allongée à son côté. Lui aussi est fou d'amour pour moi. Il n'y a qu'un seul problème : en dehors du fait qu'il soit étranger, élevé dans la tradition catholique, eh bien il est marié... Ah ! Je devine ta tête ! D'avance, ça me fait rire ! Pourtant, ce n'est pas drôle. Imagines-tu, si l'on nous surprenait ! On l'accuserait d'être un espion. Et que dirait notre père ? Peut-être qu'il me tuerait ! Heureusement on nous croit amis, ce qui, tu me diras, n'arrange rien non plus. Enfin, le principal, c'est que personne ne se soit encore aperçu de notre liaison. Or, nous avons beau redoubler de précautions, combien de temps arriverons-nous à préserver notre intimité ?

Il a l'avantage de parler russe à la perfection. Tout le monde, et Boris Leonidovitch le premier, l'a accepté et lui a fait fête. Je leur en suis si reconnaissante ! Une semaine, c'est à la fois si long, et si court ! Pour moi, cela aura passé comme un jour, je ne me suis aperçue de rien. C'est à cause de toutes les choses que nous avons faites : promenades dans les chemins en bordure des champs de maïs, parties de pêche en barque sur la rivière, baignades dans l'étang d'Ostroviek... Même après les chaleurs de l'été, l'eau y est toujours aussi glacée que lorsque nous allions nous y baigner du vivant de grand-père. Cela a réveillé en moi quantité de souvenirs ! Tu te rappelles comme l'onde en est immobile et noire. A mesure qu'on s'y avance jusqu'à la taille, elle est semblable à la lame d'un couteau qui vous trancherait en deux par le travers. Impossible de se mettre à l'eau sans faire de mouvements : il faut courir, faire des moulinets avec ses bras, s'éclabousser et pousser de grands cris, c'est la seule façon de rendre supportable le froid qui vous saisit ! Grand-père disait que c'est parce que l'étang est trop profond et qu'il est alimenté par une source souterraine. L'eau ne s'y réchauffe à la surface que sur à peine quelques centimètres.

Chaque soir, nous avons joué de la musique. Quelle chance aussi que Dimitri Dimitrievitch nous eût rejoints ! Mais comme il a changé ! Je l'ai trouvé amaigri et déprimé. Il se tord les mains d'inquiétude, enlève et remet sans cesse ses lunettes, son visage est parcouru de tics nerveux. Il nous a confié en aparté que, malgré le triomphe remporté par sa *Lady Macbeth,* l'œuvre n'a pas plu à Staline, qui l'a qualifiée de formaliste [1]. Il lui a reproché d'être trop éloignée du goût des masses. Dimitri craint, s'il ne s'amende, de perdre sa confiance. Il vit même à présent dans la terreur d'être arrêté. C'est seulement installé au piano, dont il n'a plus quitté le clavier de la soirée, qu'il a fini par oublier ses ennuis. Il a joué du Bartók, bien sûr, et quantité de refrains populaires... Il nous a aussi interprété l'ébauche d'un morceau, auquel il pense pour plus tard, si on lui laisse le temps d'y travailler, et qui s'intitule « les Chants de la forêt » : la composition en est très belle et je crois que, s'il en vient à bout, cela contribuera à sa réhabilitation. J'ai chanté, moi aussi, sous les regards de mon amant, des mélodies anciennes, que Dimitri Dimitrievitch accompagnait comme en improvisant, avec une grâce infinie, et un doigté...

Plus tard, dans la nuit, Boris Andreïevitch [2], qui est notre voisin, a apporté son accordéon. Au son de cet orchestre improvisé, nous avons dansé à perdre haleine, en faisant sonner sous nos talons le plancher de la salle à manger. Il avait aussi apporté du saucisson de Lituanie et plusieurs bouteilles de ce vin blanc de Géorgie, qui tourne la tête. Nous avons bu un peu, en même temps beaucoup ri et pleuré. Pleurer pour moi n'est pas si difficile, même si je sais que cela attriste mon amant. Je n'ai qu'à imaginer que celui-ci me quitte, ce qu'il fera peut-être, en dépit de ses serments, et cela me fait peur. Je sais que, un jour ou l'autre, les hommes s'en vont... Lui jure que non; mais s'il est prêt à délaisser sa femme pour moi, ainsi qu'il le prétend, qu'est-ce qui le

1. D'après ces indications, il ne peut s'agir que du compositeur Dimitri Dimitrievitch Chostakovitch (1906-1975), en effet accusé de formalisme dans les années trente. Pour rester en vie, il fut contraint de revenir à des mélodies mieux adaptées à la ligne dite du « réalisme socialiste ».

2. Sans doute Boris Andreïevitch Pilniak, dont la datcha était en effet voisine de celle de Pasternak (cf. note p. 56).

retiendra de me quitter à mon tour? Crois-tu qu'il soit raisonnable de parier sur la constance de ceux qu'on aime? Et puis, vois-tu, l'amour est aussi fugace que ces insectes minuscules qui dansaient dans la clairière. N'importe qui peut passer au travers en les écartant négligemment de la main. La fragile fleur des champs, ne peut-on la piétiner ou l'arracher au passage?

Même si notre relation perdure, mille menaces guettent dans l'ombre. Tu vois que j'ai rapporté de ce séjour à la campagne bien d'autres sujets de mélancolie. As-tu appris la terrible nouvelle? On raconte que, à Frounzé [1], on vient de limoger le président du Conseil des commissaires du peuple et d'emprisonner les membres du Comité central. Y a-t-il un lien de cause à effet? Boris et Ivan ont eux aussi été arrêtés il y a deux jours. Où les a-t-on emmenés? Et pour quelle raison? Nul ne le sait. Va-t-on seulement quelque part dans ce cas-là? Une chose est sûre : on n'a que peu de chances d'en revenir.

Nadejda, as-tu réussi à voir papa ces derniers jours? J'ai bien essayé de le joindre au téléphone, il refuse de prendre la communication. L'autre fois déjà, il m'avait dit qu'intervenir à tout bout de champ finirait par attirer l'attention. Tant que Guenrikh Iagoda était à la tête du N.K.V.D., il y avait toujours moyen d'intercepter les listes et, à l'insu de tous, de barrer des noms. Mais depuis l'arrestation de ce dernier, et son remplacement par Nikolaï Ivanovitch Iéjov [2], les contrôles sont plus serrés, il pré-

1. Capitale de la Kirghizie.

2. Nikolaï Ivanovitch Iéjov, surnommé « le nain sanglant », succède à Guenrikh Iagoda le 30 septembre 1936 et c'est le 27 janvier 1937 qu'il est promu au poste de commissaire général à la Sûreté de l'État. Le 8 décembre 1938, il sera remplacé par Béria avant d'être arrêté en avril 1939. Il sera exécuté un an plus tard.

tend que c'est devenu trop risqué. Il ne donne pas cher non plus de la peau d'Agranov [1], qui est toujours en place. Cerné par ces enragés de Berman, Frinovski et Belski, ce dernier a laissé entendre qu'il craignait pour sa vie. Il paraît que les ramifications du complot des trotskistes de droite sont trop étendues, qu'elles touchent plus de personnes qu'on n'imagine. A présent que les récents procès ont soi-disant apporté la preuve que Zinoviev et Kamenev étaient compromis, on ne sait plus qui croire...

Nadejda, soudain je suis inquiète pour papa ! Ne va-t-on pas le soupçonner à son tour de manque de vigilance ou de complicité avec les saboteurs ? Est-ce que, à ton avis, il est visé aussi ? Chacun se sentant menacé, c'est à qui dénoncera l'autre en premier ! Papa m'a déjà dit qu'il était las de ces intrigues et qu'il cherchait à prendre des dispositions pour se faire muter en Kirghizie. Mais, après ce qui vient de s'y passer, sa demande ne va-t-elle pas paraître suspecte ?

Bien sûr, si je voulais, je pourrais plaider la cause de Boris et d'Ivan auprès de ce Iéjov ! Mais j'en connais par avance le prix ! Tu sais qu'un temps ce nabot a osé me faire la cour ? Il paraît que mes refus l'ont offensé ! Parce que je chante dans les hôtels de luxe et les cabarets, peut-être aussi à cause du fait que je suis originaire d'Asie centrale, ce vicieux s'imagine-t-il que je suis une putain ? Non mais, qu'est-ce qu'il croit ! Indépendamment de ce qu'on raconte sur lui, ce type me répugne ! Non, je ne veux plus penser à ces horreurs.

Tu seras au moins contente d'une chose : pendant cette semaine passée à Peredelkino, j'ai profité du piano et ai beaucoup composé. J'ai quelques nou-

1. Agranov, commissaire du peuple adjoint à l'Intérieur, exclu du Parti en 1937, et fusillé en 1938.

velles chansons qui sont prêtes, que Xavier adore et que je te ferai écouter à mon retour. Assise au soleil sous la véranda, j'ai aussi bien dessiné. J'ai rempli un plein carnet, rien qu'avec des croquis de mon amant : Xavier adossé contre un arbre ou allongé à plat ventre, le menton appuyé sur un coude ; Xavier mâchant un brin d'herbe ou jouant au ballon avec les enfants...

L'après-midi, quand tout le monde dormait à l'ombre des bouleaux ou était parti se rafraîchir au bord de la rivière, nous montions en cachette dans le grenier et nous nous y aimions dans l'odeur du bois des charpentes et celle des fleurs mises à sécher. Marutchka y avait aligné des pommes sur des claies. Leur parfum sucré restera à jamais associé à l'odeur de la peau de mon amant, à son corps pesant sur moi, à son souffle contre ma joue. Comme nous nous sommes aimés ! Avec quelle douceur, et quelle frénésie ! De nous-mêmes nous ne sommes pas encore parvenus à nous rassasier. Mais que va-t-il advenir de cet amour ? Il suffit que nous nous regardions l'un l'autre avec tendresse pour qu'aussitôt le caractère éphémère de notre bonheur nous fasse jaillir les larmes des yeux. Encore aujourd'hui, rien que d'y penser... Les lendemains qui nous attendent ne formeront jamais un avenir. Tiens, c'est là presque le titre d'un des romans de Xavier ! A moins que, par un improbable hasard, nous ne réussissions à nous glisser entre les mailles du temps, jusqu'à ce futur qui nous apparaît pour l'heure hors de portée. Nous ne sommes pas trop regardants ; que demandons-nous ? Un vague répit, juste suffisant pour nous endormir dans les bras l'un de l'autre, et nous réveiller de même, afin de commencer la journée dans la confusion des baisers dérobés aux lueurs incertaines de l'aube et au piaillement des oiseaux dans les branches. Ne serions-nous pas en droit d'attendre ça de la vie? Un filet d'espoir, pas grand-chose, ce que l'amour promet toujours mais ne donne jamais, une déchirure chassant l'autre...

Bref, tu sais comment est l'automne en nos contrées. Il se prolonge, on s'imagine qu'il va durer toujours. La chaleur de l'été s'était tellement attardée que j'avais cru qu'elle ne finirait jamais. Et pourtant, ces petites mouches transparentes, qui virevoltaient sous les branches, avaient raison. En l'espace d'une nuit, venu du nord, un froid terrifiant s'est abattu sur Peredelkino. Au matin, la forêt s'est retrouvée frissonnante et transie. La prairie qui, devant la maison, s'étend en pente douce jusqu'à la rivière était blanchie par le givre. C'est la première fois que je vois les feuilles des arbres roussir et sécher en quelques heures. La moitié, recroquevillée et déjà tombée à terre, recouvrait le sol d'un craquant tapis de moire et d'or. Réunis dans la cuisine, nous grelottions de froid et nous regardions, désespérés, sans plus savoir quoi faire... Il a fallu que Boris Leonidovitch, comme tiré d'un mauvais rêve, se secoue et coure chercher du bois dans la remise pour allumer le grand poêle en faïence, qui est dans le salon.

Le reste de la journée, nous sommes restés enfermés, à boire du thé. En fin d'après-midi, nous avons repris courage et décidé de retourner dans la forêt. La terre était glacée et l'herbe crissait sous nos pas. L'atmosphère s'était-elle réchauffée ou le vent a-t-il à ce moment agité la cime des arbres? Alors que nous nous en revenions par le sous-bois, toutes les feuilles qui demeuraient encore accrochées aux branches, comme sur un signal invisible, à notre passage se sont détachées et sont tombées en même temps. De surprise, nous n'avons rien fait d'autre que nous immobiliser pour écouter le froissement provoqué par la chute continue de la multitude d'éclats jaune pâle qui striaient la pénombre. Tête levée, nous avons offert notre visage à l'imperceptible frôlement de cette pluie sèche. A cette beauté sereine et pleine de mélancolie, nous n'avons pas eu le courage de rien ajouter. Nous avons regagné Moscou le lendemain.

Ma chère Nadejda, il ne m'est guère difficile de deviner ce que tu penses : la passion que j'éprouve pour ce Français sera malheureuse parce qu'elle est sans issue. Et tu as raison ! Tout est si compliqué, et les temps que nous vivons apparaissent si peu propices aux choses de l'amour. Si nous sommes découverts, on nous dénoncera comme comploteurs alors que, pour dire les choses comme elles sont, nous nous serons simplement rencontrés et aimés ; aimés comme s'aiment les enfants, c'est-à-dire sans penser ni au mal que nous allons peut-être nous faire, ni à celui que, sans nous en apercevoir, nous avons déjà infligé à ceux qui nous sont proches. Nous nous étions pourtant promis de faire notre possible pour le leur éviter. Mais, d'une part, la douceur égoïste des corps qui s'assemblent et l'étrangeté immédiate du plaisir, de ces bonnes résolutions ont tout effacé ; et, de l'autre, nos corps eux-mêmes se jettent sur ces souffrances comme sur des pals, avec une sorte de frénésie aveugle et terrifiée.

Cet amour justement, ne serait-il pas au-dessus de nos forces ? Mais que faire d'autre ? Je ne suis plus libre de ne pas penser à lui, de me priver de ses bras, au creux desquels j'ai déjà pris l'habitude de me blottir. Que dirais-je alors de l'absence de ses caresses ? Pourrais-je jamais me passer de ses baisers ? Quoi qu'il en soit, j'ai compris que je suis condamnée à aller avec lui jusqu'au bout du chemin. Pour survivre, et si nous ne voulons pas que le malheur nous rattrape, il ne nous reste plus que la fuite en avant. C'est la routine qui nous tuera. Si nous ne savons pas faire preuve d'imagination pour devancer la fatalité, nous sommes perdus.

A la faveur de la confusion que la nomination de Iéjov a entraînée au sein du N.K.V.D., je n'ai eu qu'à user du crédit dont dispose encore notre père pour me faire attribuer un minuscule appartement dans un immeuble réservé aux services de sécurité. La valse des nominations et des arrestations a provoqué un tel va-et-vient de familles dans les étages que plus personne ne semble avoir prêté attention à l'existence de ce logement. Parce qu'il est situé à l'entresol, on n'en remarque pas la porte, un peu en retrait dans l'escalier. Peut-être est-ce aussi parce qu'il est trop exigu... Si tu savais comme il est douillet, et comme on y est bien ! Les murs en sont boisés jusqu'au plafond. Je me demande comment ce revêtement a survécu aux hivers des débuts de la révolution sans avoir été arraché. A droite du petit salon, tout meublé, qui le compose, il y a une ouverture fermée par un rideau, qui forme une sorte d'alcôve ! Pour nous, cela est bien suffisant : nous avons commencé de nous y donner rendez-vous de temps en temps. Bien sûr, j'ai un peu honte : disposer d'un lieu, juste pour nous permettre de nous aimer à la sauvette, quand tant de familles s'entassent, jour et nuit, dans les vastes pièces des appartements communautaires. Mais qu'importe ! J'ai compris que la passion rend égoïste, qu'elle est prête à passer outre à ce qui lui résiste.

Nadejda, ne me condamne pas. Je sais que j'ai le mauvais rôle. Mais chaque fois que je pense à lui, ma poitrine ressemble à une volière où se débattraient de grands oiseaux, qui cherchent en vain à s'échapper. Comme s'ils étaient pris de panique, leurs battements d'ailes frénétiques me frappent de l'intérieur, m'empêchent de respirer et violemment me suffoquent. En réalité, ce n'est jamais que mon pauvre cœur qui s'agite...

L'amour est semblable à une mauvaise grippe, qui donne fièvre et courbatures, qui laisse la nuque raide, les muscles gourds, et les articulations endolories. Il ôte sa saveur à ce qui faisait auparavant les multiples bonheurs de l'existence. Alors que j'étais hantée par la fuite du temps, que j'avais l'impression de n'avoir pas une seconde à moi, depuis que je suis revenue à Moscou et que je ne le vois plus qu'à peine, je laisse filer des jours entiers sans plus rien faire qu'attendre, je ne sais quoi d'ailleurs, ou plutôt je ne le sais que trop bien. Je ne mange presque plus à cause de cette contraction, qui me noue l'estomac, et des nausées qui me blanchissent le rebord des narines. J'aspire à dormir davantage : or le sommeil a cessé d'être un refuge. Il est désormais chargé de rêves lourds et voluptueux, qui énervent en vain, et me laissent épuisée. Les désirs les plus fous laissent place à d'affreux cauchemars, d'où je m'extirpe avec douleur.

Et, lorsque je suis avec lui, soudain tout s'accélère, nous n'avons plus le temps de rien. Nous en sommes réduits à dévorer le peu qui passe à notre portée : une brève chanson des rues, dont les paroles soulignent notre infortune, une anecdote relative aux péripéties sentimentales d'un de nos amis, un fait divers qui nous porte à sourire parce qu'il nous rappelle ce que nous avons déjà vécu ensemble... Toutes choses en apparence insignifiantes mais dont nous faisons notre miel puisque cela évoque ce que nous avons en partage, et qui constituera peut-être, si on nous en laisse le temps, l'embryon de notre mémoire commune.

Voilà où nous en sommes : sachant que le temps nous est compté, nous vivons dans la pure impatience de nous regarder, nous toucher et, si possible, nous tenir embrassés. D'un autre côté, nous ne sommes jamais assez proches, ni assez longtemps.

Partagés entre l'urgence et le danger, la conviction illusoire que nous sommes invincibles et la conscience de l'extrême précarité de notre situation, nous savons que la moindre imprudence ou la plus petite faute d'inattention nous fera basculer dans le malheur. Car, dis-moi un peu, à quoi tient-il que notre liaison demeure secrète ? Seulement à ce que le hasard ou la chance condescendent à demeurer de notre côté ?

ARCHIVES PERSONNELLES
n° 4

Retranscription de l'entretien, réalisé au magnétophone, avec Ludmila Beretchova, qui fut la secrétaire de Xavier Thureau durant le temps où celui-ci resta employé au service de presse de l'ambassade de France à Moscou.

— Qui êtes-vous d'abord? Et que voulez-vous? Vous ne pourriez pas me laisser tranquille à la fin... Pourquoi est-ce que vous me suivez avec ce magnétophone? Il est branché? Alors, vous êtes journaliste... Non? Dommage! Répétez un peu votre question? Mais, vous savez qui je suis alors... Oui, en effet, j'ai bien été — c'était avant la guerre —, et pendant plusieurs années, la secrétaire du responsable du service de presse à l'ambassade de France à Moscou. Xavier Thureau? Oui, c'est cela... Pourquoi, vous le connaissez? Comment? C'était votre grand-père? Alors, c'est différent! Maintenant je comprends... Vous savez que j'étais aussi une amie de votre grand-mère? En fait, vous tombez bien, parce qu'il est grand temps qu'on fasse la lumière sur cette affaire, qu'on le réhabilite, lui, et à moi, qu'on rende enfin justice. Ce serait bien si la *glasnost* de ce Gorbatchev pouvait au moins servir à ça!

Bon, d'accord, lui, il n'était pas seulement responsable du service de presse. Il en profitait pour servir de correspondant à divers journaux, métier qu'il avait déjà exercé par le passé... On racontait qu'il avait écrit des reportages sur les débuts de la révolution, qu'il avait fait le coup de feu au côté des bolcheviks, qu'il avait même travaillé pour le secrétariat de Lénine. Est-ce que c'est vrai? Je l'ignore! En quoi consistaient les activités des gens à cette époque, et dans ces milieux-là, c'est compliqué. On ne savait jamais à quoi s'en tenir... Peut-être les épisodes que je viens d'évoquer ont-ils alimenté la suspicion à son endroit. On a dit des tas de choses sur lui, en particulier qu'il aurait été un agent double, c'est-à-dire un membre des services de renseignement français, agissant à couvert de la protection de l'ambassade, mais qu'il avait été retourné par le N.K.V.D. Moi, franchement, cela m'étonne. D'abord, il ne bénéficiait pas de l'immunité diplomatique, ce qui, pour un espion, aurait été d'une imprudence fatale. N'est-ce pas ce qui a permis à la Guépéou de l'intercepter sans que personne proteste ? Qui plus est, s'il avait été l'un de leurs agents, pourquoi auraient-ils pris la peine de l'arrêter ? Je sais : on a prétendu qu'il s'agissait d'une mise en scène destinée à l'extraire sans dommage de l'ambassade avant qu'il ne soit démasqué... Ce qui expliquerait aussi le manque de vigueur des interventions du consul... Car, malgré quelques protestations purement formelles, votre pays n'a jamais rien tenté pour lui...

Le pire, c'est qu'on m'a ensuite accusée de l'avoir dénoncé. Victor Chemlev, l'un des secrétaires de l'ambassade en charge du personnel, s'est même servi du prétexte de son arrestation pour me faire renvoyer. Alors qu'il s'agissait d'un coup monté, et donc d'une pure manœuvre de diversion ! Malgré le nom que je porte, j'étais de nationalité française... Comment ont-ils pensé que je trahirais mon pays ? Certes, j'étais la victime désignée. Rien de plus facile que de me mettre l'affaire sur le dos. En plus, ça protégeait le vrai coupable. Chemlev a cru que, seule, avec de vieux parents à charge, j'avais été une proie de choix pour les organes de sécurité soviétiques, que j'avais cédé à leur chantage et aux menaces. Il était pourtant bien placé pour savoir que je n'étais pas du genre à ça !

L'affaire Xavier Thureau m'aura au moins permis d'acquérir une certitude : une taupe, infiltrée au sein de la chancellerie, mais dont personne n'a réussi à percer l'identité, se livrait à des activités d'espionnage pour le compte des services secrets soviétiques. De plus, elle excellait à brouiller les pistes, en particulier à masquer la réalité de ses activités par des campagnes internes de désinformation, dont je fus moi-même l'objet. Peut-être a-t-elle cherché, auprès de Victor Chemlev, qui était un faible et dont il semble qu'elle ait eu la confiance, à me compromettre puis à m'éliminer en faisant porter les soupçons sur ma personne. Bien avant l'arrestation de Xavier Thureau par exemple, Chemlev avait fait courir le bruit qu'il aurait été plus prudent de m'interdire l'accès à certaines sources de renseignements confidentiels ; puis, comme Xavier Thureau ne réagissait pas, et aurait même été plutôt enclin à prendre ma défense, il a laissé entendre que le N.K.V.D. m'avait confié d'autres tâches : repérer les petits trafics éventuels, les liaisons clandestines, les vices cachés, bref tout ce qui avait trait à la vie privée du personnel de l'ambassade et aurait permis d'avoir barre sur lui. A ces insinuations, il était impossible de rester insensible. Vous imaginez l'inquiétude qui s'est emparée de Xavier Thureau lorsqu'il a eu vent de cette rumeur. Est-ce que vous êtes seulement au courant de la liaison qu'il avait à ce moment-là avec Evguénia Alexandrovna ? Ah ! Vous savez ! Bon, je préfère ! Pourtant, on en ignorait tout à l'époque. Aussi je crois que c'est la méfiance qu'il a ressentie vis-à-vis de moi qui l'a déstabilisé et lui a fait perdre sa belle assurance...

Peu après son arrestation, je me suis donc retrouvée sans emploi, avec de vieux parents à charge. Installés en Russie à la fin du siècle dernier, ceux-ci avaient tout perdu pendant la révolution. Mais, en dépit de leur infortune, ils étaient restés sur place. Où seraient-ils allés d'ailleurs, puisqu'ils n'avaient plus ni biens, ni attaches ? Je demeurais leur unique soutien. Ils sont décédés d'épuisement, peu après le séjour chez nous de votre grand-mère. De toute façon, à la guerre qui a suivi, et aux privations qu'elle a entraînées, ils n'auraient pas survécu. J'ai subvenu à leurs besoins comme j'ai pu, en achevant de vendre les derniers objets de valeur que nous avions conservés et en effectuant de menus travaux, jusqu'au moment où j'ai moi-même été arrêtée. J'ai passé plusieurs mois en prison, puis ai été relâchée, ce qui était rare à l'époque. Pour quelle raison? Hasard des règlements de comptes entre dénonciateurs? Regrettant son geste, Chemlev est-il intervenu pour tenter de réparer l'injustice qu'il avait commise en me renvoyant? A ma sortie, je me suis remise à chercher du travail. Mais cette libération a joué en ma défaveur : on se méfiait de moi... Quoi qu'il en ait été, avec ou sans Chemlev, pour rien au monde je n'aurais voulu retourner à l'ambassade. Voilà quel a été le prix que j'ai payé, d'un côté comme de l'autre, pour cette prétendue dénonciation !

Vous représentez-vous ce que nous avons enduré à cette époque? Xavier Thureau lui-même, pourtant informé, ne se rendait pas bien compte de la situation. Il avait gardé de la révolution une image romantique, qui lui venait de son père : la lutte pour l'égalité, la vieille terre russe, les isbas, tout ce folklore, vous comprenez? Il ne s'était pas détaché de la fascination qu'éprouvent beaucoup d'Occidentaux pour ce continent irrationnel, folklorique et démesuré. Cette sentimentalité à fleur de peau, la musique, le culte des écrivains... En réalité, avec Staline et sa clique, ce fut le maintien de la barbarie à l'état pur, la cruauté militaromongole dans toute son horreur : famine planifiée, arrestations arbitraires, exécutions sans motif, déportations de masse dans des camps de travail, aux conditions de vie inhumaines...

Quant à moi, si vous voulez connaître la vérité, je vous jure que j'ai mis un certain temps avant de percer la nature exacte du trouble qui s'était emparé de Xavier. Or, il n'y avait pas à chercher très loin : c'est Evguénia Alexandrovna, d'une manière ou d'une autre, qui a causé sa perte ! J'avais fini par comprendre qu'ils se voyaient de façon régulière, et qu'ils étaient complices ; mais de là à imaginer qu'ils étaient amants ! Lorsque j'ai fait le rapprochement, leur liaison durait déjà depuis plusieurs mois ; et même après que j'en ai eu le cœur net, il s'est encore passé pas mal de temps. Quelle n'a pas été ma déception ! Eh bien, malgré mes préventions à l'égard de cette vulgaire chanteuse de cabaret, j'ai fait semblant de rien, et ai gardé le secret...

Que dire de leur petit manège ? Il est difficile de dissimuler quoi que ce soit à celle qui travaille avec vous toute la journée : une sorte d'intimité se crée, bien involontaire je vous l'accorde, mais néanmoins réelle, faite de la perception voilée d'infimes détails : mais ce n'est qu'après qu'il m'a été donné de faire le lien. Par exemple, je me souviens très bien du jour où Xavier n'a plus été le même, quand je n'en avais pas encore perçu la raison : il venait, et peut-être sans qu'il le sache, de tomber amoureux d'Evguénia. A la brusquerie inhabituelle qu'il avait pour décrocher le combiné du téléphone, à ses inflexions de voix où perçait l'inquiétude, aux silences chargés qui pesaient dans le cours de ses conversations, à sa manière de s'efforcer de dire des choses anodines alors qu'il croyait que je tendais l'oreille ; ou encore à des changements vestimentaires imperceptibles, à une fébrilité qui n'avait pas lieu d'être... Ah ! Il y a des signes qui ne trompent pas : un tremblement de la main à l'instant de me tendre une simple lettre à taper, un regard qui, trop longtemps, se perd dans la blancheur de la neige déposée sur le toit d'en face. De tels indices laissent aisément transparaître les désordres contenus et les souffrances sourdes de la passion. Cela ne m'aurait pas abusé longtemps : sa façon d'être trahissait une appréhension difficile à calmer... La connivence qu'il avait établie avec cette femme se doublait de la peur où il était de la compromettre, et de celle, également lancinante, qu'elle se lasse de l'épreuve, et ne rompe d'un coup...

Une fois qu'on a compris cela, quelques recoupements suffisent à mettre sur la voie. Cependant, jamais je n'ai cherché à fouiller dans sa vie privée. Malgré les sentiments que j'éprouvais pour lui, je n'étais pas indiscrète : c'était plutôt l'absence criante de toute référence à une personne précise, dont par ailleurs une multitude d'indices ne cessaient de signaler l'existence et de délimiter les contours, qui en disait le plus long... Pour l'identifier, il ne m'est plus resté qu'à procéder par élimination...

Non, ce n'est pas ce que j'ai voulu dire ! La formule n'est pas heureuse... Contrairement aux calomnies qu'on a répandues sur mon compte, je n'ai jamais fait preuve de malveillance. Je savais, et depuis longtemps, qu'il souffrait de ne pas la voir autant qu'il le voulait. J'avoue même que je fus plusieurs fois tentée de lui venir en aide, compatissant à son état, et peut-être séduite par les innombrables attentions qu'il lui portait, alors que j'aurais préféré qu'elles me fussent destinées. Je considérais qu'elle n'en était pas digne, qu'elle ne pensait qu'à elle, et même qu'elle menait double jeu... N'était-elle pas la fille d'un haut responsable du Parti ?

Aujourd'hui, je ne suis plus en état de rien cacher. Oui, si je veux être honnête avec moi-même, je suis forcée de l'avouer, et auprès de vous n'en éprouve nulle honte : j'ai été amoureuse de Xavier, et jalouse qu'il en eût préféré une autre. Pour mon malheur, j'ai commis des imprudences, et cela s'est su ! C'est ce qui a d'ailleurs permis à Victor Chemlev de se croire autorisé à me tourner autour. Dès que Xavier s'absentait, ce vicieux trouvait toujours un prétexte pour venir me voir dans mon bureau. Il passait derrière ma chaise, posait ses mains sur mes épaules, appuyait son ventre contre mon dos. Si je l'avais laissé faire, il m'aurait caressé les seins ! Il fallait que je me lève pour me dégager et le remettre à sa place. Ce qui ne l'empêchait nullement de continuer à me faire des avances. Comme je refusais de lui céder, il m'a menacée... Et même après qu'il m'eut mise à la porte, ce salaud a continué de me harceler jusque chez moi, soi-disant pour m'offrir son aide, me prêter de l'argent. C'était dégoûtant !

Ces ignominies me faisaient considérer plus cruellement encore que celle dont Xavier était épris — alors même que je n'avais pas encore deviné de qui il s'agissait — avait bien de la chance. J'aurais voulu que ce fût moi ! Après tout, rien là que de très naturel : même s'il était marié, il n'en était pas moins l'homme séduisant, sensible, élégant, instruit, dont toute femme rêvait ; car, jusqu'à ce qu'il la rencontre, il m'avait semblé que je ne lui déplaisais pas. Bien sûr, lorsque j'ai appris qui elle était, j'ai su que je ne faisais guère le poids. Entre une secrétaire et une chanteuse, pensez ! Mais, quant à causer sa perte, ça, voyez-vous, jamais ! Parmi les dactylos de l'ambassade, c'est pourtant cette version qui a prévalu après mon départ, et que Chemlev a peut-être contribué à répandre : j'avais dénoncé Xavier Thureau au N.K.V.D. par dépit qu'il ne m'eût pas choisie pour maîtresse ; et c'était elle, à travers lui, dont j'avais cherché à me débarrasser...

L'époque en effet se prêtait aux délations, et beaucoup ne s'en privaient pas pour éliminer leurs rivaux. Il faut avoir traversé les horreurs de cette période pour comprendre l'état d'esprit qui régnait... Tout a basculé à partir de l'assassinat de Kirov et de l'arrestation des bolcheviks historiques ! Allez, vous me direz, avec le sang qu'ils avaient sur les mains, ils savaient bien ce qui les attendait et que, de ces camps de la Kolyma où on les envoyait, ils ne reviendraient pas. Quant aux mouchards, ils pullulaient. Eux, on les croyait sur parole. Mais je continue de penser qu'il fallait être abject pour jeter son ennemi dans une telle machine à broyer les esprits et les corps. Il était déjà si malaisé de garder son calme, de ne rien laisser paraître de ses émotions, de ne pas se retourner dans la rue à cause d'un bruit de pas derrière soi ni de sursauter quand, à l'improviste, quelqu'un sonnait à la porte !

De par ses fonctions et sa réputation d'écrivain, Xavier Thureau avait un dossier ouvert à la Loubianka, comme en avaient tous les membres des ambassades. Tenez, pourquoi ne tenteriez-vous pas de vous le procurer ? Il paraît, pour peu qu'on y mette le prix, que c'est aujourd'hui possible... Enfin c'est ce qu'on dit ! En tout cas, ça serait intéressant... Je me suis toujours demandé pourquoi le N.K.V.D. a mis si longtemps à débusquer sa relation avec Evguénia. Parce qu'elle était la fille d'un apparatchik des organes de sécurité, la considérait-on comme intouchable ? Certes, avant de la mettre en cause, il fallait être sûr de son coup ! Les mauvaises langues la disaient même protégée par Iéjov, qui rêvait d'en faire sa maîtresse, du moins tant qu'il est resté l'adjoint de Iagoda. Après avoir pris la place de ce dernier, accaparé par d'autres tâches, il n'en a plus eu le temps.

Je ne sous-estime nullement l'habileté que Xavier Thureau et elle mettaient à dissimuler leur liaison et à semer les tchékistes chargés de leur surveillance. La violence de leur amour, qui aurait dû être leur point faible et les amener à se trahir, à l'inverse leur a permis de mobiliser leur énergie pour sa sauvegarde. Leur sang-froid était la condition même de sa pérennité. Aussi étaient-ils passés maîtres dans l'art de faire semblant et de mentir avec aplomb. Ils tiraient de l'intensité de leur passion une sorte d'intelligence seconde, de sixième sens qui leur évitait de tomber dans les pièges qu'on leur tendait, leur permettait d'écarter les soupçons, d'inventer des prétextes pour se rencontrer dans la clandestinité.

De l'angoisse d'être pris en flagrant délit, ils souffraient bien sûr, mais ils en retiraient aussi l'impression de défier le monde. Ils en éprouvaient un formidable état d'exaltation, semblable à ce qu'éprouve quelqu'un qui marcherait sur le bord d'une falaise. Cette exaspération d'un amour qui jamais ne peut trouver le repos, jamais se dire ou s'afficher, à la fois les stimulait et leur portait sur les nerfs. Excédés de vivre dans la crainte d'être démasqués, de temps à autre, comme pour vérifier que la chance était toujours de leur côté, ils laissaient percer un indice, commettaient une légère erreur ou une indiscrétion. Ensuite, dans la fièvre et le tremblement, ils attendaient de voir comment les choses tournaient. Bien sûr qu'ils s'étaient juré de ne jamais se faire prendre. Ils avaient passé l'âge de jouer les étourdis. Leurs bravades étaient savamment calculées. Le principal était que leur amour durât le plus longtemps possible, mais sans non plus qu'il soit abîmé par la routine ou la peur. Il n'empêche... A ce jeu-là, ils étaient assurés de tout perdre.

Sans qu'ils en sachent rien et soient en état de mesurer ses ravages, la rumeur commença à poindre, puis à s'étendre. A cause du danger, la dimension physique de leur amour s'en trouva décuplée. Il suffisait d'observer leurs traits tirés et les cernes qu'ils avaient sous les yeux. Leurs corps devaient suivre le train, et s'il le fallait jusqu'à épuisement. A quoi leur aurait-il servi de s'économiser? Il leur fallait brûler au contraire car, d'un jour à l'autre, tout pouvait sombrer. D'après mes observations, j'ai su par exemple qu'ils avaient mis au point un code pour se donner rendez-vous dans leur petit appartement de la rue Kroupskaïa. D'ailleurs, vous devriez aller voir de ce côté ; peut-être reste-t-il des traces de leur passage...

Les choses se sont gâtées quand Xavier s'est mis en tête d'enquêter sur la réalité des procès politiques qui occupaient le devant de la scène. Je me souviens qu'il m'avait, sur chacun d'eux, chargée de constituer un dossier, qu'il alimentait de coupures de presse, de comptes rendus et de commentaires, de dates et de tentatives de localisations des faits dont il croisait les données avec soin et qu'il annotait au crayon. Inutile de vous dire que, à la précision de ces recoupements, aucune accusation ne résistait. Mis bout à bout, les témoignages et les preuves avancées par le procureur se contredisaient de façon si flagrante qu'on était sûr que l'instruction avait été bâclée, que le procès était truqué. En réalité, il accomplissait dans l'ombre le travail auquel auraient dû se livrer les avocats de la défense. Mais ces pantins avaient lors des audiences un air si pitoyable !

Pas étonnant qu'il ait été arrêté peu après. Quand ? Attendez... Octobre 1937 ! Oui, c'est cela, le 17... Quelques mois après la nomination de Iéjov et la progressive mise à l'écart de l'ancienne direction du N.K.V.D. L'été et l'automne marquèrent le début de ce qu'on a appelé la « iejovchtchina ». Au cours de cette époque sanglante, nombre d'écrivains, de journalistes et d'amis de votre grand-père ont disparu, été déportés ou fusillés : Boris Pilniak, Isaac Babel, Ivan Viatchevik, Zamiatine, et j'en oublie... D'autres, comme le poète géorgien Iachvili, ont été acculés au suicide. A la fin de l'année, pour vous donner une idée, on était sans nouvelles de plus de la moitié des membres de l'Union des écrivains, arrêtés les uns après les autres, et aussitôt remplacés !

Cependant, aujourd'hui encore, je continue de penser que j'aurais dû me fier à mon intuition et le mettre en garde contre lui-même. M'aurait-il seulement écoutée ? Cette Evguénia Alexandrovna, je n'ai jamais compris comment il en était tombé amoureux. Je l'ai toujours trouvée hypocrite, et fausse. J'ai assisté à quelques-uns de ses tours de chant. A part le vague parfum de scandale qui entourait le choix de certaines de ses chansons, dont elle n'était même pas l'auteur, rien d'extraordinaire vous savez ! Après, je me suis bien gardée d'y remettre les pieds.

J'ignore quels témoignages vous avez recueillis sur elle et en quelle estime vous la tenez. Mais moi qui ai vécu les choses de près, je ne serais pas étonnée qu'elle ait joué un sale rôle dans l'arrestation de Xavier Thureau... Quoi ? Ça vous offusque ? Qu'est-ce qui vous pousse, comme les autres, à prendre systématiquement sa défense ? Si j'ai des preuves ? Pourquoi pensez-vous que le N.K.V.D. a mis si longtemps avant d'intervenir ? Il faudrait être fou ou naïf pour s'imaginer que, en dépit des précautions qu'ils prenaient, leur liaison eût échappé à la vigilance des services de sécurité ! Grâce à la protection de son père ? Mais pourquoi celui-ci aurait-il pris un tel risque s'il n'en avait pas espéré une contrepartie ? Et, de fait, cette fille appartenait à leurs services ! Vous savez, Xavier Thureau n'aurait pas été le premier dans ce cas : il y en avait déjà eu, des histoires semblables, touchant des diplomates en poste à Moscou... D'ailleurs expliquez-moi, alors qu'ils étaient ensemble, pourquoi elle seule a réussi à échapper à la police ? Et vous croyez, après un tel exploit, qu'il est aussi facile de disparaître dans la nature ?

La vérité ? Son père devait lui avoir confié une mission précise : soit passer à Thureau de fausses informations, soit contrôler ce qu'il savait de la réalité des procès en cours, ou encore identifier les écrivains avec lesquels il avait été en contact. Sa qualité de correspondant de presse et de diplomate étranger valait de l'or aux yeux du N.K.V.D. : rien de plus simple que de faire ensuite comparaître comme espions tous ceux qui, par son intermédiaire, avaient tenté de passer leurs manuscrits en Occident, et Dieu sait s'ils étaient nombreux dans ce cas ! J'irais même plus loin : si mon hypothèse est vérifiée, il est impossible qu'Evguénia n'ait pas été en liaison avec la taupe infiltrée dans l'ambassade, ne serait-ce que pour coordonner leur action. Là résiderait l'origine de mes déconvenues... Parce qu'elle savait que je l'avais percée à jour dans sa liaison avec Xavier Thureau, elle se méfiait de moi. Tôt ou tard, elle aurait cherché à m'éliminer ! Il faut aussi compter avec la jalousie : j'étais proche de son amant, je le côtoyais chaque jour, nous nous frôlions sans cesse, de là à croire que je lui faisais la cour et que je m'abandonnais à ses caresses. Comme je vous l'ai dit, elle, je ne l'ai croisée qu'une fois, mais ça m'a suffi : elle me haïssait ! Je l'ai vu dans ses yeux...

On ne m'a pas non plus pardonné d'avoir pris l'initiative d'avertir Catherine Thureau de l'arrestation de son mari. D'ailleurs Victor Chemlev m'a renvoyée tout de suite après ! De quoi est-ce que je me mêlais ? Mais j'étais révoltée de constater que personne ne levait le petit doigt pour le sortir de là ! Je considérais que l'ambassade avait tort de temporiser et qu'il était de mon devoir de prévenir son épouse. Que Catherine Thureau eût demandé, et finalement obtenu un visa, n'était pas pour leur faciliter la vie. Dès qu'ils ont appris qu'elle était arrivée à Moscou et que, de plus, je l'avais hébergée chez moi, ils ont été pris de panique. Et il y avait de quoi ! Dès le lendemain à la première heure, nous sonnions à la grille de l'ambassade. Le consul a bien essayé de temporiser, mais il a senti que les choses n'en resteraient pas là. Et il avait raison ! Croyez-moi, votre grand-mère n'a rien négligé pour retrouver la trace de son mari. Or, à l'époque, il suffisait de s'informer du sort d'un proche pour se rendre soi-même suspect, et par conséquent complice.

Ça n'a pas été long. En pleine nuit, les policiers ont fait irruption chez moi et l'ont embarquée. J'ai cru que je ne la reverrais plus. Or, en fin de matinée, quelqu'un frappe à la porte, je n'en revenais pas : c'était elle, grelottante de froid, épuisée. Elle avait marché sans s'arrêter dans la neige une bonne partie de la nuit. Sur le coup, j'ai pensé qu'elle avait réussi à leur fausser compagnie et qu'ils allaient revenir cerner l'immeuble. Mais elle, d'où revenait-elle au juste ? Ça, elle n'a jamais voulu le dire... Est-ce qu'elle se méfiait de moi ? L'avait-on forcée à passer un marché avec eux ? Avec les risques que j'avais pris pour elle, j'en ai presque été froissée. J'ai mis son attitude sur le compte de la fièvre. Elle est restée trois jours au lit, à trembler sans arrêt. Elle hurlait dans son délire, j'avais peur qu'on l'entende depuis le couloir. Elle s'adressait à Staline, d'abord en murmurant, puis tout à coup elle l'insultait... Moi, je n'osais pas appeler le médecin : il nous aurait dénoncés.

Quand elle a été guérie, elle ne se rappelait plus de rien. J'ai essayé de la persuader qu'il n'y avait plus d'espoir, et que le mieux était qu'elle reprenne le train pour Paris. Elle m'a répondu qu'elle projetait en effet de partir, mais qu'elle attendait son mari. Elle a rangé ses affaires dans sa valise, s'est assise sur une chaise, et n'a plus bougé. D'une voix douce, elle m'a dit de ne pas m'inquiéter, qu'un policier avait été désigné pour retrouver Xavier et qu'il fallait qu'elle se tienne prête. D'un jour à l'autre, il allait passer la chercher pour les accompagner jusqu'à la gare et les mettre tous les deux dans le train pour Berlin.

J'ai pensé que la fièvre — ou le traitement qu'on lui avait fait subir — l'avait rendue à moitié folle. Or, pas du tout ! Une nuit, un jeune officier, pas mal de sa personne d'ailleurs, et très différent des brutes auxquelles on a affaire dans ces cas-là, a poliment frappé à la porte. Alors elle s'est levée, nous a embrassés pour nous remercier et nous dire au revoir. Elle était pâle. Sans un mot, elle est montée dans la fourgonnette qui attendait devant la porte. Le cœur battant, je suis sortie à mon tour sur le perron pour regarder à l'intérieur du véhicule : pas de Xavier ! Je ne savais que penser, et n'ai pas non plus posé de questions. Il fallait que je m'occupe sans tarder de mes parents. Ils étaient très affaiblis. A cause de ce remue-ménage, ils ne dormaient plus la nuit. Et puis, il m'aurait été difficile de la prendre en charge plus longtemps. Nous n'avions presque rien à manger.

Je l'ai donc laissée partir avec soulagement, mais sans rien savoir de sa destination finale. Je me suis dit : que peut-il lui arriver ? Peut-être a-t-elle bénéficié d'un régime de faveur... Après son départ, je ne l'ai pas revue et n'ai non plus jamais eu de nouvelles.

COMMISSARIAT DU PEUPLE À L'INTÉRIEUR
(Département des archives de la Loubianka)

Affaire n° 128675
Nom du prévenu : Xavier Thureau

DOCUMENT

n° 14

Nature : *Télégramme diplomatique adressé au ministère des Affaires étrangères par Victor Chemlev, conseiller à l'ambassade de France à Moscou.*

Objet : *Dénonciation aux services du contre-espionnage français de l'agent double Xavier Thureau.*

[La plus grande confusion s'empare de l'esprit même le mieux averti à l'examen de ce télégramme, adressé au département des Affaires étrangères. Car le fait qu'une copie en ait été insérée dans le dossier consacré à Xavier Thureau jette la suspicion sur nombre de paramètres, en particulier sur le rôle joué par son auteur, et multiplie autant les combinaisons que les incertitudes.

Résumons : le rédacteur de ce texte, dénommé Victor Chemlev, figure bien comme conseiller, de grade indéterminé, dans la liste du personnel de l'ambassade de France en poste à Moscou dans ces années-là. Dans ce rapport, destiné au contre-espionnage français, il accuse Xavier Thureau d'être un espion appartenant aux services secrets soviétiques. Or, que Chemlev veuille la peau de Xavier Thureau, c'est bien la seule chose qui soit à peu près claire dans cette dénonciation... Mais pour quelles raisons finalement ? Ne serait-on pas en droit de se demander : qui est ce Chemlev, et quelles furent ses intentions ?

A bien y regarder, et sans qu'il y ait à changer une ligne de ce texte, pas moins de quatre lectures sont possibles. Elles méritent à tour de rôle d'être brièvement examinées.

Premier cas, et dans l'hypothèse où Victor Chemlev serait un fonctionnaire au service de la France.

a) Xavier Thureau est un agent français.

Chemlev a décidé d'éliminer Thureau par simple jalousie. C'est le seul moyen qu'il a trouvé pour avoir le champ libre et prendre à son service Ludmila Beretchova, dont il rêve d'obtenir les faveurs. Contré par Thureau, qui la protège, et tout à sa rage de s'être aperçu que c'est de ce dernier que Ludmila est tombée amoureuse, Chemlev n'hésite pas à recourir aux dernières extrémités : d'abord, en introduisant le doute sur leur fiabilité respective pour mieux les dissocier l'un de l'autre ; ensuite, en dévoilant les anciennes sympathies de Thureau à l'égard des bolcheviks afin de le rendre suspect aux yeux des services français et de le faire arrêter. En dernier recours, il menacera — et obtiendra — de renvoyer Ludmila de l'ambassade pour mieux l'avoir à sa merci.

b) Xavier Thureau est un agent soviétique.

En tant qu'agent français et dans le droit fil de ses fonctions, Victor Chemlev a acquis la certitude que Xavier Thureau mène un double jeu. Il en avise les autorités françaises en dressant un rapport circonstancié, au terme d'une enquête de police qui concerne à la fois les antécédents de Thureau et sa liaison avec Evguénia, considérée comme son intermédiaire au Kremlin dans la transmission des renseignements collectés à l'ambassade. Sur sa lancée, Chemlev va jusqu'à évoquer la possible complicité, directe ou inconsciente, de la secrétaire de Thureau, Ludmila Beretchova.

Deuxième cas, et dans l'hypothèse où Victor Chemlev serait un agent soviétique.

a) Xavier Thureau est un agent français.

Victor Chemlev a pour mission d'évaluer puis de contrer les activités antisoviétiques que mène Thureau en direction des écrivains russes censurés par le régime. Ses assiduités auprès de Ludmila Beretchova ne constituent qu'une manœuvre de diversion pour se rapprocher des sources et évaluer la qualité des informations accumulées par Thureau, en particulier à propos des procès politiques qui se déroulent à Moscou depuis plusieurs années. Chemlev a ainsi découvert que Thureau constituait sur le sujet un dossier explosif, vaste répertoire des erreurs, vices de forme, contradictions et manipulations en tous genres qui affectent ces parodies de justice. La découverte de la liaison qu'il entretient avec la fille du directeur de la sécurité d'État tombe alors à point pour étayer l'entreprise de désinformation qui consiste à faire passer Thureau pour un agent soviétique, hypothèse rendue crédible par les combats qu'il a menés aux côtés des bolcheviks dans sa jeunesse.

b) Xavier Thureau est un agent soviétique.

A la suite de l'accession de Nicolaï Iéjov au commissariat du peuple à l'Intérieur, Victor Chemlev est chargé de l'élimination des anciennes équipes encore en place à la Loubianka. Dans ce règlement de comptes interne au N.K.V.D., qui aboutira à l'arrestation d'Anatoli Staréjov, deux solutions s'offrent à Chemlev pour se débarrasser de Thureau : soit le dénoncer comme agent soviétique aux autorités françaises, qui se chargeront alors elles-mêmes de son élimination — avec les incertitudes qu'une telle opération comporte —, soit faire procéder à son arrestation par les services soviétiques. S'ensuivra dès lors une course de vitesse entre les deux parties... Mais une question demeure : à l'instant de l'arrestation de Thureau, qui a pris la décision de laisser filer Evguénia Alexandrovna ?

A présent, le fait que ce rapport intègre certains extraits des interrogatoires auxquels Xavier Thureau sera soumis peu après son arrestation jette le trouble sur son authenticité. Si, en dehors des membres des services de sécurité soviétiques, nul n'avait accès aux dossiers conservés au siège de la Loubianka, comment Chemlev a-t-il eu connaissance des affabulations que Xavier Thureau n'inventait que pour complaire à ses bourreaux et mettre fin aux séances de torture qui lui étaient jour après jour infligées ? En tant qu'agent français, se sera-t-il arrangé pour les monnayer contre d'autres renseignements ? Ou était-il lui-même cette taupe infiltrée dans l'ambassade, qui chargea Thureau auprès de ses collègues français ? Telle sera l'hypothèse avancée par Ludmila Beretchova, mais à laquelle personne n'a voulu à ce jour apporter de crédit.] (NOTE DE L'AUTEUR.)

TD Diplomatie
Diffusion restreinte
Confidentiel défense
Rédacteur : Victor Chemlev

OBJET : arrestation par les Soviétiques de l'agent Xavier Thureau

RÉSUMÉ : le responsable du service de presse de l'ambassade a fait l'objet d'un simulacre d'arrestation de la part des organes de sécurité soviétiques qui l'ont soustrait à notre influence juste avant que nos agents ne procèdent à son arrestation pour contre-espionnage et trahison.

Au terme d'une enquête de nos services qui a été menée sur plusieurs mois, ce poste a acquis la conviction que Xavier Thureau, écrivain et responsable du service de presse de cette ambassade, avait au cours de ces dernières années exercé une double activité, travaillé en liaison et sous les ordres des organes de sécurité soviétiques.

Compte tenu du caractère sensible de l'affaire, cette enquête s'est déroulée dans le plus grand secret et à l'insu des autres membres du personnel. Son caractère exhaustif a permis de procéder à l'examen et à la révision d'un certain nombre de données biographiques concernant Xavier Thureau. Elle a abouti à la conclusion que plusieurs des éléments qui figurent dans sa fiche signalétique, tels qu'ils ont été fournis par l'intéressé, n'avaient jamais été vérifiés et comportaient de graves omissions, inexactitudes ou même contrevérités flagrantes. Xavier Thureau s'était par exemple bien gardé de mentionner que son père avait été un militant communiste de la première heure, qui avait effectué un séjour en prison et recueilli chez lui des réfugiés russes, révolutionnaires de tout acabit, anarchistes et bolcheviks en exil après l'échec de la révolution de 1905. C'est ce qu'ont confirmé, à notre demande, les rapports de police émanant du commissariat dont dépendait son domicile.

Si Xavier Thureau a bien reconnu s'être rendu à Leningrad aux alentours de 1917 pour y suivre les cours de l'Institut d'interprétariat et de traduction, l'examen des registres de cette école a montré qu'il n'y a guère brillé par son assiduité. On objectera que les événements ont perturbé le déroulement de ses études. Il n'empêche qu'on ignore quelle fut la nature de ses activités pendant la période où l'Institut a été contraint de fermer ses portes. En outre, il s'avère que, si Thureau s'est prévalu, pour obtenir le poste qu'il occupe, d'avoir été correspondant de presse de plusieurs journaux français et belges, nos services n'ont jamais été informés des actions militaires qu'il a menées au sein des rangs de l'Armée rouge. Il est en particulier prouvé, par une série de reportages signés de sa main, qu'il a participé à bord d'un train blindé à la bataille de Lvov, au cours de laquelle il se serait illustré aux commandes d'une mitrailleuse de fabrication anglaise. Nos services ignoraient également que ses prouesses lui avaient procuré l'opportunité de rencontrer John Reed [1] et, grâce au soutien de celui-ci, d'entrer comme traducteur au service de presse attenant au secrétariat de Lénine.

On s'avisera donc un peu tard que, par ses multiples liens avec les bolcheviks, Xavier Thureau était un élément suspect, qui n'aurait jamais dû être nommé fonctionnaire de la République française, du moins pas sans un sérieux complément d'enquête. Le manque de vigilance dans les procédures de

1. Journaliste américain, ami de Lénine, auteur du célèbre ouvrage *Dix Jours qui ébranlèrent le monde.*

recrutement de nos agents se révèle à présent lourd de conséquences. Il est indubitable que son statut d'écrivain a joué en sa faveur et contribué à occulter ses approximations coupables, encore qu'une lecture attentive de ses ouvrages n'aurait pas manqué d'être éclairante à leur endroit. Y figurent nombre d'indices trahissant la sympathie qu'il n'a cessé de vouer à un régime dont le seul objectif est de renverser la démocratie partout où il le peut.

Jusqu'à ces derniers temps, l'agent Thureau était donc demeuré en sommeil. Il avait abusé notre administration centrale en entretenant des relations suivies avec des écrivains de second ordre menacés par le régime. Il passait leurs manuscrits en France, mais en s'arrangeant en sous-main pour qu'ils ne fussent jamais publiés. Parallèlement, il en dénonçait les auteurs au N.K.V.D. On ne sait quel jeu non plus il a mené vis-à-vis des écrivains français qu'invitent les autorités soviétiques pour servir de faire-valoir à leur propagande. Il semble, à plusieurs reprises, qu'il ait fait office d'intermédiaire pour réparer les bévues dont, par excès de zèle, se rendent parfois coupables leurs accompagnateurs. De façon régulière, il était invité aux réceptions offertes en leur honneur, alors qu'aucun membre de cette ambassade n'a jamais bénéficié d'un pareil privilège.

Ses fonctions d'agent double sont devenues patentes lorsqu'on a appris qu'il était l'amant d'Evguénia Alexandrovna Staréjov, chanteuse de cabaret, qui doit sa notoriété non pas à son talent, qui est médiocre et s'alimente surtout à la salacité de ses chansons, mais aux protections dont elle bénéficie, puisqu'elle n'est rien de moins que la fille d'Anatoli Staréjov, directeur principal de la sécurité d'État — du moins jusqu'à son tout récent limogeage... On comprend aussitôt que cette liaison n'avait rien d'anodin, qu'elle constituait même une menace de premier plan pour la sécurité intérieure de cette ambassade. Tout indique que Ludmila Beretchova, secrétaire de Xavier Thureau, au demeurant fort compétente, était depuis des mois au courant de cette liaison. Me doutant qu'elle en savait plus qu'elle ne voulait le dire, à plusieurs reprises je me suis efforcé de l'approcher pour lui faire comprendre qu'il était dans son intérêt de se confier à moi. Elle n'a cependant rien voulu entendre à mes raisons et, au lieu de collaborer avec nos services, elle a persisté avec arrogance dans son attitude et s'est permis à mon endroit des propos inadmissibles. Aussi suis-je au regret de constater qu'elle s'est objectivement rendue coupable de complicité et qu'elle nous a fait perdre un temps précieux. A ce titre, elle a largement mérité d'être sanctionnée, par un renvoi pur et simple, ce à quoi nous avons procédé sur-le-champ.

Les informations récentes dont nous disposons depuis peu corroborent nos suppositions, à savoir que cette pseudo-aventure amoureuse avait été téléguidée par Anatoli Staréjov en personne. Lorsque celui-ci eut compris que l'ascension de Iéjov au poste de commissaire du peuple à l'Intérieur entraînerait une épuration au sein des services du N.K.V.D. et sa déportation en Sibérie, il a tout entrepris pour se placer sous la protection directe de Staline. Comme gage de sa bonne foi, il a proposé d'infiltrer notre ambassade en incitant sa fille à devenir la maîtresse de Xavier Thureau. A cette opération, Staline n'aura vu que des avantages. Elle lui permettait d'avoir à sa merci l'une des personnalités les plus influentes de ces républiques d'Asie centrale dont, même après qu'elles eurent été matées en 1928, la loyauté restait précaire. Si Staréjov échouait, les errements de sa fille fourniraient le prétexte à sa condamnation et, séance tenante, à son exécution; et s'il réussissait, tout en gardant sa fille en otage, Staline continuait à avoir barre sur lui. C'est ce marché qui explique que Staréjov, au grand dépit de Iéjov, soit resté en place, bien après l'arrestation de Iagoda, d'Agranov et de leur équipe.

Evguénia Alexandrovna Staréjov a-t-elle été utilisée comme appât à son insu, et sans qu'elle-même en eût été avertie? L'enquête n'a rien établi de formel à ce sujet. A supposer qu'elle eût été mise au courant, comment ne se serait-elle pas exécutée sachant que de son attitude dépendait la survie politique de son père, et même sa vie tout court? Elle a d'abord pensé que cela ne prêterait guère à conséquence. En revanche, on sait par exemple comme leur rencontre au zoo avait été soigneusement préparée. L'agent chargé de superviser l'opération, et qui, pour la circonstance, s'était déguisé en photographe, n'a rien négligé pour en conserver et la trace et la preuve. Encore qu'il ne soit pas exclu que, déjouant les plans des uns et des autres, Xavier Thureau et Evguénia Alexandrovna se soient aimés pour de bon...

Jusqu'à ces derniers temps, Xavier Thureau n'avait cessé de donner satisfaction par le sérieux de son travail, la vie paisible qu'il menait entre sa femme et un fils encore en bas âge... C'est bien plus tard que notre enquête a fait le lien entre, d'un côté, le renvoi en France de sa famille et, de l'autre, l'élargissement de sa marge de manœuvre, indispensable à la reprise de ses activités au sein des services de renseignement soviétiques. Seuls auront attiré notre attention les liens particuliers qui l'unissaient à sa secrétaire et indiquaient qu'elle était chargée de protéger ses arrières.

Dès qu'Evguénia Alexandrovna lui en eut donné l'ordre, Xavier Thureau a livré des informations de première importance sur les intentions de notre gouvernement à l'égard de Staline et de Hitler. Pour brouiller les pistes, il s'est également efforcé de répandre le bruit, par l'intermédiaire de Ludmila Beretchova, qu'une taupe s'était infiltrée dans l'ambassade. L'enquête s'est attachée à dresser le catalogue des lieux où les deux agents procédaient à leurs échanges d'informations. Cela va des rives de la mer Noire à la datcha de Pasternak, à Peredelkino, dont il semble qu'ils aient disposé à chaque fois que celui-ci séjournait à Moscou. Or, quand on sait de quelle rigoureuse surveillance ce dernier fait l'objet... De plus, pour leur faciliter la tâche, le père d'Evguénia avait été jusqu'à leur obtenir un appartement, dans un immeuble appartenant au N.K.V.D., rue Kroupskaïa.

Nous étions sur le point d'achever de réunir les éléments qui allaient permettre à nos agents d'intercepter Xavier Thureau lorsque tout s'est accéléré. Comme par hasard, c'est à cet instant que s'est déroulé le simulacre d'arrestation qui a abouti à son enlèvement. Dans cette opération, Iéjov avait assigné à ses agents deux objectifs : récupérer l'agent Thureau et s'assurer de la personne d'Evguénia, dont on a appris plus tard qu'elle venait de leur fausser compagnie à la sortie du cabaret le Cygne noir. Elle avait eu vent de l'emprisonnement de son père. Sans doute chercha-t-elle à prévenir son amant que tout était perdu et que, si le N.K.V.D. venait le chercher, ce n'était pas pour le mettre en sécurité. Mais, grâce au renfort d'éléments ouzbeks ou kirghizes, que son père avait dépêchés sur les lieux juste avant d'être arrêté, elle réussit une nouvelle fois à leur échapper.

Dans la nuit, et avant que nous eussions le temps de prendre les dispositions nécessaires, le domicile personnel de Xavier Thureau fut également perquisitionné. Ainsi a disparu une série capitale de pièces à conviction. Car il faut savoir que cet agent, dont l'une des couvertures était de se prétendre écrivain, dissimulait ses activités d'espionnage sous le prétexte de la fiction. Son habileté consistait à crypter les informations qu'il collectait et à les intégrer dans les pages de ses manuscrits, brouillons de romans, arguments de courtes nouvelles, synopsis d'essais consacrés à l'art ou à la littérature...

IV

COMMISSARIAT DU PEUPLE À L'INTÉRIEUR

Affaire nº 128675

PROTOCOLE
D'INTERROGATOIRE
nº 4

Section : AS
Sous-division : SI
Rubrique : Espionnage à la solde de puissances étrangères
Accusé : Xavier Thureau
Classement : Régime 18
Traitement : Confidentiel
Vérification : Méthodes habituelles d'influence sur les prévenus
(Coups autorisés)

— Revenons en arrière ; et surtout ne cherchez pas à nous égarer sur des sujets autres que ceux qui concernent vos activités d'espionnage ! Nous vous prévenons que toute tentative pour dissimuler à l'instruction un fait quelconque relatif à votre activité d'ennemi de l'Union soviétique sera découverte et châtiée. Car nous savons que, à part cet inverti d'André Gide, il y a d'autres écrivains français que vous avez essayé de dresser contre nous.

— A part Gide ? Non, pas Romain Rolland ! Avec sa bonne conscience et son côté borné, il n'y aurait rien eu à tirer de lui. Aragon ? Hum... compliqué ! A qui alors faites-vous allusion ? André Malraux ? Mais oui, j'allais l'oublier : André Malraux, bien sûr !

— Eh bien, vous voyez comme la mémoire vous revient ! Malraux, voilà quelqu'un qui passait pour un vrai sympathisant dans votre intelligentsia corrompue ! Lui, au moins, n'a jamais approuvé cet immonde *Retour de l'U.R.S.S.*, dont nous parlions l'autre jour...

— Il est d'ailleurs étrange qu'il soit resté aussi longtemps de cet avis. Si je me réfère aux enquêtes diligentées par nos services, Malraux passe pour un personnage immature, à la sensibilité à fleur de peau. Connu pour sa propension à se monter la tête pour un rien, ce qui en fait un élément fragile, facilement influençable. Les tics qui agitent son visage dans les moments difficiles sont d'ailleurs la preuve de cette émotivité excessive. Qui plus est, Malraux est un angoissé, obsédé par la mort, ce qui n'est jamais bon signe. L'expérience montre qu'on peut difficilement faire confiance à des dépressifs dans son genre... Aussi compense-t-il son manque de discernement par une imagination débordante, qui a pour défaut d'accroître sa tendance à l'aveuglement. Nous, c'est pour cette raison que nous n'avons jamais vraiment cherché à l'activer comme agent. Nous en avons envisagé une ou deux fois l'opportunité, mais toujours pour des opérations ponctuelles, des sortes de coups de main. Puis nous y avons renoncé : pas assez fiable ! Dans ses rapports avec le communisme par exemple, il existe des failles évidentes que nous aurions pu utiliser. Mais, sur le fond, c'est un intellectuel, qui s'est pris au jeu de la révolution et ne s'est jamais soucié des luttes que mènent les paysans et ouvriers pour s'opposer à la dictature des bolcheviks ! Une belle âme, restée sous l'emprise des scrupules de conscience, qui sont la marque indélébile de ce que, dans votre jargon, vous appelez l'esprit petit-bourgeois. Bref, un romantique, si vous préférez.

— Pensez-en ce que vous voulez mais, vis-à-vis de nous, il ne s'est jamais dérobé lorsqu'il a fallu coopérer. Bon, il faut reconnaître que nous l'avions bien en main. Surtout juste après son prix Goncourt [1] ! Avec quel enthousiasme il a accepté de se rendre au Congrès international des écrivains soviétiques, en compagnie d'Aragon, de Pozner, de Bloch et des autres !

— Pardonnez-moi de vous contredire mais, à son endroit, nos services ont été plus perspicaces : un idéaliste, qui croit que le fait de s'enfermer seul dans une chambre suffit à le qualifier de subversif ! Un être imprévisible par conséquent, comme le sont les individus de son espèce. C'est pour cette raison que, un jour ou l'autre vous verrez, il se retournera contre vous. Pour l'heure il s'obstine, par orgueil, parce qu'il ne veut pas se déjuger. Mais attendez ! Vous ne pourrez pas dire que Paul Nizan ne vous a pas avertis : « Malraux n'est pas un écrivain révolution-

1. André Malraux obtint le prix Goncourt en 1933, pour son roman *La Condition humaine.*

naire [1] », a-t-il écrit. Et dans vos propres journaux encore ! Mais vous méprisez les mises en garde des intellectuels, c'est ça ?

— Inutile de nous faire la leçon ! Nous avons parfaitement conscience qu'il est impossible de se fier à cent pour cent à ceux qui, comme lui, sont toujours prêts, sans guère de sens critique ou politique, à enfourcher de nobles causes, comme la liberté en art ou la prétendue indépendance de parole des écrivains.

— Alors, à ce congrès, vous avez donc assisté vous-même ?

— Pas la peine ! Il y a dans son dossier assez d'éléments pour se faire une opinion. J'ai ici, par exemple, le compte rendu sténographique de son discours, ainsi que la copie des entretiens qu'il a donnés à la *Pravda* : de grandes déclarations de principe, intéressantes je ne le nie pas ! Mais à toutes ses grandes phrases, quand on s'y arrête un instant, on n'y comprend goutte. Heureusement que Radek et Nikouline sont intervenus pour le remettre à sa place !

— Vous ne voulez pas le reconnaître, mais je devine que, dans vos fiches, il était classé comme un élément qu'il est toujours possible d'utiliser, à cause de son influence, pour un coup d'éclat ou une provocation, mais sans plus, n'est-ce pas ? En fait, vous vous fichiez pas mal de ce qu'il disait. L'écoutiez-vous seulement ? Moi, je vous le répète : de notre côté, nous y avions renoncé, et vous auriez dû faire de même : ce genre d'individu demande trop de travail à tenir sous surveillance et à contrôler.

— Arrêtez de croire que, parce que vous appartenez aux services secrets impérialistes, vous êtes autorisé à parler d'égal à égal avec moi. Vous

1. *Literatournaïa Gazeta,* Moscou, 12 juin 1934.

oubliez que nous ne sommes pas du même bord, et que c'est votre vie qui est entre mes mains ! Alors répondez ! Vous l'aviez rencontré à Paris avant qu'il ne vienne ici ?

— Oui, à l'occasion de la parution de mon premier roman...

— Et ensuite ?

— Quand j'ai pris mon poste à Moscou, nous avons continué à rester en contact. Il était très intéressé par ce qui se passait ici.

— Vous aviez déjà entrepris votre travail de sape ?

— J'avais bien deviné que, dans son esprit, la révolution était un remède contre l'angoisse, une sorte de mythe, et même une expérience de type métaphysique. A plusieurs reprises, mais sans insister, j'avais essayé d'introduire le doute dans son esprit, de lui ouvrir les yeux sur les ratés de la collectivisation ou sur les persécutions dont commençaient à être victimes les bolcheviks de la tradition historique ainsi que les anciens compagnons de Lénine. Ça l'avait troublé, d'autant qu'il était observateur et qu'il ne lui était pas difficile de s'apercevoir de la dérive de plus en plus autoritaire de Staline vis-à-vis du Comité central et du Parti. Mais il mettait ces inconvénients en balance avec ce qu'il croyait être les acquis de la révolution et les dangers — l'inexorable montée du fascisme surtout ! — dont elle était environnée. Il était persuadé que, en l'état actuel des choses, il n'y avait d'autre solution que de continuer à assurer la défense de l'U.R.S.S., quel qu'en fût le prix. De plus, il était séduit par ce communisme qui glorifiait la figure idéale du révolutionnaire. Rien ne semblait devoir entamer sa détermination.

— Vous l'avez retrouvé dès son arrivée en U.R.S.S. ?

— J'étais allé l'attendre à Leningrad, le 14 juin 1934, à sa descente du bateau, le *Djerzinski* si je me souviens bien... Il était accompagné d'Ilya Ehrenbourg. Mais, tout à son exaltation, il ne m'a qu'à peine salué. Il avait l'air préoccupé, et même anxieux. Il prenait son rôle très au sérieux. Peut-être, à trop s'afficher avec moi, craignait-il que je ne compromette son projet d'adaptation cinématographique de *La Condition humaine*...

— Nos services, pour l'appâter, lui en avaient fait miroiter l'éventualité. C'est la compagnie Mezrabpomfilm qui avait établi les premiers contacts. Or, les comptes rendus de nos lecteurs étaient formels : *La Condition humaine,* par rapport à la ligne du Parti, est truffée de mensonges et de contrevérités où l'on perçoit bien le parti pris individualiste originel. Mais c'était un roman qui enthousiasmait les masses... Vous connaissez la vanité des écrivains ! Tant qu'on l'a tenu par là, il est à peu près resté tranquille. Nous lui avons d'abord suggéré des réalisateurs comme Ivens ou Dovjenko ; puis, nous avons fait monter les enchères, en enrôlant Meyerhold, ensuite en persuadant Eisenstein de donner son accord pour travailler avec lui sur le découpage du scénario.

— Le réalisateur du *Cuirassé Potemkine* ! Oui, il s'en était vanté auprès de moi. En réalité, vous n'aviez jamais eu l'intention d'aller jusqu'au terme de la négociation ? Voilà pourquoi le projet a tourné court, n'est-ce pas ? Lui, il y croyait pourtant ! Il s'était même déclaré prêt à donner des gages, comme d'écrire un roman socialiste sur l'épopée du pétrole, qui se serait situé à Bakou. Je comprends mieux pourquoi, à ce moment-là en tout cas, il n'avait pas très envie de me voir. Et puis, il y avait trop de monde : je le dérangeais. Je l'ai donc laissé s'installer à l'hôtel Astoria, et suis demeuré en retrait...

— Vous avez préféré attendre votre heure ?

— J'avoue que j'ai repris espoir quand on m'a rapporté les escarmouches qui l'avaient opposé à Nikouline, après son discours au Congrès des écrivains. Il l'avait pourtant préparé avec soin, ce discours, et de façon à ne pas décevoir son auditoire. Peu avant, et non sans une certaine morgue, il m'avait confié que Staline allait lui faire l'honneur d'assister en personne à son intervention. C'est à cette fin qu'il avait cru bon d'intégrer à sa péroraison un commentaire élogieux du slogan que ce dernier avait fait afficher sur un calicot à l'entrée du hall des Colonnes de la Maison des syndicats : « Les écrivains sont les ingénieurs des âmes. » Je n'ai pas osé le décevoir. Je savais que Staline se moquait bien de ses commentaires, à la seule condition qu'ils traduisent une approbation sans réserve.

— C'est donc quand il vous a fait part de la volonté du camarade Staline d'assister au Congrès que l'idée d'un attentat a surgi dans votre esprit ?

— C'était l'occasion ou jamais...

— Malheureusement pour vous, notre Guide suprême n'a pas jugé bon de se déplacer.

— De toute façon, l'opération se heurtait à trop d'obstacles, difficiles à surmonter en raison de notre impréparation, du nombre important de congressistes et de la vigilance des forces de sécurité. Mais c'est surtout à l'issue du Congrès que nous avons été pris de court. Vous vous rappelez que Maxime Gorki avait prévu d'offrir à ses hôtes étrangers une réception dans sa datcha. Clara Malraux avait réussi à m'y faire inviter, malgré les réticences d'Aragon qui, déjà à cette époque, avait commencé de me prendre en grippe.

— C'est par elle alors que vous avez essayé de le circonvenir ?

— Elle, vous savez, il ne fallait pas lui raconter

d'histoires. Elle avait depuis peu rejoint Malraux à Moscou. Comme les discours l'ennuyaient, je m'étais proposé de lui faire visiter la ville pendant les deux semaines que dura le Congrès. C'est ainsi que nous avons sympathisé.

— Ensuite ?

— Chez Gorki, une table immense avait été dressée, chargée de victuailles et de bouteilles. Nous n'avions pas encore eu le temps de nous asseoir. Nous en étions encore aux *zakouski* et aux premiers toasts quand, dehors, nous entendîmes des voitures freiner dans la cour. Des portières claquèrent les unes après les autres. Dans la pièce encore baignée des tardives lueurs du crépuscule, il n'en fallut pas plus pour que les rires et les éclats de voix s'arrêtent d'un coup. L'assistance tout entière, pourtant composée de gens haut placés, crut aussitôt à l'imminence d'une rafle. Avec appréhension, chacun se figea sur place et demeura à l'écoute des bruits de bottes dont les semelles crissèrent sur le gravier, puis martelèrent le plancher de la véranda, avant de résonner lugubrement dans le couloir. Sanglé dans son uniforme, Staline, bientôt suivi de Molotov et de ses gardes du corps, fit irruption dans la pièce. Comme s'il cherchait quelqu'un dont il ne se rappelait plus le visage, il jeta un coup d'œil inquisiteur à la ronde...

— Et, ce soir-là, vous n'avez rien tenté ?

— J'enrageais ! Une occasion pareille ! En surgissant à l'improviste, Staline, une fois de plus, venait de nous prendre de court. Il aurait fallu se jeter à l'eau sans réfléchir. Rien de plus facile ! Nul besoin d'explosifs ! Un simple revolver aurait suffi ! A bout portant, ni une ni deux, pif ! paf ! je m'en serais moi-même chargé, on n'en aurait plus entendu parler !

— De dépit, vous avez alors tenté de vous venger en essayant de pousser Malraux à la faute, de le rendre indésirable et de tout compromettre.

— A quoi faites-vous allusion ?

— Allez ! Parlez sans rien dissimuler ! N'avez-vous pas incité Malraux à se comporter de façon scandaleuse ce soir-là ? Sachez qu'aucun de vos actes n'a échappé à la vigilance de nos services !

— En réalité, je ne me rappelle plus grand-chose ! J'avais moi-même pas mal bu. Attendez, ça me revient... A présent j'entrevois ce que vous voulez dire... Par quel bout commencer ? Voilà, j'y suis : il se faisait tard. Staline parti, tout le monde s'était relâché et laissé aller à boire plus que de raison. Or, je venais juste d'entendre Karl Radek, passablement éméché, traiter Malraux de petit-bourgeois. Ça m'avait paru un excellent prétexte ! M'approchant de ce dernier, qui en était resté cloué sur place, j'en avais profité pour revenir à la charge : « Vous vous imaginez que l'Union soviétique est la patrie du socialisme et de la liberté d'expression ? Pourquoi n'avez-vous pas demandé à ce Radek des nouvelles des camps de travaux forcés ? Et des décrets promulgués l'année dernière, qui autorisent l'exécution de suspects sans jugement ? Ou encore de ceux de cette année, qui permettent de se saisir d'otages pour obtenir des aveux ? Ne comptez-vous alors pour rien les récentes arrestations d'Ossip Mandelstam et de Victor Serge ? Regardez l'état pitoyable dans lequel, sous le coup de la peur, se sont mis ces partisans du socialisme dans un seul pays... Si vous l'osez, portez un toast à votre cher ami Trotski, qu'ils ont chassé de son pays et contraint à l'exil en France [1] ! »

— Son cher ami ? Pourquoi employez-vous ce terme ?

— Comment ? Vous ignorez que Malraux connaissait Trotski ?

1. Trotski avait été exclu du Parti, d'abord assigné à résidence à Alma-Ata, puis expulsé d'U.R.S.S. en 1929.

— Ce serait bien là, de sa part, le signe d'un comportement sournois et cosmopolite. Et vous, vous avez quelque chose à vous reprocher à ce sujet-là ?

— Ah ! Vous n'êtes donc pas au courant ? Alors, vous allez être content : lors de mon séjour à Paris, je lui avais suggéré de mieux s'informer avant de se rendre en U.R.S.S. et, pour faire preuve d'équité, de rencontrer au moins quelques opposants à Staline. J'ai constaté après coup qu'il avait pris bonne note de mes avis. Trotski et lui se sont vus à Saint-Palais, près de Royan, en août 1933. En revanche, j'ignore tout de ce qu'ils se sont dit...

— Décrivez sans détour la provocation dont, à votre instigation, s'est rendu coupable cet aventurier, socialement et politiquement dépravé ?

— Tiens, je constate qu'il n'est déjà plus autant l'ami du socialisme ! Eh bien, ma proposition ne lui a pas déplu. En titubant, il a rejoint Clara et s'est penché un instant sur son épaule. Elle s'est esclaffée, et je crois même qu'elle l'a encouragé à aller jusqu'au bout. Alors, interrompant le brouhaha et les rires en tapant de sa petite cuiller contre son verre, il s'est redressé, puis d'une voix forte et caverneuse, il a lancé : « Je bois à la santé d'un absent dont la présence se fait sentir ici à chaque instant. Je bois à la santé de Léon Davidovitch Trotski ! » Ah ! ça, on peut dire que ça a jeté un froid ! Chacun, presque instinctivement, s'est mis à guetter le claquement des portières ainsi que les bruits de bottes qui n'allaient pas manquer de retentir sur le plancher de la véranda. Une pareille incartade ! L'aile noire de l'ange des camps et des exécutions sommaires est à ce moment passée sur les visages décomposés. Impressionnant ! Plus personne n'osait bouger ni même regarder son vis-à-vis. Qui, demain, irait dénoncer qui ? C'est Radek qui a rompu le charme et mis fin aux agapes. Est-ce qu'il l'a fait exprès ou a-t-il seulement failli perdre l'équilibre? Toujours est-il que, après s'être essuyé le front avec son mouchoir à carreaux rouges et blancs — peut-être était-il ivre aussi? —, en cherchant à se lever de table il est parti en arrière et ne s'est rattrapé qu'en saisissant la nappe qui a glissé d'un coup, en emportant la vaisselle et tout ce qu'il y avait dessus. Le signal du départ venait d'être donné. Je vous prie de croire que chacun s'est éclipsé sans demander son reste et en priant le ciel pour qu'on l'oublie.

— Cet incident a eu pour résultat d'annuler son projet de film sur *La Condition humaine*. C'est tout ce qu'il a gagné!

— Oui, il était sacrément dépité! En réalité, c'est de ma faute. Je n'aurais jamais dû lui suggérer cette idiotie. J'ai failli, par cette bravade inutile, mettre en péril sa position au sein de notre réseau.

— A la bonne heure! Vous faites bien de revenir sur vos propos condescendants de tout à l'heure. Il ne vous sert à rien de chercher à le protéger plus longtemps. Avouez que ce franc-maçon, au comportement politique et individuel dissolu, menait en sous-main des activités d'espionnage pour le compte des services français.

— Oui, c'est la vérité. En réalité, sa participation au Congrès des écrivains n'avait été qu'une couverture. Malraux devait en profiter pour nouer des contacts et récolter le maximum de renseignements auprès d'écrivains soviétiques qui étaient entre-temps devenus nos agents.

— Soyez plus précis! Donnez des noms!

— Il y a Ehrenbourg, d'abord, ça, tout le monde le sait. Isaak Babel [1] ensuite, que ce dernier avait

1. C'est en partie sur la foi de pareilles informations que Isaak Babel fut arrêté le 16 mai 1938. Sur le seuil de sa porte, on sait qu'à sa femme il avait chuchoté : « Informez André. » Babel fut exécuté le 27 janvier 1940.

présenté à Malraux en 1933 et qui fut recruté lors de ce séjour.

— Il ne nous avait en effet pas échappé que Babel était un agent à la solde de l'Occident.

— Babel avait bel et bien été séduit par la personnalité de Malraux. Pour l'acheter, celui-ci l'avait persuadé que les nombreuses relations qu'il avait dans les ministères ou au gouvernement lui faciliteraient son installation en France quand il le désirerait. Sous le prétexte de soutenir la cause de la culture et de la paix, Malraux lui fit part de son désir d'écrire un grand livre sur l'U.R.S.S. et de recueillir un maximum de documentation. En fait, il collectait des informations sur l'état de l'aviation soviétique. Tous deux se revirent souvent : à Moscou d'abord, lors du congrès de 1934, puis, sur l'insistance de Malraux, au Congrès antifasciste de Paris l'année suivante. Ensuite, et par mon intermédiaire, ils ont continué à échanger une importante correspondance, où il était question des scandaleuses campagnes de diffamation qui faisaient rage dans la *Pravda* contre les formalistes et, en particulier, Chostakovitch, Pasternak, Tikhonov et quantité d'autres. Babel le tenait aussi au courant de l'évolution des procès en cours contre Zinoviev et Kamenev.

— Vous avez oublié de préciser pourquoi Malraux est revenu en U.R.S.S. l'année dernière.

— J'y viens. Malraux avait dans l'idée de publier à Paris un mensuel à grand tirage, sous l'égide de l'Association internationale des écrivains révolutionnaires, qui réunirait entre autres quelques-uns des membres du cercle de la « Lampe verte ». Cette revue devait servir à propager les idées antisoviétiques et à dissimuler de multiples activités d'espionnage.

— Qui faisait partie du comité de rédaction ?

— André Gide, Jean Guéhenno, Ehrenbourg, Babel, Feuchtwanger, Alexis Tolstoï... Moi, j'étais chargé de trouver les fonds et d'assurer la logistique. Je faisais aussi office de relais pour réunir les textes à caractère antisocialiste, avec pour objet de dénoncer les mécanismes de la censure. C'est pour mettre sur pied ce projet que, au printemps 1936, j'avais convaincu Malraux de faire à nouveau le voyage à Moscou, puis de pousser jusqu'en Crimée pour rencontrer Gorki, dans sa datcha de Tesseli, afin d'obtenir son consentement. Il s'y rendit en compagnie de Babel, Koltsov et Krioutchkov...

— Sur quoi déboucha cette réunion de traîtres et de comploteurs ?

— Gorki mourut peu après, en juin.

— Il s'y était opposé. Et c'est pour cela, n'est-ce pas, que Krioutchkov l'a assassiné ?

— Possible, mais je n'ai pas d'autres informations. En tout cas, une fois Malraux parti faire la guerre en Espagne, les contacts furent rompus et le projet tomba dans l'oubli.

ARCHIVES PERSONNELLES
n° 5

Lettre de Simon Lartigue,
fils de Jean Lartigue.
Pièce jointe : un extrait du journal de ce dernier (en référence à la lettre que lui avait adressée mon grand-père.
Cf. document n° 10, p. 151).

Paris, le 29 janvier 1990

Cher Monsieur,

Je suis le fils de Jean Lartigue, et j'ignore si ce nom vous dit encore aujourd'hui quelque chose. En rangeant des papiers appartenant à mon père, j'ai par hasard mis la main sur son « Journal », que j'ai parcouru avec intérêt, non seulement à cause des sentiments filiaux qui m'animent mais aussi parce qu'il constitue un témoignage de premier plan sur la vie littéraire de la période de l'entre-deux-guerres. Au cours de cette lecture, j'ai découvert le rôle joué par Xavier Thureau, à qui mon père était redevable d'être entré comme secrétaire dans une grande maison d'édition parisienne.

Dans ce journal, il fait référence à des choses intimes qui le concernent mais aussi, en certaines pages, à votre famille, en particulier à la liaison qu'aurait eue votre grand-père avec une chanteuse russe du nom d'Evguénia Alexandrovna. Comme j'ai l'intention de soumettre ce manuscrit à l'avis d'un éditeur de mes amis, je m'en voudrais de rendre publics certains faits qui n'ont pas forcément vocation à l'être, en tout cas pas sans votre autorisation.

Bien sûr, cette édition du manuscrit n'est pour l'heure qu'à l'état de projet ; peut-être me fais-je des illusions et le livre dont je rêve ne verra-t-il jamais le jour. Mais, dans l'hypothèse où la chose se concrétiserait, je voulais avoir votre avis. Je me suis donc permis de vous photocopier les feuillets qui vous concernent afin que vous y jetiez un œil et me disiez si vous souhaitez en préserver ou non la confidentialité.

Soyez assuré que je respecterai le parti que vous prendrez, d'autant que, à certaines indications figurant par la suite dans ce journal, je crois savoir que cette aventure a eu des conséquences tragiques. J'imagine que votre grand-mère, si elle est encore en vie, ne souhaite pas voir étalés au grand jour des faits qui, pour appartenir à l'histoire, n'en demeurent pas moins douloureux.

Fort de son amitié avec Xavier Thureau, vous noterez que mon père se présente parfois en donneur de leçons, se livre à des considérations morales que nous serions en droit de considérer comme abusives ou déplacées. Pour ma part, j'ai compris qu'il réagissait en homme de lettres, c'est-à-dire avec emphase, laquelle est peut-être la caractéristique et le défaut de son époque ! Il faut aussi rappeler, à sa décharge, que ces commentaires, élaborés dans le secret d'un journal, n'étaient pas destinés à être divulgués.

Dans l'attente de vous lire et peut-être même, si vous le souhaitez, de vous rencontrer pour en parler, je vous prie d'agréer, Cher Monsieur, l'expression de mes sentiments sincères et dévoués.

Simon Lartigue

(...)

16 octobre

Après plusieurs mois de silence, ce cher Xavier Thureau vient de me faire parvenir une longue lettre où il relate avec force détails sa rencontre au zoo de Moscou avec une dénommée Evguénia Alexandrovna, puis le séjour qu'il a effectué en sa compagnie sur une plage des bords de la mer Noire. Son courrier m'embarrasse, à cause de l'immoralité de son propos, et m'attriste par la désinvolture du ton. Ce n'est pas parce que Xavier m'a donné un coup de main à un moment décisif de ma carrière que je suis tenu de cautionner tous ses errements. Au contraire, les lois de l'amitié m'obligent à le mettre en garde contre le risque qu'il court. En général, à Moscou, on ne plaisante pas avec ce genre d'idylle ; et je m'étonne, vu sa connaissance du terrain, qu'il se soit laissé prendre à ce jeu. A moins que...

A cet instant me vient le soupçon qu'il pourrait s'agir d'une invention de sa part. Est-ce qu'il ne serait pas en train de tester sur moi l'argument de son prochain roman, d'éprouver mes réactions de lecteur ? Je le connais assez pour savoir que c'est le genre de choses dont il serait fort capable.

25 octobre

Hélas, un second courrier de Xavier [1], arrivé ce matin, me détrompe aussitôt quant au caractère fictif de cette aventure. Après avoir relu ses deux lettres à

1. A l'inverse de la première, cette lettre ne figure pas dans les archives de la Loubianka, soit parce qu'elle n'a pas été interceptée, soit parce que, pour l'accusation, elle ne présentait pas d'intérêt particulier.

la file, je suis bien obligé de prendre l'affaire au sérieux. Mon indignation première a ainsi cédé place à la commisération. J'ai d'ailleurs noté, sous sa plume, une expression qui m'a frappé par sa pertinence : « Je suis tombé amoureux... » On ne saurait mieux dire ! Comme contre une pierre, il a trébuché sur cet amour, et il est tombé. On en conclura même qu'il se sera étalé de tout son long ! De plus, une fois à terre, je ne suis pas certain qu'il ait eu le désir de se relever et qu'il n'ait pas éprouvé un certain plaisir à mordre la poussière. Je ne suis guère expert en psychologie amoureuse mais, si je compare ses deux lettres, sa rencontre avec cette fille semble avoir provoqué chez lui un choc inattendu ; insidieux d'abord, car il n'aura pas de suite pris conscience que cet amour était en train d'étendre ses ramifications jusque dans les parties les plus reculées de son être ; foudroyant ensuite, lorsqu'il s'est aperçu de ce qui se passait. Devenu le spectateur impuissant de sa propre passion, il ne lui est plus resté qu'à dresser le constat des destructions qu'elle avait déjà provoquées.

28 octobre

Inutile de faire semblant. Dans la réponse que je lui ai envoyée, je n'ai pas mâché mes mots. Je l'ai averti non seulement qu'il courait à sa perte, mais aussi, et même si cela ne me regarde pas, qu'il allait faire mourir de chagrin sa compagne et perturber l'équilibre de son fils. Pour autant, je ne me fais pas beaucoup d'illusions : ce n'est pas cela qui l'arrêtera ! Lui qui jusqu'ici se vantait de croire que ses actes étaient le produit de décisions mûrement réfléchies, je n'ai guère eu de mal à le mettre devant le fait accompli : il n'est ni plus ni moins qu'un autre le jouet de ses passions ! Ah ! Comme je lui ai lâché son paquet : ce doit être ainsi, ai-je ajouté, et dans un semblable état, que l'on devient bourreau ou que se commettent les crimes. Se regarder faire le mal, détruire les gens autour de soi, se compliquer la vie pour des chimères, n'en plus dormir la nuit, et s'entêter dans cette logique implacable et mortelle ! Il est beau le résultat ! J'espère pour lui qu'il existe quelque ressort secret — ce qu'on appelle la conscience ? — qui lui permette de reprendre ses esprits et de se réinsérer dans ce qui passe pour être l'ordinaire des choses.

30 octobre

Cependant, si j'entends bien ce qu'il dit, il faut aussi compter avec la face opposée du malheur : celle, lumineuse et tendre, de cet amour contre lequel il semble déjà hors d'état de lutter. Une fois vidé de son ancienne substance et transporté sur le seuil d'une autre vie, insolite celle-là, et qui s'étend en dehors des repères habituels, il y succombera en entier. Comme s'il avait changé d'enveloppe, sur lui on n'aura bientôt plus de prise.

La leçon à en tirer est que l'amour n'est pas de ces choses qui se décrètent, une fois que l'on s'est dit qu'on y était prêt et que le moment était venu. Car c'est, en général, quand on a pris le parti de se mettre à l'écart et qu'on a fait une croix dessus ou, au contraire, quand on s'imagine, parce qu'on l'a connu une fois, qu'on n'y aura plus jamais affaire, qu'on est le plus vulnérable. C'est comme la foudre ces choses-là, ça vous transperce de part en part, et vous brûle sur place avant qu'on ne l'ait vu venir. La passion est en bien des points semblable à ces orages électriques qu'on voit courir sur l'horizon ou, du fond des forêts, qu'on entend qui grondent au loin. Enveloppé de nuées sombres, le fauve contient en vain sa rage. De dépit, il jette ses éclairs en désordre contre le sol. Certes, par les blessures causées à ceux qu'il frappe de plein fouet, il suscite bien une terreur inquiète, mais heureusement sans lendemain. Parce qu'il semble réduit à tourner sur lui-même, on finit par en négliger la menace. Au matin, parce qu'il se sera remis à faire beau, on l'aura oublié, et l'on s'en moquera même, comme de ces incidents ridicules et sans conséquence qui n'arrivent qu'aux autres. Alors, profitant de ce que vous ne l'avez pas vu venir, il fond sur vous, vous emporte dans son tourbillon, là où l'air, qui pourtant souffle en excès, en raison de sa violence même, en devient irrespirable, vous suffoque et vous broie.

2 novembre

Qu'aurais-je fait à sa place ? N'y a-t-il pas du défi et par conséquent quelque mérite à céder à ce vertige ? Il a dû exister un moment où, fasciné par l'appel du précipice, il avait encore le choix. Qu'est-ce qui l'a décidé à lâcher prise ? Au terme de sa chute, et après être remonté à la surface, toujours nageant pour se maintenir à flot, il aura dérivé au fil du courant et, sans trop de regrets, perdu de vue les affaires qu'il avait déposées sur la berge. Enfin, quand s'offre à vous la chance de saisir une branche au passage, qui vous permettra de reprendre pied sur le sol jusqu'ici dérobé, il n'y a plus à tergiverser ! A condition de se hisser au plus vite sur le rivage, hors de souffle on contemplera, non sans effarement, l'onde tourbillonnante qui a failli vous engloutir. Mais, d'un tel sursaut, il n'aura jamais eu ni le courage ni l'envie. Peut-être aurait-il fallu que, de la rive, quelqu'un l'appelle, que l'encourage une voix amie. Si seulement j'avais été à ses côtés...

Trop tard sans doute. A présent que mon amitié

lui a fait défaut, je n'ai d'autre choix que de l'accompagner à distance, alors que lui s'est peu à peu délié de ses anciens engagements. Car, pourquoi se le cacher, dans cette passion il a donné tête baissée. A plusieurs reprises, nous avions évoqué la manière féroce qu'ont les couples de se mentir et de se déchirer dans les séparations. Il est donc impossible qu'il ne se soit pas posé la question : abandonner la belle ordonnance de son foyer? Détruire sur un coup de tête la fragile relation, tissée au fil des ans, avec Catherine? A l'époque, il en avait trouvé l'éventualité ridicule et avait été à deux doigts de mépriser ceux qui se font prendre au piège. « Pas moi, jamais! » m'avait-il lancé avec dédain, alors que nous étions assis à la terrasse d'un café. « Ces histoires, avec leur déballage de détails sordides, les hurlements et prises à témoin de l'entourage, ça me révulse! » Se savait-il vulnérable?

Voilà qui prouve qu'il craignait comme la peste l'emprise de la passion. Il savait ce que de tels égarements provoquent de souffrance et d'angoisse. Toutes ces interrogations que l'on se pose, qui ne débouchent sur rien, qui vous rendent encore plus incompréhensible à vous-même! D'une part, cette capacité où l'on excelle à faire le mal et à torturer celle avec qui on avait tout partagé; de l'autre, les incertitudes où vous jette un amour encore balbutiant, avec son cortège d'attentes, de battements de cœur, et aussi de défaillances à ne pas être en la seule et constante compagnie de celle vers qui le désir vous porte.

30 novembre

Encore une lettre de Xavier, écrite de Peredelkino. C'est Romain Rolland qui m'a un jour vanté les charmes de cette immense villégiature, située non loin de Moscou, où Staline a regroupé les datchas des écrivains privilégiés et des artistes fidèles à la ligne du Parti. Simplement, je me demande comment Xavier a réussi à y avoir accès puisque les étrangers ne sont pas admis, sauf autorisation ou protection exceptionnelles. Serait-il si bien considéré par les services du N.K.V.D. ? Ou alors, s'y sera-t-il introduit en cachette ? Sa passion pour cette Evguénia le conduit à prendre des risques dont ni l'un ni l'autre ne paraissent désormais plus en état de s'inquiéter. J'ignore si c'est au contact de cette femme, mais il a acquis de drôles d'idées. Ces résidences d'artistes et d'intellectuels seraient-elles en train de devenir des foyers de contestation du régime ? Qu'est-ce qui lui prend de vouloir passer au crible les minutes des procès dont la succession, depuis quelques années, rythme la vie de la capitale soviétique ? D'après ce qu'il m'explique et me charge de répandre en France, ceux-ci ne seraient fabriqués que pour détourner l'attention de l'opinion publique internationale de la répression plus sourde, mais aussi plus systématique, qui frappe toutes les couches de la société.

Malgré les précautions dont il s'est entouré, lui-même en est à craindre d'avoir agi à la légère avec les écrivains auxquels il a apporté son soutien et dont il m'a fait parvenir les manuscrits, en nombre si important soit dit en passant que j'y ai, à force de les proposer aux éditeurs parisiens, presque épuisé mon crédit. Toujours est-il que la plupart n'ont plus donné signe de vie. Evguénia Alexandrovna elle-même, qui a des relations dans les sphères influentes du Parti, lui a fait part de ses appréhensions. Les rangs des écrivains, journalistes et intellectuels sont en priorité décimés. Il paraît qu'on les torture jusqu'à ce qu'ils avouent leurs crimes et dénoncent leurs complices supposés. Au cours des perquisitions dont ils font l'objet, leurs manuscrits sont emportés dans des caisses et leurs ouvrages retirés des bibliothèques, à croire qu'il y a urgence à supprimer jusqu'à la moindre trace de leur passage sur terre. La réalité, même fictive, qu'ils ont créée par les seules vertus de la littérature est ainsi effacée, comme d'un simple coup de gomme. Or, une fois écrite, et qui plus est imprimée, une page n'appartient-elle pas à la mémoire du monde, n'est-elle pas conservée quelque part, et à jamais ?

5 décembre

Je suis d'autant plus étonné du récit que Xavier continue [1] à me faire de sa passion que, avec le recul, je me souviens qu'il m'avait à plusieurs reprises affirmé qu'il n'y aurait jamais aucune place en son cœur pour des égarements de cette espèce. Et pour une raison bien simple : rien de plus néfaste, selon lui, que cette bascule des sentiments qui vous met la tête à l'envers ! Que de fois ne m'a-t-il pas confié que sa vocation ne lui permettait rien d'autre que de se consacrer à cette activité d'écrire qui, chaque jour, lui fait noircir page après page et qui, par avance, confisque le meilleur qu'il est en état de donner ; que, pour rien au monde, et hormis celle qu'il avait déjà, il n'aurait supporté de voir une femme faire irruption dans sa vie et bousculer tous ses beaux arrangements ; que sa propre épouse ne devait d'avoir survécu à cette tyrannie que dans la mesure où elle avait accepté de laisser la place chaque fois qu'il était nécessaire et pris soin de ne jamais se poser en rivale.

1. Cette allusion permet de supposer qu'il y a eu encore bien d'autres lettres, envoyées par Xavier Thureau, et dont nous n'aurons jamais connaissance.

Or, si j'en juge d'après ses lettres, les instabilités de la météorologie amoureuse provoquées par cette Evguénia n'ont en rien affecté son activité d'écrivain; au contraire, elle l'aurait même stimulée. Il avait cru préserver son travail en cherchant à se garantir des tourments de la passion... Qui sait si ce n'était pas là un mauvais calcul, et si la passion n'en est pas l'ingrédient obligé ? Comme pour le forcer à se donner de l'exercice, ne l'a-t-elle pas exprès précipité dans les tumultes ? Ne lui a-t-elle pas fait perdre ses repères pour mieux l'avoir à sa merci ? N'a-t-elle pas cherché à ébranler ses certitudes, justement en le jetant dans les bras de cette femme imprévisible et fantasque ?

7 décembre

A le lire entre les lignes, il me semble entrevoir la nature de la passion qui le lie à cette Evguénia Alexandrovna : il l'aime parce qu'elle est une étrangère, parce qu'elle lui est « étrangère ». Ce qui veut dire que sa présence n'éveille en lui ni écho ni réminiscence. En elle, il ne reconnaît rien de ce qu'il connaissait auparavant. Elle est vierge de tout passé : il n'imagine rien du sien; elle n'a pas la moindre attache avec son enfance ou son histoire. Peut-être sa fascination lui vient-elle également de ce qu'elle parle une langue qu'il ne comprend pas — le kirghize —, et qui est à mille lieues de sa langue maternelle. Et c'est cette foncière étrangeté qui, paradoxalement, lui fait éprouver un sentiment neuf, où l'intimité est enfin rendue possible, parce qu'elle n'est plus parasitée par les présupposés ou les sous-ententendus. Avec Evguénia, les choses ne sont ni inscrites ni jouées d'avance. Il ne se sent plus prédestiné à rien, sinon à aimer cette femme qui, d'emblée donnée comme « autre », lui permet de tenir à distance le souvenir d'une mère dont l'image trop prégnante n'a cessé de se superposer à la silhouette de toutes les autres Françaises qu'il a connues. De ce point de vue, Evguénia ne donne pas prise. Rien dans la masse de ses cheveux, le dessin de ses lèvres, l'éclat de ses yeux et jusque dans la forme de son corps qui soit susceptible de lui rappeler celle qu'il connaît depuis toujours. Elle le libère donc de cet obsédant fantasme de l'origine qui jusqu'ici lui avait masqué toutes les issues. Aller chercher ailleurs, hors de sa tribu, la femme qui mette d'un coup hors jeu la fatalité de l'inceste, tel est le principe de l'exogamie, si j'en crois les leçons que dispense ce médecin viennois, dont on commence ici à tant parler...

10 décembre

Des informations, obtenues par quelques dissidents que personne ici ne veut entendre, confirment les propos de Xavier relatifs au climat de terreur qui prévaut aujourd'hui à Moscou. La violence du courant d'air provoqué par l'étendue des disparitions et le silence du manque qui s'est installé à la place me font craindre que, un jour ou l'autre, il ne soit tenté de prendre parti. Car je le connais : sous ses dehors timides, c'est une tête brûlée. Les natures comme la sienne, à la sensibilité exacerbée, sont promptes à ressentir une compassion soudaine pour des victimes qu'elles n'ont jamais vues, à s'exalter ou à s'indigner pour un rien. La cruauté des arrestations en cours aura encore accentué sa détresse morale et lui aura fait perdre ses dernières illusions.

Je ne sais pour l'heure si sa passion lui est une force ou au contraire une faiblesse. En règle générale, elle handicape ceux qui en éprouvent les rigueurs. Elle les fragilise en leur mettant les nerfs à vif et en situation de perdre leur sang-froid. Pour peu qu'il se mette à avoir mauvaise conscience, il va ressentir la tentation d'en payer le prix. Je crains que ce défilé de spectres que forment les écrivains arrêtés, torturés puis exécutés ne l'amène à éprouver une solidarité presque mystique, à être tenté d'intervenir et de partager, sur un mode dostoïevskien, et donc jusque dans sa propre chair, les souffrances qui leur sont infligées.

14 décembre

Profitant de ses fonctions de responsable du service de presse, Xavier Thureau se fait un point d'honneur de se rendre à tous les procès auxquels il lui est permis d'assister. Chroniques mémorables et poignantes que celles qu'il m'envoie, où il décrit la comparution à leur banc de ces pseudo-criminels, qui ne sont déjà plus que des ombres. Ses portraits sont à la fois si précis et si véhéments que, ces hommes, je les distingue comme si j'y étais. A l'appel de leur nom, ils s'avancent, dans leurs costumes élimés, aux manches trop courtes, qui ont été portés par d'autres, assassinés comme ils vont l'être. Cramponnés à la barre, avec peine ils se redressent ! Décharnés sous l'étoffe, leurs membres sont encore engourdis par les coups, couverts d'ecchymoses et de plaies. Hagards, ils clignent des paupières. Le séjour dans les geôles de la Loubianka a terni l'éclat de leurs pupilles. Ils ont oublié où et qui ils sont, ils ignorent même ce qu'on leur veut. Quand le procureur Vychinski les interroge, pris de terreur à l'idée de se tromper et d'être renvoyés dans leur cachot, d'une main tremblante ils tirent de leur poche les feuillets froissés de leur déposition. Butant sur les mots, parfois avec des intonations inaudibles, ils peinent à déchiffrer les phrases, comme s'ils ne se rappelaient plus les avoir eux-mêmes écrites. D'une façon qu'ils s'efforcent de rendre crédible — que leur a-t-on promis en échange de leur coopération : qu'on épargnerait leurs enfants ? —, ils s'évertuent avec tant de bonne foi à se rendre ignobles qu'ils en deviennent pitoyables. Endossant la défroque du traître, version à laquelle nul de sensé dans la salle ne peut ajouter foi, tantôt dans un silence de mort, tantôt sous les insultes et les cris, d'une voix pâteuse ils ânonnent, avec force détails, noms et dates à l'appui, leurs actes ignominieux, contre-révolutionnaires. Or, une telle profusion de complots, de sabotages et de tentatives d'assassinats, loin d'emporter la conviction, au contraire l'étouffe. La charge en apparaît fabriquée, comme s'il avait fallu en rajouter pour abrutir l'auditoire et donner à ces sornettes une cohérence.

Dans le lot, à certaines saillies dérisoires, incongrues ou même hilarantes, ou encore à cette propension compulsive à la surcharge, Thureau me dit qu'il parvient à déceler le talent de quelques rares mais véritables écrivains. Au-delà de ces cas singuliers, une telle mascarade a le mérite de le conforter dans une obscure certitude : à savoir que l'écriture est une arme à double tranchant, qu'elle contient en son principe quelque chose à la fois de rutilant et de mortifère. En cela, elle serait semblable au maniement d'une arme à feu. Le coup est toujours susceptible d'atteindre celui-là même qui croyait l'avoir pourtant bien en main, soit parce que, en la nettoyant, et alors qu'il pensait à autre chose, il aura par inadvertance pressé sur la détente, soit parce que la logique ultime et glacée de son contact pousse, un jour ou l'autre, à s'en appuyer le canon sur la tempe.

ARCHIVES PERSONNELLES
n° 6

Lettre de Vassili Sabaïev,
ancien pianiste,
accompagnateur d'Evguénia Alexandrovna.

Cher Monsieur,

Je m'appelle Vassili Sabaïev. Car il faut bien, pour commencer, que je me présente, sinon vous risqueriez de ne pas me croire. C'est que je ne suis plus tout jeune et n'y vois plus comme avant. Ainsi est-ce mon petit-fils qui, chaque soir, me lit le journal. Depuis tant d'années que, et comme la plupart de mes compatriotes, j'ai pris l'habitude de parcourir ce tissu d'inepties, eh bien, à force de lire entre les lignes, on finit par apprendre des choses. Il suffit de décrypter la forme en creux que prend parfois la vérité. Voyez-vous, je ne sais pas si c'est une impression ou quoi, mais il me semble que le contenu s'améliore... Serait-ce que les temps changent ? Je l'ignore car je n'en dirais pas autant de la télévision, dont il m'arrive d'aller regarder les émissions chez ma voisine de palier, quand celle-ci est d'humeur à supporter mes commentaires. C'est donc mon petit-fils — oui, celui-là même qui tient la plume à cet instant et dont j'espère qu'il retranscrira sans trop de fautes ce que je suis en train de dicter — qui m'a dit : « Eh, grand-père, il y a aujourd'hui une drôle de petite annonce, et qui t'intéressera peut-être puisqu'on y parle de quelqu'un qui a vécu à ton époque ! » Et, en effet, sacredieu ! elle m'a bien fait sursauter, votre petite annonce, quand j'ai entendu prononcer le nom de Xavier Thureau...

Remarquez, je ne voudrais pas non plus vous donner trop d'espoir car, votre grand-père, je ne l'ai pas si bien connu que cela. Je l'ai croisé plusieurs fois, surtout vers la fin de sa vie. Et vous allez bientôt savoir pourquoi... J'exerçais à l'époque un métier que j'adorais, mais qui me faisait passer pour un asocial et un parasite. Pianiste ! Oui, mais je n'étais pas du nombre de ces virtuoses du répertoire classique, aux concerts desquels les dignitaires du Parti se rendent en masse, que tout le monde admire et applaudit. Mais un bon pianiste quand même ! Je n'avais qu'un seul défaut, et qui a en partie causé ma perte : celui d'aimer le jazz ! Combien d'heures j'ai passées à l'écoute de ces radios lointaines, qui nous arrivaient brouillées mais où, à travers les fréquences capricieuses et les crachotements, il m'était possible d'identifier un certain nombre de standards et de rythmes. Vers la fin de la nuit, quand tout le monde avait quitté la salle et que les serveurs avaient empilé les chaises à l'envers sur les tables, j'essayais d'en reproduire à l'oreille les harmoniques. Or, devinez qui était là, tout près, penchée sur mon piano, les yeux perdus dans le vague, tour à tour attentive et fredonnant ? La belle Evguénia Alexandrovna Staréjov, dont je venais d'accompagner la soirée durant les mélodies. Ce nom vous dit quelque chose, j'espère ! Ah ! Elle avait le don pour prendre le tempo au vol. Elle n'en connaissait hélas ni les paroles ni la langue ; mais cela ne l'empêchait pas d'improviser, de sa belle voix sonore et grave, à partir des textes de ses propres chansons, auxquelles quelques-uns collaient à merveille.

Nous nous produisions le plus souvent au cabaret du Cygne noir. Vous ne connaissez pas le cabaret le Cygne noir ? Pas même de réputation ? Une grosse maison en planches, à un seul étage, fort célèbre à Moscou. Dans les années soixante, on a rasé l'îlot, jugé insalubre, dont il faisait partie pour construire à la place un immeuble de douze étages. Or, quand je dis que tout le monde avait quitté les lieux, je commets une autre erreur. Il y avait quelqu'un, qui parfois s'attardait. Vous devinez qui ? Oui, c'est cela, Xavier Thureau, qui venait l'écouter et restait aussi longtemps qu'il pouvait, jusqu'à ce que le patron nous jette dehors. Alors, tous deux allaient décrocher leur manteau et, sans plus penser à rien, sortaient bras dessus bras dessous... Où allaient-ils ensuite, par les rues noires, je n'en ai jamais rien su. Moi, j'éteignais ma cigarette, finissais mon verre d'un trait, et rentrais me coucher. Ah! Il y avait de quoi les envier : un amour comme ça, ce n'est pas si fréquent! J'avais peur pour eux, qu'ils finissent par attirer l'attention, surtout qu'il était étranger! Mais, au final, quel genre d'existence avions-nous? De plus, ils avaient l'air de bien se débrouiller, car leur liaison a tenu comme ça plus d'un an. Moi-même, vous savez, j'ai mis du temps à comprendre ce qui se passait! A Sotchi, par exemple, quand nous avons joué au Théâtre municipal, je ne m'étais encore aperçu de rien. C'est bien plus tard, sur un coup de cafard, qu'Evguénia m'a raconté leur escapade, et leur nuit sur cette plage, non loin de là. Elle avait confiance en moi? Ah! Vous pouvez le dire!

Vous ne savez pas pourquoi je me souviendrai toujours de votre grand-père? C'est simple : connaissant ma passion pour le jazz, un jour qu'il était allé en France, il m'avait rapporté trois disques, importés directement des États-Unis. De la dynamite, pour l'époque! De quoi vous envoyer en prison! Là, il a gagné à jamais mon estime. Sauf que j'ai dû ensuite courir tout Moscou pour trouver un gramophone où les passer sans qu'on me pose trop de questions. Ah! quelle joie d'écouter ça! Il y en avait un, c'était un enregistrement public de Duke Ellington. Eh bien, c'était comme si j'y étais. Et croyez-moi, rien ne m'échappait : le bruit que faisaient les gens dans la salle, le raclement des chaises, les toussotements et les rires, les doigts des musiciens qui ripaient sur les cordes...

Evguénia! Être aimé par une femme comme ça, est-ce que vous imaginez ce que ça signifiait? Quand elle chantait, elle avait une petite veine, qui gonflait le long du cou. Toute sa sensualité était là, à fleur de peau, palpable dans l'imperceptible balancement des hanches. Je vous assure que, derrière mon piano, et même la vue obscurcie par la fumée de ma cigarette, je n'en perdais pas une miette : sa façon de rejeter les cheveux en arrière, le geste enveloppant de sa main sur le micro... Sur mon clavier, d'une touche à l'autre, je la suivais pas à pas. Je la drapais de mes accords comme dans un filet, tentais de l'en vêtir pour la protéger des regards dévorateurs et salaces. Mais, au lieu d'être impressionnée, elle en rajoutait. Elle se moquait de ces communistes bien-pensants, et n'avait peur de rien : ni du jugement qu'ils portaient sur ses chansons, ni qu'on découvre qu'elle avait un amant. Parfois il fallait que je la raisonne et lui rappelle les dangers qui la guettaient si jamais elle relâchait sa vigilance. Alors elle m'écoutait, en hochant la tête : au fond elle savait que c'était pour son bien. C'est d'ailleurs en partie cette complicité qui a fait notre succès. Pour un musicien, c'était une sacrée aventure que de l'accompagner au piano. Oui, l'accompagner, c'est bien le mot.

Et puis, les chansons qu'elle avait à son répertoire, ce n'était pas n'importe quoi ! Il y en avait qui aimaient, d'autres que ça dérangeait ou que ça mettait hors d'eux. Je ne vous dis pas les sous-entendus, les polémiques à notre sujet, les attaques dans la presse. Ah ! ces sales apparatchiks, qui s'abritaient derrière leur morale socialiste et croyaient ainsi complaire à leur maître. Certains soirs, ils nous ont donné un mal de chien ! A Sotchi que j'évoquais à l'instant, ça a été quelque chose ! Et même un tournant dans la carrière d'Evguénia. Après, il faut bien le reconnaître, ça n'a plus été pareil. Dans la salle, ils avaient dû se donner le mot, ils s'étaient mis à siffler et à beugler. Certains s'étaient levés. Un instant, j'ai cru qu'ils allaient monter sur la scène ou nous balancer leurs chaises à la figure ! J'ai eu peur pour elle. Sans cesser de chanter, elle s'était rapprochée du piano, pour se protéger derrière, au cas où... Mais ils n'ont pas osé aller jusque-là ! Toute la salle n'était pas non plus de leur côté. Elle ne s'est pas démontée : quand elle a vu que la situation se retournait en sa faveur, elle s'est avancée sur le devant de la scène, presque à leur rencontre. Et on a continué, on a même forcé le trait, accéléré le rythme ! La plupart en ont été réduits à ramasser leurs affaires et à ficher le camp. Seuls les amateurs sont restés, ce qui a sauvé la soirée.

Ce qu'elles étaient belles, ses chansons ! D'anciens poèmes des débuts de la révolution, qu'elle avait été dénicher dans une encyclopédie de la littérature soviétique, publiée du temps de Lénine, mais que Staline a fini par interdire quelques années avant la guerre. Sur ordre de Iéjov, on l'a ensuite expurgée des bibliothèques. Du moins, c'est de cet ouvrage qu'elle m'a toujours parlé — moi, je n'ai jamais vérifié ! Elle prenait soin d'en rappeler le titre à chaque concert, histoire de ménager ses arrières et de faire honte à son auditoire pour sa pudibonderie rétrograde. A présent, je ne suis pas si sûr que, dans le lot, elle n'avait pas glissé un ou deux poèmes de sa composition ou, pourquoi pas, de la plume de son amant. Votre grand-père était un écrivain, n'est-ce pas ? Voilà qui expliquerait certaines choses. Après tout, ça ressemblerait bien à Evguénia une idée pareille !

Pour avoir contribué à les mettre en musique, et malgré le temps qui a passé, je me les rappelle de façon précise. Ah ! si j'avais encore les yeux qu'il faut pour écrire, je suis sûr que je réussirais, rien qu'en me remémorant certaines strophes, à vous recopier la mélodie sur le papier. Et les doigts ! Ah ! si j'avais mes doigts... Tenez, à Sotchi toujours, il y a celle-là, qui avait déchaîné leurs sifflets. Vous voulez que je vous en fasse mettre les paroles noir sur blanc? Fiston, tu es prêt, tu vas à la ligne à chaque fois, d'accord? « Allongés », ça s'appelait. Rien que de m'apprêter à dicter ça, j'en ai la chair de poule, et mes doigts débiles en vain cherchent le clavier :

Allongés...
Telle est la position favorite des amants.
Épuisés par la violence de l'étreinte,
à l'horizontale leurs corps
y goûtent sans plus bouger
le repos.

Tête sur l'oreiller,
sans s'en apercevoir ils glissent
de la veille au sommeil,
membres enlacés,
lèvres encore jointes,
souffles mêlés...

Ils ont pourtant tout essayé :
mais nulle position
que l'allongée
ne leur est aussi propice à mettre
de leur peau autant de surface en contact :
bouche, poitrine, ventre, cuisses, pieds,
bras par lesquels ils se tiennent serrés,
mains qui ne résistent à la caresse...
Parce qu'ils ont décidé
de ne plus se quitter,
sexes enfin
à quoi ils reviennent toujours
comme on cloue deux planches l'une à l'autre...

Allongés
dans cette intimité que s'autorisent deux êtres,
qui ne se connaissaient pas d'avant
ou que tout séparait,

au désir qui les a fait se croiser
en y joignant leurs rêves
ils peuvent s'abandonner.

A ce vertige,
auquel ils savent qu'ils vont succomber,
dans le mouvement de cette bascule
à la nuque ils s'agrippent,
peur effrénée de tomber.

Lorsque la vague
à les soulever s'apprête,
un instant au-dessus du vide,
ensemble à les précipiter,
qu'ils se rassurent !

Allongés,
ils garderont malgré tout une assise puisque,
et qu'importe celui qui est sur ou sous l'autre,
en un lit profond
ils sont déjà couchés.

Alors, qu'est-ce que vous en pensez ? C'est pas rien, non ? Il fallait oser. Et la musique, là, vous la sentez, la musique ? Même moi, les doigts pourtant rompus, rien qu'à en reprendre les paroles, je la sens qui vibre... Sûrement, vous êtes en train de vous demander : qu'est-ce qu'ils ont ses doigts ? Je vais vous raconter.

C'était au Cygne noir justement. En fait, c'était là qu'on se produisait le plus souvent. Jusqu'à ce dernier soir... Dès qu'on arrive sur scène, vous savez, on sent la salle. Or, ce jour-là, ce n'était pas comme à l'ordinaire. D'un regard, on reconnaît les habitués, on échange de petits saluts. Là, personne ! Son père, on vous a dit qui c'était ? C'est sûrement grâce à sa protection qu'on a si longtemps tenu le coup. Or, il venait d'être arrêté, il y avait à peine quelques heures, et nous n'en savions rien. C'est un client — un policier en civil, devrais-je dire — qui, au milieu d'un morceau et avec un sourire fielleux, m'avait glissé la nouvelle à l'oreille. Evguénia a bien senti que le piano ne répondait plus comme il fallait. Du coin de l'œil, et tout en continuant à chanter, elle aperçoit le manège : pour que quelqu'un se permette de me parler au cours d'une chanson, elle comprend qu'il se passe quelque chose de grave ! Peut-être à cette arrestation s'attendait-elle aussi et en guettait-elle l'annonce. Elle a continué de chanter comme si de rien n'était. La salle, je vous l'ai dit, était bizarre. Rien que des types avec des costumes à rayures, comme on en faisait en Occident, les cheveux gominés et qui se fichaient pas mal de ce que nous chantions. En nous regardant, ils se balançaient sur leur chaise, et ricanaient... Evguénia était mal à l'aise. Moi-même, ce soir-là, j'avais un mal fou à trouver le rythme. On ne parvenait pas à s'accorder. A plusieurs reprises on s'est même retrouvés à contretemps. De toute façon, les autres n'écoutaient rien. Ils passaient leur temps à commander à boire, sans s'inquiéter de savoir qui allait payer, et à chatouiller les filles qui les accompagnaient. Jusqu'au moment où, lassés de se tenir à peu près tranquilles, ils se mirent à lancer des insanités. C'est là que nous avons pris conscience que le cabaret était rempli de malfrats, de prostituées ou de tchékistes ; parfois c'étaient les mêmes.

La peur nous avait refroidis. Alors que, entre deux chansons, nous n'arrivions pas à reprendre et étions en train de nous consulter pour savoir si nous n'allions pas en rester là, l'un d'eux s'est levé à côté de sa table. Ostensiblement il a remonté son pantalon et boutonné sa veste, comme s'il se préparait à faire une bonne blague. Puis, au milieu des exclamations et des rires, il s'est avancé jusqu'au pied de la scène et, ce lâche, vous savez ce qu'il a fait? Il a craché à la figure d'Evguénia!

Il ne lui en a pas fallu plus : elle a tout de suite compris. Avec des larmes de rage dans les yeux et sans répliquer, elle s'est précipitée vers les coulisses. Oui, elle a eu le bon réflexe. Avant que quiconque ait eu le temps de réagir, elle a saisi son manteau et filé par la sortie de secours. Moi, comme un imbécile, je n'ai pas eu sa retenue. Renversant le tabouret loin du piano, d'un bond je me suis rué en avant et ai allongé à ce type un tel coup de poing qu'il est tombé le dos sur la table qui était derrière, laquelle a basculé sous son poids avec les verres et les bouteilles qui étaient dessus. Vous pensez bien qu'ils n'attendaient que ça. Iéjov, qui en pinçait pour Evguénia, et que celle-ci avait toujours repoussé avec horreur, aussitôt après avoir éliminé son père se vengeait en lançant ses sbires contre nous.

Mon geste a au moins permis à Evguénia de prendre assez d'avance pour leur échapper. Ils devaient avoir eu pour instruction de s'amuser à nos dépens, avec toute liberté de nous humilier. Or, leur soirée était gâchée. Que n'auraient-ils pas fait subir à Evguénia si elle s'était attardée et était tombée entre leurs mains? Je n'ose l'imaginer. Quant à moi, inutile de vous dire que je l'ai payé cher. Après m'avoir roué de coups, ils m'ont traîné jusqu'au bas de l'estrade contre laquelle, à même le sol, ils m'ont forcé à m'asseoir. A cause de son poids, il leur a quand même fallu se mettre à plusieurs pour la saisir par un bord, puis la soulever, vous imaginez, avec le piano dessus. D'accord, pas de beaucoup... Enfin, juste ce qu'il fallait pour apercevoir, à travers l'obscurité, les rats qui couinaient de panique et prenaient la fuite entre les touffes de poussière. Après m'avoir calé le dos contre le rebord, ils m'ont ensuite tordu les bras en arrière pour que je pose les mains à terre, paumes contre ciel. Malgré mes cris et mes ruades, ils m'ont ensuite laissé retomber le tout sur les doigts. La douleur a été telle que j'en ai été comme asphyxié. Je ne pouvais plus reprendre ma respiration ni bouger! Loin d'être brisées sur le coup, mes phalanges furent écrasées à mesure qu'ils remontèrent sur la scène soit pour y danser et claquer exprès des talons avec leurs putains, qui ne se privaient pas au passage de tourner sur elles-mêmes en soulevant leur jupe pour me montrer le haut de leurs cuisses, soit pour taper à plusieurs sur le piano, sous prétexte qu'eux aussi savaient jouer du jazz, cette musique impérialiste et dégénérée.

Au matin, après qu'ils furent partis, la femme de ménage me retrouva évanoui. Avec son mari, elle eut l'astuce, à l'aide d'un bout de planche, de faire levier, juste assez pour que je puisse extirper mes mains de là. Mes doigts n'étaient plus qu'une bouillie informe et ensanglantée. Les articulations en étaient presque sectionnées; et les rats, ensuite revenus à la charge à l'intérieur de l'estrade, malgré le tapage qui se faisait là-dessus, avaient presque achevé de ronger ce qui dépassait. Depuis, je n'ai plus eu que l'usage de ces moignons. Alors, la musique, à partir de là...

Quant à Evguénia, je n'ai pas bien compris ce qui s'est passé. Je sais qu'elle avait couru se réfugier dans l'appartement que louait Xavier Thureau et qui était situé sur une avenue, non loin de là. Mais, une fois son père entre les mains du N.K.V.D., elle ne bénéficiait plus d'aucune défense. On a raconté que la police, postée à l'entrée, et qui ne s'était pas attendue à la voir surgir si vite, l'avait manquée. Votre grand-père était-il armé? Il y eut peu après des échanges de coups de feu, en pleine rue, ainsi que depuis le square voisin. Toujours est-il qu'elle a réussi de nouveau à s'enfuir. La police s'étant décidée à investir l'appartement, c'est votre grand-père qu'ils ont capturé sur les lieux, et emmené à sa place. Tout cela, remarquez, n'est pas très cohérent.

Qu'est-il advenu d'Evguénia? L'ont-ils abattue un peu plus tard? Je n'en sais guère plus que ce que je viens de dire. Voyez comme l'histoire de votre grand-père, par certains côtés, a marqué ma vie. Je vous laisse ci-après mon adresse, pour le cas où vous seriez en mesure de m'apprendre ce qui est arrivé à Evguénia, dont je n'ai ensuite, à mon grand désespoir, jamais plus eu de nouvelles.

ARCHIVES PERSONNELLES
n° 7

*Transcription du témoignage d'Irena Balatchoï,
concierge de l'immeuble
où Evguénia Alexandrovna et Xavier Thureau avaient
loué un appartement.*

— Qui vous a donné mon adresse ? Vous dites ? Ludmila Beretchova ? Qui c'est, celle-là ? Ce nom ne me dit rien ! Remarquez, ce n'est pas étonnant. Moi, à part les années de guerre, je n'ai jamais changé d'adresse. A l'inverse, je peux vous affirmer qu'il en est passé du monde par ici. Les familles des tchékistes, mon dieu... A peine emménagées et hop ! déjà reparties ! Même pas besoin de faire les valises ! On s'en occupait à leur place. A une certaine époque, je vous prie de croire qu'on ne s'éternisait pas. L'immeuble servait à loger les fonctionnaires de la Loubianka. Vous voyez ce que je veux dire ? Non ? Eh bien, vous étiez promu : on vous attribuait un appartement ! Vous ne faisiez plus l'affaire ? Tout le monde dehors !

De plus, vous savez, dans le temps, les immeubles, ce n'était pas comme aujourd'hui. Grâce aux plans quinquennaux, vous avez vu comment elle est devenue, la banlieue de Moscou ? Où que vous alliez, ce ne sont que de larges avenues, éclairées de lampadaires et entrecoupées de vastes ronds-points, sur toute leur longueur bordées d'immeubles de dix étages ou plus, pourvus de l'électricité, de l'eau courante et du chauffage central. Certes, pour construire de tels ensembles, le peuple a consenti des efforts, je ne le nie pas. Au moins là, au contraire de beaucoup d'autres projets, on a vu le résultat. Et je sais de quoi je parle puisque, chaque année, ma petite-nièce m'invite chez elle pour mon anniversaire. Elle habite du côté de Starévoï, vous êtes déjà allé dans ce coin-là ? Bon, je ne dis pas que ces bâtiments n'auraient pas besoin d'être rénovés. A la vérité, ils n'ont même jamais été entretenus. Les installations sont loin de fonctionner comme elles devraient. Au fil des ans, ça s'est même sacrément dégradé. A présent, avec cette *perestroïka* comme ils disent, qui prône le règne du chacun pour soi et qui est en train de tout désorganiser, on ne sait plus qui fait quoi. C'est le pillage en règle ! Mon dieu, le nombre de ceux qui profitent de la situation pour s'en mettre plein les poches, sans rien faire en échange, je ne vous dis pas...

Remarquez, quand on s'est occupé d'un de ces immeubles du centre de Moscou, comme je l'ai fait pendant des années, la différence saute aux yeux. Loin de moi l'idée de faire l'apologie du régime tsariste ! Mais, côté construction, c'est pas comparable. Ces demeures aristocratiques par exemple, ça c'était du solide ! Et ça l'est resté, même s'il est inévitable qu'elles se délabrent. Sous prétexte qu'elles avaient été construites avant la révolution, le gouvernement n'a pas jugé utile de faire les réparations nécessaires. C'est dommage ! Malgré ça, on est obligé de reconnaître que ces édifices tiennent drôlement mieux le coup.

Avant la guerre, on ne trouvait pas de quoi se loger. On avait eu beau réquisitionner les propriétés des ennemis du peuple et des koulaks, d'abord ça ne suffisait pas, ensuite ce n'était pas si commode. Plusieurs familles étaient souvent obligées de s'entasser dans une seule pièce, immense d'accord, mais ça ne change rien : il fallait tendre des draps pour faire office de cloisons, ça ne laissait guère d'intimité. En revanche, chacun avait un toit ! Et puis, on croyait à la victoire du socialisme, on supportait beaucoup de choses à cause de ça. Ainsi, pendant les fêtes ou les journées de propagande organisées par le Parti, on allait plus facilement à la campagne. On se baignait l'été dans les étangs qui entourent Moscou, les enfants étaient pris en charge par les Pionniers, qui les faisaient défiler en rang et leur apprenaient des chants à la gloire de la Patrie. Eux, ça les occupait, nous, ça nous débarrassait. On arrivait à avoir un peu la paix... A cette époque, il faut dire, on se satisfaisait d'un rien. Alors que maintenant, avec ces idées de consommation venues d'Occident, les jeunes, il leur faut le confort sur-le-champ !

Moi, j'ai eu de la chance, je ne m'en suis pas trop mal sortie. Pourtant, ça avait mal commencé. Avant la révolution, mon mari avait partagé la cellule de Félix Dzerjinski, vous savez, le fondateur de la Tchéka. Une fois libéré, il était devenu son adjoint. Ils s'entendaient bien, il aurait pu faire une belle carrière. Hélas, ça n'a pas duré : il est tombé, fauché par une balle, dès les premiers jours de l'insurrection de Petrograd. Quand le gouvernement est allé s'installer à Moscou, Dzerjinski a réquisitionné cet immeuble d'affaires, qui appartenait à un financier allemand. Les appartements ont été affectés aux membres des organes de sécurité. En souvenir de son ancien compagnon, il m'en avait nommée intendante. J'eus donc le privilège d'occuper la loge du précédent concierge. Même si la révolution avait banni ce mot du vocabulaire, on n'en avait pas pour autant aboli la fonction. Dans ces ensembles collectifs, même sous le règne du communisme, on a beau dire, il faut quelqu'un pour surveiller, sinon c'est la pagaille. Chez les nobles de l'ancien régime, vous savez, même pour le concierge, on faisait les choses en grand. Alors, une fois dans la place, j'ai tiré les rideaux de l'intérieur et n'ai plus laissé pénétrer quiconque. A la longue, personne ne s'est plus rappelé comment était cette loge et quelles dimensions elle avait. Par la suite, j'ai su devenir indispensable en rendant quantité de services, et personne n'a eu à se plaindre. Protégée par Dzerjinski comme je l'avais été, et même après la mort de ce dernier, la Guépéou ne m'a jamais cherché d'histoires.

Comment vous dites qu'il s'appelait votre grand-père ? Javier Touret ? Non, Thureau... Je crois bien me souvenir. Un grand type, c'est ça ? Assez élégant, et avec une moustache ? Oui, je vois... Il passait toujours en coup de vent. Un Français. Ça, je ne l'ai su qu'après. Il parlait le russe à la perfection. Très poli, et bien éduqué, mais pas du genre à s'attarder pour faire la conversation ou dire du mal des gens dans les couloirs. Il était la discrétion même. En tant qu'étranger, il n'avait pas non plus le choix. Sa présence était plutôt insolite. Encore que, dans les services de renseignement, on utilisait toutes sortes de gens, les uns, réfugiés politiques, les autres qu'on avait été chercher pour quantité de raisons. Comment il s'était débrouillé pour obtenir le petit appartement situé à l'entresol, ça je l'ignore ! Moi, je me gardais bien de poser trop de questions, il y a un moment, il faut savoir s'arrêter. Et puis, dans cet immeuble, des responsables qui avaient la réputation d'être spécialistes en interrogatoires, ce n'est pas ça qui manquait. Je suppose que si on avait voulu savoir qui il était, ce qu'il faisait, et pourquoi, on ne s'en serait pas privé. A partir du moment où personne ne lui demandait rien, je ne vois pas pourquoi je m'en serais mêlée. C'est grâce à ce dosage subtil entre réserve et indiscrétions que, au plus fort des purges, j'ai réussi à sauver ma peau.

Cet appartement, ça vous intéresserait de le visiter ? Mais non, vous ne me dérangez pas ! En plus, ça tombe bien, il est vide. Vous n'aurez qu'à me donner un petit quelque chose si vous avez de quoi. Allez, venez ! Ouf, cet escalier, c'est que les années ont passé... Attendez ! A présent, je me rappelle qu'il y venait souvent avec une jeune femme... Une belle femme, il est vrai ! Ah ! ça me revient ! Suis-je bête ! En fait, c'est elle qui en était locataire. Oh ! vous verrez, ce n'est pas grand, mais pour ce qu'ils en faisaient ! Eux au moins, on ne les entendait pas ! Aucun bruit. Regardez, j'habite juste en dessous ! Ils étaient amants, pas la peine de me raconter d'histoires, je l'ai tout de suite deviné ! Ils me rappelaient ces couples qu'on voit dans les vieux films en noir et blanc, italiens surtout, qu'on projetait encore avant la guerre. Pas comme ces ivrognes stupides de la Sécurité, qui passaient leur temps en beuveries et leurs nuits à brailler dans les escaliers, quand ils ne sortaient pas vomir sur le palier et sur ce qui restait des tapis...

Avec ce genre de locataires, vous pensez bien que j'évitais de trop la ramener : le matin, de bonne heure, je nettoyais leurs saloperies, et on n'en parlait plus. Même quand ils partaient après avoir renversé exprès mon seau dans le hall ou en volant ma serpillière, je ne protestais pas. Ce qui m'avait glacée, c'est quand j'en avais entendu un, en passant, qui expliquait à son collègue que, les serpillières, une fois mouillées, il n'y avait rien de mieux pour frapper les détenus au visage ou les faire suffoquer. Ça me mettait en colère de les entendre parler comme ça. Je faisais semblant de rien mais, moi, qui étais depuis plus longtemps dans la maison, je savais qu'ils ne perdaient rien pour attendre ! Car, eux non plus, ils n'étaient pas à l'abri d'un retour de bâton. Des petits malins de cette espèce, qui se croyaient assurés de leur impunité, j'en ai vu un bon nombre. Heureusement que le grand Staline, qui avait l'œil à tout et à qui on ne la faisait pas, veillait à ce qu'ils ne prennent pas trop d'ascendant. On leur faisait faire le sale boulot puis, quand ils se montaient la tête ou, à l'inverse, quand ils étaient lessivés, pfuitt ! à dégager ! Il y en avait pas mal qu'on venait chercher la nuit. Il fallait voir ça ! Une vraie pitié ! Ces grands gaillards, si arrogants le jour, qui pleurnichaient comme des gosses dans l'escalier, et qui s'accrochaient à la rampe. Derrière eux, il ne restait plus qu'à finir de faire le ménage. La femme, les gosses, tout y passait, ça traînait pas. Leurs successeurs en rabattaient un peu : j'en ai connu qui avaient autant la trouille que ceux qu'ils passaient à tabac. Que croyez-vous ? C'est pour ça qu'ils se saoulaient...

Est-ce que c'est la bonne clé ? Oui, voilà, c'est ouvert ! Qu'est-ce que vous en pensez ? Hein ? C'est petit, n'est-ce pas ? Moi, ces demi-fenêtres d'entresol, qui donnent à l'aplomb de la rue, avec leur arrondi dans la partie supérieure, ça ne me plaît pas trop : d'abord, c'est bas de plafond. Cette architecture à la mode italienne, ce n'est pas adapté à nos climats. Ce qu'il faut, c'est de la lumière ! Remarquez, il paraît qu'il y en a qui aiment ça, ils trouvent que ça fait plus confortable, que c'est plus intime. Moi, je veux bien, mais c'est vraiment des idées d'amoureux, ça ! Pour ces deux-là, tout compte fait, ces détails n'avaient pas grande importance. Ce qu'ils voulaient, c'est un coin rien qu'à eux.

Entrez, n'ayez pas peur ! En tout cas, ça vous donne une idée, car les choses n'ont pas beaucoup changé depuis le temps. Par exemple, j'ai toujours connu ce divan avec cette couverture en laine du Caucase ; et puis, sans qu'ils aient bougé de place, ces deux fauteuils aux accoudoirs en acajou. Regardez comme le velours a bien résisté ! C'est du beau mobilier, fabriqué en Allemagne et fait pour durer, le contraire de notre pacotille en formica, assemblée en dépit du bon sens ! Et ces boiseries sur les murs ! Ça fait cossu, hein ? Je n'en suis pas très sûre mais, jusqu'aux rideaux, il me semble que ce sont les mêmes ! Il est vrai qu'eux, les rideaux, ils ne les ouvraient pas souvent ! Toujours calfeutrés à l'intérieur ! Au point que, même moi, qui devais par précaution surveiller les allées et venues des gens de l'immeuble, j'avais un mal fou à savoir s'ils étaient là ou non. C'est ce qu'ils cherchaient : ne pas attirer l'attention !

Je crois me souvenir que cette fille était une artiste, non ? Est-ce que vous savez des choses à son propos ? Oui, c'est ça... Une chanteuse ! Ah ! Et, en plus, elle était la femme, non, plutôt la fille d'un directeur du N.K.V.D., oui, peut-être même l'un des adjoints du commissaire du peuple à l'Intérieur ! Voilà pourquoi elle avait réussi à obtenir cet appartement qui, en effet, était à son nom. Qu'est-ce qui s'est passé ensuite ? J'aurais bien du mal à vous le dire... Leur petit manège a duré un certain temps, et puis on est venu les arrêter comme les autres. Enfin, non, pas comme les autres ! Mais on a déjà dû vous raconter...

Non ? On ne vous a rien dit ? Ben, ce fut mouvementé ! Une nuit, les tchékistes ont fait irruption et frappé à leur porte. Oui, je sais : on accuse toujours les concierges dans ces cas-là ! C'est d'ailleurs ce qu'a dû insinuer cette Ludmila Beretchova, qui vous a donné l'adresse, est-ce que je me trompe ? Il faudra que je vérifie qui c'est, celle-là... Bon, il est vrai qu'on était averti quelques heures à l'avance. Mais, cette fois-ci, je n'en avais pas eu besoin. J'avais bien remarqué, en jetant un coup d'œil par la fenêtre, qu'il y avait pas mal de monde dans la rue. Des agents qui, les uns, l'air de rien, allaient et venaient sur les trottoirs comme de simples passants, et d'autres, qui s'étaient placés en embuscade dans le petit jardin public qui est de l'autre côté. Là, c'est pareil, allez savoir qui est qui et qui fait quoi dans ce genre d'histoires. Je me rappelle qu'il n'y avait plus de feuilles aux arbres, et qu'il avait un peu plu. Il y avait de l'électricité dans l'air, on sentait que ça risquait de mal finir...

J'ai d'abord vu Evguénia entrer en trombe dans l'immeuble. Je me suis ensuite aperçue que l'un d'eux, à l'insu des autres, faisait un signal en direction d'une des voitures, garées à distance le long du boulevard. Celle-ci a démarré, en faisant crisser ses pneus, pour piler juste devant la porte. Alors même qu'une autre attendait, tous feux éteints, dans une rue à l'écart. On aurait cru qu'il y avait deux équipes distinctes, sinon rivales, ce qui semble avoir été le cas puisque, en dépit ou à cause du signal qui avait été donné, on ne sait pas d'où c'est parti, ils ont commencé à échanger des coups de feu. Vous vous rendez compte ? Des coups de feu, en pleine rue, à Moscou ! Et, en plus, entre différentes factions de la Tchéka ! C'était à n'y plus rien comprendre... Puis, tout ce petit monde s'est mis à courir de droite et de gauche, pendant que ceux qui étaient dans la voiture, sauf le chauffeur, qui avait été touché, se précipitaient vers la porte de l'immeuble et montaient quatre à quatre l'escalier.

Votre grand-père, lui, je suis sûre qu'ils l'ont cueilli sans coup férir. Peu après, je les ai vus repasser devant la loge. Direct la Loubianka ! Elle, je n'en sais trop rien : je ne l'ai jamais vue ressortir. Il semble qu'il y ait eu un problème et qu'elle ait réussi à s'échapper. Avait-elle été avertie, puis aidée ? Ou l'opération avait-elle été combinée de façon à lui permettre de prendre la fuite ? Non, je n'irai pas jusqu'à dire qu'elle était à l'origine de la dénonciation... Quoi ? Ça vous révolte ? Vous savez, on en a vu de drôles... Surtout que sa famille, avec l'arrivée de Iéjov à la tête des services secrets, traversait une mauvaise passe. Les arrestations allaient grand train. Toute l'ancienne équipe y est passée si je me souviens bien. Je me demande si son père ne venait pas d'être destitué ou n'avait pas été lui aussi arrêté. A-t-il voulu donner des gages ? A moins qu'il n'ait parlé sous la torture... Ça, on ne peut pas lui en vouloir ! Il n'y en a pas beaucoup qui ont tenu tête.

On a prétendu que, au moment où ils cognaient contre la porte, elle avait noué les deux draps du lit puis s'était laissée glisser le long de la façade jusque dans la rue, où elle aurait été récupérée par l'équipe à la seconde voiture. Heureusement que ce n'est pas très haut. Voilà donc l'avantage d'un appartement situé à l'entresol ! Pourquoi votre grand-père ne l'a-t-il pas suivie ? Il en aurait eu le temps. S'était-il préoccupé de protéger sa fuite ? A-t-il pensé que son statut de diplomate lui serait une garantie ? A moins qu'elle ne l'ait trahi, en échange d'une promesse de vie sauve accordée à son père ?

Bref, vous m'excuserez d'être incapable de répondre à ces questions, mais, moi, dans ce moment-là, je n'ai pas non plus cherché à faire du zèle. Je faisais ce qu'on me disait, un point c'est tout ! Et même comme ça, j'ai bien failli en subir les conséquences. Quand on m'a interrogée la première fois, j'ai indiqué l'étage et le numéro de la porte. Mais ils m'ont donné l'impression de connaître les lieux mieux que moi. Moins on en savait, mieux ça valait. C'est ce que Dzerjinski lui-même m'avait recommandé de faire lorsque je m'étais installée. D'instinct, j'ai compris la leçon ! Enfin, j'exagère : il y avait des choses que j'étais tenue de savoir, et d'autres non. Le plus compliqué a toujours été de deviner lesquelles. Selon la nature des informations qu'on exigeait, je m'arrangeais comme je pouvais. Ça n'a pas toujours été facile, mais, comme vous le constatez, à ces années de terreur finalement j'ai survécu...

V

COMMISSARIAT DU PEUPLE À L'INTÉRIEUR

Affaire nº 128675
Nom du prévenu : Xavier Thureau

PROTOCOLE

D'INTERROGATOIRE

nº 5

Section : AS
Sous-division : SI
Rubrique : Espionnage à la solde de puissances étrangères
Accusé : Xavier Thureau
Classement : Régime 18
Traitement : Confidentiel
Vérification : Méthodes habituelles d'influence sur les prévenus
(Coups autorisés)

— Maintenant que nous avons mis la main sur Anatoli Staréjov, nous allons en venir à des choses plus sérieuses...

— Anatoli Staréjov vient d'être arrêté ?

— Tiens ! Tu le connaissais ?

— Enfin, de réputation. Je savais comme tout le monde qu'il occupait d'importantes fonctions au N.K.V.D...

— Comme tout le monde. Pas plus ?

— Que voulez-vous dire ?

— Je ne sais pas, moi... On dirait que ça te fait de la peine.

— Et sa fille, vous l'avez arrêtée aussi ?

— Ah ! Tu te trahis ! Bien sûr que tu t'inquiètes pour sa fille ! Écoute ce que je vais te dire : et avec raison ! Tu as protégé la fuite d'Evguénia Alexandrovna Staréjov, n'est-ce pas ? Mais elle ne va plus nous échapper longtemps... Et le jour où elle tombera entre nos mains, je ne donne pas cher de sa peau. Non content d'être son complice, tu étais aussi son amant. Alors tu vas me faire le plaisir de me dire où elle se cache.

— Mais je l'ignore !

— Quoi ? N'était-elle pas avec toi, la nuit où nous t'avons arrêté ? Tu mets sur pied un commando de trotskistes, de Tchétchènes et de bandits, qui sème la terreur dans les rues de Moscou, qui abat l'un de nos hommes, qui la prend en charge après que tu l'as aidée à passer par la fenêtre, et tu voudrais me faire croire que tu n'as pas planifié sa retraite ? Allons, n'essaie pas de protéger cette putain en nous dissimulant le nom de l'endroit où elle se planque. Nous la trouverons de toute façon. Juste le temps de dépouiller quelques documents que la concierge récupérait dans votre appartement en votre absence, et ce sera vite réglé ! Ne crains rien, va, elle nous a fort bien renseignés sur tous vos agissements...

— Elle raconte n'importe quoi !

— Impossible que vous ne soyez pas convenus d'une adresse...

— Je vous dis que la concierge est une menteuse !

— Ne recommence pas à faire de l'obstruction à l'enquête qui te concerne. Si tu veux abréger tes souffrances et celles de ceux que tu as compromis, avec le sang que tu as sur les mains, tu as intérêt à jouer cartes sur table. Alors, parce que nous t'avons laissé prendre tes aises avec cette fille, tu t'es imaginé que nous n'étions au courant de rien ? Allez, fais des aveux complets sur tes activités d'espionnage, sur le mode de ceux que tu as faits, tu sais, à ton cher ami resté à Paris... Comment s'appelle-t-il déjà ?

— ... ?

— Mais si, tu sais bien ! Celui que tu as fait entrer dans l'édition et auquel tu as adressé de si belles lettres, sans compter tous les manuscrits indigestes de pseudo-écrivains russes, qu'aucun éditeur français n'a jamais voulu publier...

— Quoi ? Jean Lartigue !

— Voilà ! Par bonheur la mémoire te revient. Je t'avais dit, au début de ton séjour ici, que nous avions des agents partout, et que nul ne pouvait, où qu'il se trouve, se prétendre à l'abri. Juste une petite menace d'enlèvement de son fils, à la sortie de l'école... Ça a suffi pour qu'il vienne nous manger dans la main et nous tienne informés de tous tes coups en douce. Mais pour qui est-ce que tu nous prends à la fin ?

— Mon dieu !

— Oui, tu vois que tu as des raisons de t'alarmer. Alors, quels rapports avais-tu avec ces deux ennemis du peuple, Staréjov et sa fille ?

— Attendez ! Mais comment aurais-je su que Staréjov était un ennemi du peuple alors que, comme directeur de la sécurité d'État, il était le collaborateur de Iakov Agranov, lui-même commissaire adjoint aux Affaires intérieures...

— A présent ex-commissaire adjoint ! Tu oublies qu'il ne l'est plus depuis que le camarade Staline s'est rendu compte que lui, ainsi que Iagoda [1], son supérieur direct, avaient fait preuve d'une mollesse coupable à démasquer le bloc des trotskistes-zinoviévistes. Des saboteurs, voilà ce qu'ils étaient ! Et l'on sait désormais pour quelle raison, puisque l'enquête, menée par Iéjov en personne, a mis en lumière non seulement qu'ils faisaient tous deux partie du complot mais aussi que Iagoda avait empoisonné Viatcheslav Menjinski [2] pour prendre sa place.

— Admettons ! Mais Anatoli Staréjov, même après l'arrestation de ses supérieurs, est bien resté en poste. Il avait donc continué à conserver la confiance de Iéjov...

— Il est louable que tu te fasses du souci pour ton protecteur, mais c'est à présent chose vaine car, cette confiance, à son tour il vient de la perdre ! Il avait essayé de court-circuiter l'enquête menée contre lui en intervenant directement auprès de Staline, ce qui, il est vrai, lui a permis de gagner du temps. Tu vois par toi-même qu'on ne peut pas se fier à ces gens-là. Des traîtres dans l'âme ! Tu ferais

1. Guenrikh Iagoda, commissaire du peuple aux Affaires intérieures, prit la tête de la Guépéou en 1930. Iakov Agranov fut nommé son adjoint. En juillet 1934, la Guépéou fut supprimée et ses services intégrés au N.K.V.D. Iagoda fut remplacé par Nikolaï Ivanovitch Iéjov le 30 septembre 1936, puis finalement arrêté en mars 1937.

2. Menjinski succéda en 1926 à Félix Dzerjinski, qui avait fondé la police politique ou Tchéka en décembre 1917, laquelle prit le nom de Guépéou en 1922. Il en garda la direction jusqu'à sa mort, en 1930.

donc un mauvais calcul en continuant à épouser leur cause. D'ailleurs, après son arrestation, Staréjov a tout avoué : ses crimes et sa collusion avec les services de renseignement étrangers, en particulier français. D'ailleurs il ne s'est pas privé de dénoncer sa propre fille. A plusieurs reprises, il a bien sûr cité ton nom.

— De quoi est-ce qu'il m'accuse ?

— Reste assis, sale chien puant ! Dans la position où tu es, tu oses encore me poser de telles questions ? Mais c'est à toi qu'il revient de confirmer les révélations qu'il nous a faites. C'est là où nous allons voir si ton repentir est sincère, si tu collabores avec nous ou si tu essaies de nous égarer.

— Mais que voulez-vous savoir ?

— Revenons au début. Quand as-tu renvoyé ta femme et ton fils en France ?

— En mars 1935.

— Et pour quels motifs ?

— Pour les mettre à l'abri. Je voulais avoir les mains libres afin de me livrer sans retenue à mes activités d'espionnage.

— Jusqu'à cette date, leur présence ne te dérangeait pas, que je sache !

— Oui, mais l'assassinat de Kirov avait commencé de m'intriguer. Quand s'est ouverte l'instruction concernant Zinoviev et Kamenev, avec le recul je me suis dit qu'il fallait que je remonte encore plus loin et que je m'intéresse aux procès antérieurs : à celui de 1930, dit « du parti industriel », puis, trois ans plus tard, à celui des ingénieurs de la Métro-Vickers, qu'on avait accusés de se livrer au sabotage.

— A quoi était due cette curiosité subite ?

— La vaste chasse aux terroristes et aux intellectuels qui s'organisait à travers l'U.R.S.S. avait éveillé la curiosité des services français. En plus de m'occuper des tournées d'écrivains, on m'avait chargé de savoir ce que cette répression systématique révélait de défaillances à l'intérieur du système. Mon enquête devait faire la lumière sur les trucages grossiers, la mascarade des fausses accusations, sur les preuves forgées de toutes pièces qui montraient que les aveux prétendument spontanés des bolcheviks historiques et des anciens compagnons de Lénine avaient été extorqués sous la torture. Les résultats devaient être transmis, en particulier par l'intermédiaire de Jean Lartigue, à la direction du Parti communiste français pour déstabiliser le Comité central ; puis, si cela ne suffisait pas, ces informations devaient être diffusées soit directement, soit par voie de presse auprès des militants.

— C'est pour cette raison que tu es entré en relation avec la fille d'Anatoli Staréjov ?

— Oui, mon objectif était, par son intermédiaire, de parvenir jusqu'à son père et d'obtenir le maximum d'informations de première main sur la façon dont se déroulaient les instructions dont avaient été l'objet d'abord Zinoviev et Kamenev [1], puis Piatakov, Sérébriakov et Karl Radek [2]. Il s'agissait d'apporter la preuve que ces mises en scène pathétiques avaient pour but de livrer à la vindicte populaire ceux qui, tôt ou tard, risquaient de faire de l'ombre à Staline ou de menacer son pouvoir ; et que, de ces cérémonies à grand spectacle, largement commentées par une presse aux ordres et suivies par des observateurs étrangers qu'on n'avait eu aucun mal à abuser, les accusés n'avaient aucune chance

1. Zinoviev et Kamenev ainsi que quatorze autres personnes furent mis en procès en août 1936, condamnés à mort et exécutés peu après, ainsi que toute leur famille.

2. Piatakov et Karl Radek, accusés d'être à la tête d'un « centre antisoviétique trotskiste », furent de la même façon jugés en janvier 1937 et exécutés un peu plus tard.

de sortir vivants. En effet, soit ces vieux militants passaient pour les saboteurs d'une politique juste, à laquelle ils avaient eu l'audace de faire obstruction et qui, à cause d'eux, n'avait pas été en mesure de porter ses fruits — alors qu'en réalité elle était incohérente ! —, soit on leur faisait endosser les décisions désastreuses prises par Staline en personne, quand il était indéniable que celles-ci avaient été appliquées et avaient ensuite lamentablement échoué. Ainsi leur faisait-on assumer en bloc les erreurs du dirigeant suprême, les orientations erronées du Comité central, la cruauté des commandos tchékistes chargés des réquisitions de vivres. Comme ils avaient reçu l'ordre de réprimer dans le sang les émeutes déclenchées par les pénuries et les famines qui s'ensuivaient, c'était la cruauté de leurs excès qu'au bout du compte on sanctionnait. Quoi qu'ils fissent, ils passaient soit pour des saboteurs ou des incompétents, soit pour des ennemis du peuple et des bourreaux sanguinaires.

— Ça y est ! Tu as terminé ta diatribe antisoviétique ?

— Non, non, vous vous méprenez ! Je ne fais que vous restituer, dans leur intégralité, et ainsi que vous me l'avez ordonné, les arguments qui devaient servir de point d'appui à l'offensive idéologique antisocialiste que nous nous préparions à mener en Occident.

— Ensuite ?

— Ensuite, j'ai encore accentué la pression sur Staréjov et sa fille quand a débuté l'instruction préliminaire concernant Boukharine, Rykov, Rakovski et Krestinski [1]. Il était maintenant devenu visible que l'étau se resserrait autour des chefs historiques du

1. Les accusés, au nombre de vingt et un, regroupés avec Iagoda sous le nom de « bloc antisoviétique trotskiste de droite », furent jugés en mars 1938, condamnés à mort et exécutés.

Parti bolchevique. De plus, tous ceux qui, pour une raison ou une autre, avaient été en relation avec l'étranger étaient systématiquement décimés. Cela nous avait frappés : même les philatélistes n'étaient pas épargnés. La plupart des journalistes et des écrivains que je connaissais et avec qui j'avais été en contact avaient disparu sans laisser de traces.

— Et, pour t'emparer de ces informations, d'Evguénia Alexandrovna Staréjov tu n'as pas hésité à devenir l'amant ! Pourquoi tu ne nous dis pas que c'est pour séduire cette femme et en faire ta maîtresse que tu avais renvoyé en France ta femme et ton fils ?

— Je ne vous l'ai pas déjà dit ? Je le croyais pourtant...

— On ne te demande pas de croire, mais d'avouer les choses telles qu'elles ont eu lieu ! A quelle date as-tu rencontré Evguénia ?

— Au printemps 1936.

— Dans quelles circonstances ? Au zoo de Moscou, n'est-ce pas ?

— Qui vous a raconté ça ?

— Ah ! Ça te cloue le bec, hein ? Je t'ai averti, nous savons tout sur toi ! Au cas où nous aurions besoin de te rafraîchir la mémoire ou de te confondre, nous disposons même de photos !

— J'ai compris : le photographe !

— Laisse tomber ! La fille de Staréjov, tu l'avais suivie jusque-là ?

— Oui, j'attendais d'avoir une occasion de l'aborder sans témoin. Le zoo m'avait paru l'endroit idéal.

— Mais ensuite, par quels moyens réussissiez-vous à échapper à la surveillance de nos services ?

— Nous nous rencontrions à la faveur des tours de chant qu'elle effectuait pendant l'été, sur les bords de la mer Noire. Je l'y rejoignais sous divers prétextes que me fournissaient ces voyages d'écrivains français dont j'ai déjà parlé. Nous nous donnions également rendez-vous dans la datcha de Boris Pasternak, à Peredelkino, où celui-ci nous invitait parfois. Ensuite, nous avons loué, grâce à la caution de son père, un minuscule appartement, dans cet immeuble appartenant au N.K.V.D., à Moscou, rue Kroupskaïa. Nous nous y retrouvions, sans que personne se doute de rien, à toute heure du jour ou de la nuit, dès que nous avions un moment. Nous avions mis au point une série de codes secrets, à partir d'indices que nous disposions en des endroits connus de nous seuls, qui nous permettaient de savoir si l'un de nous était libre, et à quelle heure. Notre système était assez au point. C'est là que, seuls, à l'abri du monde, nous nous aimions...

— Que vous échangiez des informations !

— C'est cela, oui, que nous échangions des informations. J'abusais de mon ascendant sur elle pour la forcer à me livrer les documents qu'elle avait dérobés à son père et qui démontraient que ces procès n'étaient que de vastes mascarades destinées à abuser l'opinion publique internationale ; que les preuves étaient fausses ; que les prévenus, pour échapper à la torture ou pour empêcher que leur famille ne soit exécutée, étaient prêts à avouer tout ce qu'on voulait. Hélas, il était clair que les promesses n'étaient jamais tenues. A plusieurs reprises, elle m'avait fourni la liste des frères et sœurs, oncles et tantes, jeunes ou vieux, qu'on avait ensuite expédiés dans les camps ou simplement exécutés. J'envoyais ensuite le tout à Paris...

COMMISSARIAT DU PEUPLE À L'INTÉRIEUR
(Département des archives de la Loubianka)

Affaire n° 128675
Nom du prévenu : Xavier Thureau

DOCUMENT

n° 18

Nature : *Extrait du journal tenu par Catherine Thureau lors de son retour en U.R.S.S. (novembre 1937-février 1938).*

Objet : *Compte rendu de son voyage, de son séjour à Moscou, ainsi que des recherches effectuées pour retrouver son mari.*

[Le présent document est constitué d'un extrait du journal que Catherine Thureau aurait tenu lors du voyage qu'elle effectua en U.R.S.S. à la fin de novembre 1937. Xavier Thureau avait été arrêté un mois et demi plus tôt, le 17 octobre. Il y est confirmé que c'est bien Ludmila Beretchova, la secrétaire de ce dernier, chez qui elle a par ailleurs logé lors de son séjour à Moscou, qui l'a avertie de son arrestation.

Difficile d'expliquer, à moins de supposer que Ludmila ait été elle-même un agent des services secrets soviétiques (ce qui est néanmoins, et jusqu'à ce jour, l'une des versions implicites retenues par l'ambassade), comment ce document est arrivé entre les mains du N.K.V.D. Il est même impossible de se prononcer sur son authenticité puisqu'il a été dactylographié d'un bout à l'autre avant d'être inséré dans le dossier Xavier Thureau. A aucun endroit ne figure le moindre indice ou la plus petite trace matérielle qui attesterait que ces pages ont été écrites de la main de Catherine Thureau.

Est-il même imaginable que cette dernière connaissant le pays où elle se rendait et les risques qu'elle courait, ait commis l'imprudence de rédiger un journal ? Même si nombre de détails sonnent vrai, elle aurait pu avoir raconté son voyage à Ludmila Beretchova à la faveur de l'hospitalité que celle-ci lui avait accordée. La secrétaire en aura retranscrit les principaux éléments dans le rapport que les services soviétiques ne se seront pas privés d'exiger après coup. Cinquante ans plus tard, ces confidences ont-elles servi de matériau à ce qui ne serait alors qu'un faux ?] (NOTE DE L'AUTEUR.)

22 novembre 1937

Je pars aujourd'hui même pour Moscou, d'où j'ai décidé de ne pas revenir sans Xavier. J'avais quitté l'U.R.S.S. à sa demande, pour mettre notre fils en sécurité, en mars 1935, et il me semble que cela fait déjà une éternité. Alors que le temps a passé si vite, voilà qu'il semble s'être figé. Cela faisait déjà plusieurs semaines que j'étais sans nouvelles de mon mari. Au début, je n'ai pas prêté attention à son silence : il y a souvent dans les ambassades de ces périodes où l'on n'a plus le temps pour rien. Mais le récent coup de téléphone de Ludmila, me prévenant qu'il avait été arrêté, m'a convaincue d'aller voir sur place ce qui lui est arrivé et de tout faire pour le sortir de là.

23 novembre

Je sais d'avance que ce trajet ne se fera pas sans retards ni difficultés. Quand je pense au temps que j'ai déjà perdu... Je ne parle même pas de celui que j'ai dépensé pour obtenir un visa, que l'ambassade d'U.R.S.S. s'est obstinée à me refuser sous prétexte que mon mari était un traître à la cause du socialisme et un espion. Que voulaient-ils dire par là? Enfin, du moins jusqu'à avant-hier... Pour une raison que j'ignore, ils ont changé d'avis. Alors que je me désespérais, le téléphone a retenti et une voix rauque, avec un fort accent, m'a signifié que les autorisations étaient arrivées et que, si je le désirais toujours, je n'avais qu'à me présenter à l'ambassade avec mon passeport. Quel est donc ce mystère? Quelqu'un est-il intervenu? Est-ce parce qu'ils ont su que j'étais entrée en contact avec André Gide? Ont-ils cru que j'allais clamer partout que Xavier avait été arrêté sans raisons? Que je m'apprêtais à faire du scandale ? Ce que je ne me serais pas privé de faire s'il l'avait fallu.

1er décembre

Interminable voyage en train ! Le long de la voie ferrée, et comme pour faire étalage de sa puissance aux yeux ébahis des voyageurs, cette Allemagne où pullulent les hommes en uniforme est pavoisée d'étendards noir et rouge, hérissée d'oriflammes à croix gammées. Cette parade continuelle n'est d'ailleurs pas sans allure, mais elle est fatigante à la longue, et malsaine à force.

J'ignore pourquoi ce train est obligé de marquer d'incessantes pauses en rase campagne. A quels convois pressés, en de mystérieux aiguillages, accorde-t-il avec autant de servilité la priorité ? Cette fois encore, et sans raison, la locomotive se retrouve à l'arrêt. Elle souffle sa fumée, à la hauteur d'une gare minuscule. L'insuffisante longueur du quai permet à des policiers à longs manteaux de cuir et à brassards d'avoir accès juste aux deux premiers wagons sans salir leurs bottes. La chaleur qui s'échappe du foyer fait onduler le mur du bâtiment, le panneau où est inscrit, en lettres gothiques, le nom du bourg, dont on aperçoit, à travers les arbres dénudés, les premières maisons, ainsi que les montants en bois du réservoir, où la machine en profite pour faire de l'eau.

On devait attendre ce camion militaire, qui vient freiner en travers du passage à niveau. Au pas de course le long du ballast, les soldats se déploient pour empêcher quiconque de quitter le convoi. De la crosse de leurs fusils, ils font signe aux passagers de rentrer la tête à l'intérieur et de refermer les fenêtres. Les policiers, montés en tête, arpentent à présent le couloir de notre wagon pour un contrôle des papiers d'identité. Et toujours les mêmes questions : « Qui êtes-vous ? Pour quelles raisons vous rendez-vous chez les communistes ? Êtes-vous communiste vous-même ? Non ? Juive alors ? » Dieu soit loué que Staline et Hitler en soient encore au stade de l'observation... Mais jusqu'à quand cela durera-t-il ?

Puis, brusquement, des bruits de pas précipités dans le couloir, des portes qui claquent, l'aboiement d'un chien, des cris : « *Halt ! Achtung !* », suivis de plusieurs coups de feu. Malgré la buée qui a recouvert la vitre et empêche de voir au-dehors, je distingue la silhouette d'un homme qui tente de se sauver à travers champs, qui court autant qu'il peut, puis qu'une balle rattrape et fauche enfin. Touché à mort, il titube. Mais, emporté par son élan, il continue sur quelques pas, avant de s'écrouler à plat ventre dans l'herbe trop verte de ce pré bordé de saules : il n'en aura pas lâché sa petite valise noire, qui s'ouvre sous le choc, et répand au sol son pauvre contenu de sous-vêtements et de chemises.

Chacun dans le compartiment rentre la tête dans les épaules. Et, comme s'il n'avait attendu que cela, sans prévenir le convoi se remet en branle, mais à vitesse réduite. Les soldats, en faction sur le bas-côté, à mesure que les wagons défilent devant eux, en referment les portières au passage. A l'approche du nôtre, le fusil en bandoulière, quelques-uns courent un instant avant de sauter sur le marche-pied qui jouxte notre compartiment. Je ne les vois pas, mais je les entends à travers la cloison se remémorer la scène et s'esclaffer comme d'une bonne blague. Les autres, restés sur le talus, mitraillette au poing, leur font des signes, tout en continuant à surveiller les alentours pour le cas où quelque fugitif, surgi des fourrés, aurait tenté d'y monter à l'improviste.

3 décembre

Traversée de la Pologne. A l'approche du train, dans le chemin de terre parallèle à la voie, les paysans lancent leur carriole au galop sans nous adresser un regard. Inutile de chercher plus loin : on se dirige vers la guerre, elle est déjà partout, et chacun se méfie. Même si elle n'est pas déclarée, il est évident qu'on s'y prépare. Tant de fébrilité inquiète et désordonnée m'emplit d'appréhension et me fait presque regretter de n'avoir pas pris le bateau. Si elle se déclenche alors que je suis en chemin, que m'arrivera-t-il, égarée en territoire ennemi, sans ressources ni protection ?

Heureusement que, pour le voyage, j'ai emporté assez de provisions. Je serais morte de faim si je n'avais pas pris cette précaution. Mon compartiment est en majeure partie rempli de Russes blancs, qui s'en retournent au pays après des années passées en exil à Paris. Ils n'en pouvaient plus de vivre au loin. A tous, on a promis la vie sauve et quelques avantages. Il faut être naïf pour croire qu'on a besoin d'autre chose que de chair à canon. Eux s'en moquent, et semblent prêts à tout. Cette fois, leur décision est irrévocable : le champ de bataille ou même la prison, plutôt que la douleur de demeurer plus longtemps hors de leur chère patrie ! Quelques rares bolcheviks aussi, qui avaient jadis pris leurs distances à l'égard des méthodes employées par Staline, et auxquels on a promis des responsabilités nouvelles dans le Parti, se sont même sentis flattés qu'on ait pensé à faire appel à eux. C'est tout simplement que les fichiers de la police politique sont bien tenus ! Et, dans l'un ou l'autre des compartiments, assis à proximité du couloir, faisant semblant de dormir mais occupé à ne rien perdre des moindres paroles et déplacements, un agent du N.K.V.D. déguisé en voyageur de commerce, mais que je reconnais au premier coup d'œil. Comme s'il y avait connivence ou accord secret, aucun d'entre eux n'a été inquiété ni même interrogé par les policiers nazis...

4 décembre

Frontière de la Pologne et de la Biélorussie... Le train est demeuré presque une journée à quai. Tout le monde a été obligé de descendre avec ses affaires. Les soldats russes en ont profité pour fouiller le convoi de fond en comble. Avec des chiens, ils ont même inspecté le dessous des wagons : ils doivent chercher des armes, ou des espions, qu'ils s'imaginent dissimulés entre les essieux. Après des heures de fouille, d'interrogatoires, et d'interminables formulaires à remplir, on me permet enfin de remonter à bord du train qui, pendant ce temps, n'a pas cessé de manœuvrer d'une voie à l'autre.

Beaucoup trop de mouvement, à mon sens, pour un simple changement de locomotive! Qu'est-ce que cela cache? A l'instant de retrouver mon compartiment, je ne puis me départir du sentiment qu'il s'agit d'un autre train, où tout serait à la fois semblable et pourtant différent. On me persuade que non, que c'est le même, ce que je suis bien obligée d'admettre. En effet, nous reprenons, dans des voitures en tous points semblables aux précédentes, nos places numérotées, dans ce compartiment dont je reconnais sans mal la photographie désuète qui me fait face — un chalet recouvert de neige au milieu des sapins —, mais sans pour autant que cette impression d'étrangeté s'efface tout à fait...

A présent que le train a repris sa marche et que nous sommes assurés d'avoir franchi la frontière, cette sensation presque physique que j'avais éprouvée se change en son contraire, à savoir que c'est moi-même qui ai perdu mes repères, qui suis devenue irréelle. En passant cette ligne de démarcation, c'est comme si nous avions traversé une vitre, non point transparente, mais au contraire sale et opaque. Pourtant je connais l'Union soviétique, j'y ai vécu plusieurs années. Ce pays ne m'est pas étranger et, par conséquent, rien ne devrait m'étonner; mais c'est ainsi! Peut-être parce que, au-delà de ces lignes de fil de fer barbelé, c'est la vérité elle-même qui change de nature, qui devient incertaine, comme si l'on ne pouvait désormais plus se fier à rien ni à personne. Ici commence le règne du mot qui signifie à la fois une chose et son contraire, du mensonge systématique élevé au rang de raison d'État. Où est mon mari par exemple? Est-il en bonne santé? Est-il seulement vivant? Qui répondra à cette question? Est-ce parce qu'il me manque que je ressens aussi fort cette impression de vide, de creux à l'estomac? Passé cette gare de triage, où ce train a paru tant et tant de fois hésiter, je sais que Xavier est là, retenu quelque part, au fond de cette immensité, prisonnier de ce blanc étouffant de la neige, qui a commencé d'apparaître par plaques à l'ombre des forêts qui bordent la voie. Peut-être est-ce aussi parce que nombre de voyageurs qui avaient pris place dans mon compartiment au départ de Paris n'y sont pas remontés. Les contrôles excessifs et tatillons dont on les a accablés ont-ils abouti à leur faire manquer le départ du train? Les aura-t-on découragés de poursuivre plus avant? Ont-ils été obligés de changer de destination, ou de faire demi-tour? Les aurait-on retenus dans ces baraques, voisines de la gare, où j'ai vu qu'on les faisait entrer à la file, soi-disant pour vérifier si leurs papiers étaient en règle ou pour inspecter leurs bagages?

Dans le train presque désert, et profitant de cette accalmie, des cafards ont surgi des interstices des cloisons. Ils courent à la recherche de miettes abandonnées sur la moquette râpée. Désagréable présence, qui m'oblige à replier les jambes sous moi sur la banquette. L'agent de la sécurité, sa mission accomplie, s'est pour de bon laissé aller au sommeil. Il est l'un des rares à avoir regagné la place qu'il occupait, le long du couloir. Après avoir regardé mes jambes, il a bien essayé d'engager la conversation, mais je n'ai pas bronché. Maintenant sa tête roule d'une épaule à l'autre et, dans cet état d'abandon, les muscles de sa bouche s'étant relâchés, c'est toute la veulerie du monde qui transparaît là, dans cette mâchoire lamentable qui pend, et ce filet de bave qui goûte sur le revers de la veste.

Petit à petit, le train à nouveau se remplit. D'autres voyageurs, pour la plupart des cadres du Parti, s'emparent des places laissées vacantes. Un coup de téléphone les aura convoqués d'urgence à Moscou, ce dont ils sont à la fois fiers et inquiets. Qu'est-ce qui les attend au juste, dès qu'ils auront posé le pied sur le quai ? Pour l'heure en tout cas, sûrs de leurs privilèges, et même si cette vague incertitude continue à leur ronger le cœur, ils repoussent sans honte les quelques babouchkas à qui serait venue l'idée de prendre pied dans le wagon. Avec leurs paniers d'osier et leurs ballots bariolés, celles-ci en sont réduites à se rabattre sur les wagons de marchandises qu'on vient justement d'atteler en queue de convoi.

5 décembre

Dès que le train a pénétré dans la banlieue de Moscou, l'agent du N.K.V.D. s'est éclipsé. Pour faire son rapport ou pour prendre ses ordres ? Je suis sûre qu'on lui avait confié la mission de me tenir à l'œil pendant le reste du voyage.

A l'arrivée, quelle joie d'apercevoir Ludmila Beretchova. Mais une joie de courte durée... Comme elle a changé ! Elle a tellement maigri... Alors qu'elle m'embrasse en pleurant et me tire par la manche pour m'entraîner loin des policiers en civil qui ont envahi le quai, je ne puis m'empêcher de blâmer l'imprudence qu'il y a de sa part à serrer contre elle une étrangère. Elle m'explique qu'elle n'a plus rien à craindre puisque, en perdant son travail, elle a pratiquement tout perdu. Et c'est là qu'elle me révèle qu'elle vient d'être renvoyée de l'ambassade, en partie à cause de ce qui est arrivé à Xavier. J'en suis indignée et lui promets de plaider sa cause.

Ses parents sont des personnes affables, pleines de prévenances, mais fatiguées. Quelle honte de faire subir tant d'affronts à des gens si âgés. Ils habitent dans un immeuble misérable et délabré, mais qui avait dû être magnifique autrefois. Pour comble, j'apprends qu'il leur appartenait ! Faute d'entretien, des morceaux de corniche tombent régulièrement sur le trottoir. Personne ne prend la peine de les ramasser, sous prétexte que c'est à l'ancien propriétaire de s'en charger. Par dérision, on leur a concédé un minuscule appartement, situé au rez-de-chaussée : l'ancienne loge du gardien, qui sent le plâtre humide et le plancher pourri. Et encore ne se passe-t-il pas de semaine sans qu'on fasse mine de vouloir les expulser pour la raison qu'il y aurait plein de place pour eux en Sibérie. Ils n'ont d'autre ressource que de faire la sourde oreille aux invectives des matrones armées de balais, qui les harcèlent depuis les étages supérieurs en jetant des épluchures devant leur porte. Seule, sur le palier, quand elle estime que ça passe les limites du supportable, Ludmila tient tête, hurle plus fort, et les couvre d'insultes avec une témérité qui impressionne même ceux qui lorgnent sur le logement. Tant d'assurance cache sans doute quelque ultime protection, dont il y aurait intérêt à se méfier...

Dans cet appartement exigu, aux fenêtres embuées par la vapeur des lessives, chacun se pousse pour me faire de la place. La famille a entassé dans le désordre ce qui lui reste de sa splendeur d'antan : commodes, tableaux, samovars, vaisselle d'argent empaquetée dans de vieux journaux... La nuit, allongée sur le matelas qu'on m'a installé par terre, je demeure incapable de dormir. Un violent mal de tête me bat les tempes, causé par le changement de climat, l'excès de fatigue du voyage et l'énervement d'être de retour dans une ville que je ne connaissais pas sous cet aspect. La luminosité que réverbère la neige, et qui filtre malgré l'épaisseur du rideau, m'éblouit. Étrangement, à heures régulières, j'entends un tintement au loin... Serait-ce le carillon d'une horloge? Car je n'ai pas souvenir qu'à Moscou on sonne les cloches la nuit?

6 décembre

Malgré ses protestations, j'entraîne Ludmila à l'ambassade de France où je croyais avoir mes entrées. Hélas, Xavier disparu, je m'aperçois que je ne suis plus rien. Le garde, après avoir examiné nos papiers et téléphoné, a reçu la consigne de ne pas laisser entrer Ludmila, qui est obligée de m'attendre sur le trottoir. Moi, c'est tout juste! Le consul s'en excuse, avec la courtoisie que requiert sa fonction. Sous prétexte qu'il vient d'arriver en poste, il esquive le problème de la réintégration de Ludmila. Quant au sort de Xavier, il prétend qu'il n'est pas bien informé du dossier, mais qu'il va ordonner une enquête et, au besoin, qu'il saisira les autorités soviétiques. Cependant je note qu'il m'observe avec un regard en coin, qui ne me dit rien qui vaille : impossible qu'on ne lui ait pas raconté toute l'histoire, dans sa version officielle bien sûr, pour lui fort embarrassante. Je vois qu'il essaie de gagner du temps, en évitant de me froisser, de peur que je ne me mette à hurler dans son bureau. En général, c'est ce que ces gens-là redoutent par-dessus tout.

8 décembre

Sans perdre de temps, et toujours en compagnie de Ludmila, je décide de faire comme font les autres familles dans le même cas : je m'adresse au Bureau d'accueil du N.K.V.D., au numéro 2 de l'ancienne rue de la Bolchaïa Loubianka, d'où l'on me renvoie au Centre d'information et de recherche des disparus, au 24, boulevard Kouznetsky. Là, quelle surprise ! La queue fait presque le tour du pâté de maisons et les premiers sont là depuis trois heures du matin. J'y prends donc place et bats la semelle, après avoir supplié Ludmila de rentrer. A bout de forces, celle-ci n'est plus en état de supporter le froid. Elle tousse. Mange-t-elle à sa faim ? Quant à moi, pour me réconforter, je me dis que ce que j'endure n'est rien, comparé à ce que doit souffrir Xavier.

Dans la file, ma présence intrigue, et les réactions ne se font guère attendre : une étrangère, qui demande des nouvelles de son mari ? Il y a quelque chose de louche ! Bien sûr, les familles qui patientent ici sont persuadées que celui des leurs qui vient d'être arrêté l'a été par erreur, qu'il s'agit d'un malentendu, qu'ils n'auront aucun mal à faire valoir ses droits. C'est ce qu'ils se sont imaginé, du moins avant d'avoir pris la mesure de la foule qui piétine dans la neige. Car, au spectacle d'une telle cohue, comment le doute ne s'introduirait-il pas dans leur esprit ? Leur belle assurance vacille. Quelques mots échangés avec leurs voisins suffisent à leur montrer qu'ils sont loin d'être les seuls dans ce cas : ils courbent la tête et fixent en silence l'extrémité de leurs bottes usées. Ont-ils bien fait de venir? N'auraient-ils pas été mieux avisés de rester chez eux et de faire confiance aux autorités? Est-ce que l'impudence de leur démarche ne va pas leur attirer des ennuis? Non qu'ils en soient à remettre en cause l'innocence de leur cher disparu — encore que, allez savoir, ce militant, si dévoué à la cause de la révolution, n'aurait-il pas péché par excès de zèle, outrepassé ses droits? Mais ils suspectent — et tous ces changements à la tête de la Loubianka n'en seraient-ils pas l'indice? — l'administration d'incompétence, au pire de malveillance, et peut-être même de corruption. De temps à autre, l'un d'eux, excédé, sort de sa réserve : « Est-ce que le camarade Staline est au courant de ce qui se passe ici? Est-ce qu'on l'a averti des tracasseries dont sont victimes les communistes sincères d'Union soviétique? » Une vague rumeur approbatrice parcourt la foule, mais vite réprimée par l'arrivée d'un milicien. On craint les délateurs disséminés dans la queue. Soudain, chacun éprouve pour lui-même la crainte de ne pas s'en sortir vivant.

Quant à moi, la Française, je constitue un exutoire de choix et concentre sur ma personne leur hargne inexprimée. Forcément que mon mari est un espion fasciste, un saboteur infiltré sur les arrières, un agent de renseignement en service commandé sur le territoire de la patrie! De quel droit est-ce que je me permets d'allonger la queue, de venir me plaindre, d'encombrer par mes jérémiades le bureau des réclamations? Je n'ai que ce que je mérite! Et mon mari aussi! Un bon séjour en camp de rééducation par le travail forcé nous fera le plus grand bien! Une mère de famille, le sourire mauvais, me lance : « Vous perdez votre temps, ce n'est pas ici qu'il faut chercher, mais plutôt au cimetière de Kalivnikovskoï ! » Ludmila m'expliquera que c'est là que se creusent les fosses communes où, de nuit, sont jetés ceux qu'on a exécutés dans les souterrains de la Loubianka.

J'aurais beau jeu de leur dire ce que je pense... Inutile d'envenimer les choses, je pense d'abord à Xavier et préfère mettre toutes les chances de mon côté. Quand arrive enfin mon tour, le tchékiste assis à sa table de bois jaune ne daigne pas même lever la tête vers moi. Avec un soin méticuleux, il s'applique à tirer avec son porte-plume, et à l'aide d'une règle en fer, de longues colonnes où, sur les pages encore blanches de son registre, sont appelés à venir s'inscrire les noms et adresses des futurs plaignants.

Derrière, à un sourd chuchotement, je sens qu'on s'énerve et que c'est à moi qu'on impute ce retard. Un homme, vêtu d'un grand manteau noir et coiffé d'un bonnet d'astrakan, en exhibant sa carte du Parti, a doublé tout le monde sans que personne ait osé protester. Arrivé par-derrière, il me presse de son ventre contre la table, de façon insistante et obscène, à tel point que je suis obligée de m'arc-bouter et de le contenir à coups de reins. Après avoir interpellé l'officier par-dessus mon épaule, il cherche à le convaincre de sa qualité de bolchevik pour faire avancer sa cause. Puis, toujours plus insistant, du coude il cherche à me pousser sur le côté. Pour ne pas perdre pied, je n'ai d'autre solution que de me retenir au rebord de la table... Jusqu'à cet instant inévitable où, à force de m'y agripper, celle-ci dérape sur le plancher. Et voilà, c'est ce qui devait arriver : la plume du tchékiste dévie de sa trajectoire. Le trait de la colonne qu'il était, avec tant de précision, occupé à tracer est parti en diagonale, s'est déporté en plein travers de la page...

Toujours sans lever les yeux, lentement et comme pris de dégoût, l'officier repousse le registre devant lui, range son porte-plume et sa règle dans le tiroir de la table, saisit sa casquette, qu'il avait posée sur la chaise à côté, l'ajuste comme il faut sur sa tête. Il se lève... Tout en reboutonnant la veste de son uniforme, il me plante son regard bleu glacé droit dans les yeux. Je sens qu'il va se passer quelque chose d'horrible. Un silence de mort s'est abattu sur la file, chacun retient son souffle. Mon cœur précipite ses battements dans ma poitrine, et la peur me noue le ventre. Cependant, n'étant coupable de rien, je me fais un point d'honneur de ne pas baisser les yeux. Toujours en me dévisageant, il fait le tour de la table pour s'approcher au plus près, la main droite, en évidence, posée bien à plat sur l'étui lustré du revolver qui pend à sa ceinture, comme s'il allait dégainer d'un instant à l'autre et m'abattre d'une balle en pleine poitrine. Arrivé à ma hauteur, et sans que l'autre derrière moi s'y soit attendu, d'un seul geste mais avec une violence inouïe, il lui assène par surprise une gifle si retentissante que le claquement, à proximité de mon oreille, me laisse assourdie. Après avoir failli en tomber, le soi-disant cadre du Parti encaisse le coup sans bouger, une joue livide, l'autre rouge vif, sur laquelle se détache en blanc la marque des cinq doigts du milicien. Des larmes d'humiliation lui coulent sur les ailes du nez. Il quitte les rangs et s'éloigne. Après avoir jeté un coup d'œil de défi à la foule, qui ne pipe mot, le tchékiste retourne s'asseoir, se débarrasse de sa casquette et, cette fois avec un large sourire, me demande en quoi il peut bien m'être utile, qui je cherche et quel est son nom...

20 janvier

Les bureaux de renseignements se succèdent : Sokolnika, Tazanka... de même que les prisons — je les fais toutes : celles de Lefortovo, des Boutyrki et d'autres encore, hélas sans parvenir à rien. Je sens que je n'avance pas, ou plutôt qu'on s'ingénie à me décourager. La nuit, désespérée, et en silence pour ne réveiller personne, je pleure en pensant à Xavier, qu'on a peut-être déjà emmené au loin, dans le froid, entassé avec des centaines d'autres dans des wagons à destination de la Sibérie...

15 février

Au milieu de la nuit, je suis tirée du sommeil par le bruit d'une voiture arrêtée devant la porte. Depuis combien de temps est-elle là ? Assez déjà pour que, le moteur tournant au ralenti, les gaz brûlés issus du pot d'échappement aient pénétré par les interstices de la fenêtre. C'est même leur odeur âcre qui m'a réveillée. Puis, les claquements successifs de plusieurs portières me font me dresser sur un coude et me mettre à l'écoute des bruits du dehors. Malgré l'obscurité, je constate que chacun dans la pièce, les yeux grands ouverts, a levé la tête. J'imagine qu'il en est de même dans tous les appartements, du haut en bas de l'immeuble. Ludmila m'avait prévenue que, depuis quelques années, les descentes de police étaient devenues monnaie courante. Aussi s'efforce-t-on, terré au fond de son lit, de retenir son souffle, en attendant de savoir de qui ça va être le tour. Les pulsations de mon cœur s'accélèrent et me vrillent les tempes. Au même instant, je grelotte. Je me surprends à repérer dans quel ordre sont rangés mes vêtements pour le cas où il faudrait que je m'habille en vitesse. Un bref instant, je suis déchirée entre l'espoir et la terreur : et si c'était Xavier qu'on relâchait? Mais se serait-on donné la peine de le raccompagner en pleine nuit? Et, pour le libérer, n'aurait-on pas plutôt attendu le jour? Ces quelques questions, de simple bon sens, suffisent à me ramener à la réalité. Tout espoir envolé, c'est à nouveau la terreur qui s'installe...

Je m'assois sur mon matelas pour mieux suivre le martèlement des bottes sur la volée de marches en ciment qui, de la rue, conduit à l'intérieur du bâtiment. A nouveau plus rien, le silence! Un silence oppressant, qui paraît durer des heures. Mais qu'est-ce qu'ils peuvent bien faire? Ils doivent s'être arrêtés pour se consulter, inspecter le hall d'entrée, chercher le bouton de la lumière, peut-être tranquillement fumer une cigarette...

En réalité, il n'y a pas si longtemps à attendre. C'est bien ici! Sous la violence des coups qu'on y frappe, comme si on avait entrepris de la défoncer sans attendre, la pauvre porte en est tout ébranlée! Quel vacarme! Dans l'épaisseur de la nuit, cela fait un bruit de tonnerre, qui se répercute à travers la cage d'escalier jusqu'aux étages supérieurs. Cette fois, c'est sûr, tout l'immeuble est à présent réveillé, mais aussi soulagé. Chez nous en revanche, la frayeur est telle que nous restons de longues secondes pétrifiés. Ludmila est la première à reprendre ses esprits : elle se lève, enfile sa robe de chambre, et va ouvrir. Derrière elle, je l'imite, car je me doute que j'y suis pour quelque chose. Je fais de la lumière dans la pièce. L'unique ampoule électrique qui pend au plafond, si faible pendant le jour, à cet instant brille d'un éclat presque insoutenable. Dès que nous avons ôté le verrou, avec impatience un soldat repousse la porte contre le mur. Un homme en civil le suit, vêtu d'un pardessus de belle coupe, orné d'un col en fourrure. Je présume qu'il a dû le voler à l'une de ses victimes lors d'une précédente perquisition. Il ne prend pas la peine d'ôter son chapeau, qu'il porte enfoncé sur les yeux.

Sans la moindre hésitation, comme s'il me connaissait depuis toujours, il se tourne vers moi : « Catherine Thureau, n'est-ce pas? Habillez-vous! Quelqu'un veut vous parler. Allez, dépêchez-vous ! » Croyant qu'on m'accorde une entrevue avec Xavier, je me jette sur mes habits, sous le regard intéressé et goguenard du soldat en faction dans l'entrée. Pendant ce temps, l'homme se tourne vers Ludmila : « Comment se fait-il que, chez les spoliateurs du peuple, il n'y ait pas de téléphone? Cela nous aurait évité de nous déplacer en pleine nuit jusqu'ici! » Puis, il sort et, sans ménagement, tambourine à la porte de l'appartement d'à côté. A peine lui a-t-on ouvert qu'il hurle : « Nous savons que vous avez le téléphone. Où est-il? » Depuis le couloir, je l'entends composer avec soin le numéro : « Allô, oui! Chivarov? Oui, c'est moi, nous l'avons trouvée! Informez-le que nous la déposerons d'ici un quart d'heure... »

Je comprends qu'il n'est pas question de Xavier. Où m'emmènent-ils? Que me veulent-ils à deux ou trois heures du matin? Je fais mine d'empoigner ma valise. D'un signe, il me fait comprendre que ce n'est pas la peine. J'embrasse à la hâte Ludmila. Dehors, le froid me suffoque. On me pousse à l'intérieur de la voiture, qui démarre en trombe et s'engage dans les rues désertes, rétrécies par la neige rejetée sur les bas-côtés. A ma grande surprise, nous contournons la Loubianka sans nous arrêter pour nous diriger vers la place Rouge, puis nous engouffrer dans l'enceinte du Kremlin par la Spasskaïa. Sans me laisser le temps de repérer les lieux, on me fait pénétrer dans l'un des bâtiments, monter des escaliers puis enfiler d'interminables couloirs recouverts de tapis couleur pistache, éclairés de loin en loin d'appliques à abat-jour de tissu plissé rose pâle. Enfin, dans une antichambre qui empeste le cigare refroidi, l'eau de Cologne bon marché et les chaussettes sales, on m'invite à prendre place sur une banquette aux pieds cannelés et dorés, comme on n'en trouve que dans les foyers des théâtres. Cependant, le velours rouge qui la recouvre est constellé de taches et de traînées blanches qui me dégoûtent.

Un quart d'heure plus tard, on m'introduit dans une pièce immense, en partie plongée dans l'obscurité, dont les fenêtres, encadrées de tentures à pompons, donnent, d'un côté, sur les coupoles de Saint-Basile et, de l'autre, en contrebas, sur la Moskova, dont les quais ténébreux tentent de contenir les amoncellements immobiles, aux arêtes tranchantes, d'énormes blocs de glace. Au centre de la pièce, un vaste bureau, couvert de dossiers et de papiers jetés en vrac, est éclairé par le halo d'une lampe à abat-jour de cuir vert. Au-delà de cet unique cercle de lumière, je devine, plus que je ne le distingue, un homme au corps massif, légèrement rejeté de côté et sanglé dans un uniforme brun. Les doigts de sa main gauche, dont l'un porte une chevalière en or, sont posés à plat sur l'accoudoir en palissandre du fauteuil. La main droite, en appui sur le coude, tient en l'air une cigarette à bout doré qu'avec un rien d'affectation il porte de temps à autre à ses lèvres. A chaque fois, il s'applique à en rejeter vers la lampe la fumée diaphane, à forte odeur de miel. A cause de la chaleur dégagée par l'ampoule, celle-ci est aspirée à l'intérieur de l'abat-jour, d'où elle monte, en une colonne parfaitement cylindrique, jusqu'au plafond. La pénombre, où il a pris soin de se retrancher pour mieux m'observer, ne me permet pas d'apercevoir son visage, excepté les yeux qui luisent et, sous la forte moustache, un sourire enjôleur et lointain. Sur le côté, mais je n'ose pas trop tourner la tête, je sens la présence d'une ou deux personnes, installées, jambes croisées, dans des canapés, à l'aplomb d'une peinture dans un cadre neuf représentant Lénine, coiffé d'une casquette et le bras droit levé, qui harangue les ouvriers de ce qui semble être, à cause de la lueur de hauts fourneaux, une aciérie.

D'une voix pâteuse — et à mesure qu'il parle me parvient une forte odeur de vodka —, l'homme m'invite à m'asseoir en face de lui, ce qui a pour effet de concentrer sur moi la lumière. De façon insinuante, et sans cesser de se tourner vers le côté, comme s'il sollicitait la complicité et l'approbation des silhouettes assises le long du mur, il me lance : « Pourquoi avez-vous enfreint si obstinément les mises en garde de nos services pour vous jeter dans leurs griffes ? N'étiez-vous pas mieux en sécurité chez vous ? Ignorez-vous le sort réservé aux épouses des ennemis du peuple ? Car, un ennemi du peuple, c'est bien ainsi que nous sommes en droit d'appeler votre mari, non ? Et pire que ça : un vulgaire espion ! Et c'est donc à cet individu-là que vous destinez votre affection ? Quelle erreur ! Voyez, je me suis fait remettre l'intégralité de son dossier... Mais il est accablant ! J'admire votre courage, mais je crains que vous ne gaspilliez votre énergie pour quelqu'un qui ne le mérite pas. Oui, j'en ai ici la preuve ! N'est-ce pas, Nikolaï Ivanovitch, que nous avons aussi des photos ? Je ne me prononcerai même pas sur le fond de l'affaire. Mais enfin, est-il vrai que vous ignorez que cet homme vous a trompée avec une autre, de la même façon qu'il a trahi la confiance qu'à notre tour nous lui avions accordée de bonne foi ? J'en conclus qu'il est indigne des risques que vous avez pris pour le tirer de là où il est, et où il a, sur bien des plans, mille fois mérité d'être. »

Je devine le piège. On voudrait que je me renie, et

abdique. Dans un premier temps, la manœuvre ne m'atteint pas. Mais au lieu de plaider la cause de Xavier, je me lance de façon inconsidérée dans des digressions, sur André Gide par exemple, qui n'a nullement eu besoin de mon mari pour exercer sa fourberie aux dépens de l'Union soviétique ; ou sur Malraux, qui n'est, selon moi, qu'un révolutionnaire de salon, un instable, qui recherche, non la victoire du prolétariat, mais des émotions d'ordre purement littéraire... Je dévide ce qui me passe par la tête, au hasard, comme une vraie folle, en rajoute et m'emporte, au-delà du raisonnable. Et je me tords les mains : je viens de me rendre compte que c'est le seul moyen que j'ai trouvé pour refouler la formidable envie de pleurer qui me noue la gorge à mesure que ce qui vient de m'être révélé se fraie un chemin jusqu'à mon cœur. Il faut à tout prix que j'aie fini de parler avant que l'idée que Xavier ait pu en aimer une autre commence à produire ses ravages, moi qui, rien que pour prendre sa défense, suis en effet venue me jeter dans la gueule du loup.

Par chance, il m'interrompt : « Eh bien, Nikolaï Ivanovitch, qu'en penses-tu ? N'a-t-elle pas la langue bien pendue, et un sacré tempérament ? Allez, je suis dans un bon jour, et je vais vous prouver que nous ne sommes pas si monstrueux qu'on le dit. Nikolaï Ivanovitch, mon ami ! — une silhouette malingre se lève et, avec déférence, vient saisir le dossier qu'on lui tend — crois-tu, s'il n'est pas trop tard, que nous puissions faire quelque chose pour cette femme, par exemple libérer son imbécile de mari, en sorte qu'ils quittent tous deux au plus vite le territoire de l'Union soviétique ? Je compte sur toi, n'est-ce pas ? Madame, je vous laisse entre ses mains... Seulement, quand vous serez revenue en France, au lieu de prendre, comme tous ces revanchards et ces aigris, la défense des saboteurs que nous ne craignons pas de traîner en justice pour instruire le peuple des méfaits dont ils se sont rendus coupables, racontez plutôt, en usant de mots simples, ce que vous avez vu, et comment nous vous avons traitée. »

Je quitte mon siège en tremblant. Quand je me retourne pour balbutier un remerciement, je constate que, depuis l'instant où je me suis levée, il ne m'a pas quittée des yeux. Sous la moustache noire pointe ce même sourire énigmatique, empreint d'une fallacieuse bonté, mais que contredit le regard, où luit une curiosité si intense qu'elle s'assimilerait presque à de la cruauté.

Un officier me conduit jusqu'à l'entrée de la place Rouge où, pressé de regagner le poêle du poste de garde, il m'abandonne sans un mot. Nulle voiture n'est plus là pour m'attendre et me raccompagner. Entre-temps, on m'aura oubliée... Quand je lève la tête, de gros flocons de neige surgissent des profondeurs de la nuit et viennent délicatement se poser sur mon visage et mes épaules. Ils sont comme un baume à mon angoisse. J'hésite à revenir sur mes pas pour demander de l'aide aux soldats, et décide plutôt de repartir à pied, au hasard des rues. Il ne doit pas être loin de cinq heures. En marchant d'un bon pas pour ne pas me laisser saisir par le froid, j'ai quelques chances d'arriver avant l'aube jusqu'à l'immeuble de Ludmila.

COMMISSARIAT DU PEUPLE À L'INTÉRIEUR
(Département des archives de la Loubianka)

Affaire n° 128675
Nom du prévenu : Xavier Thureau

DOCUMENT

n° 19

Nature : *Demande de grâce adressée par Victor Oublaïev à la Commission de réhabilitation des déportés auprès de la Cour suprême d'U.R.S.S.*

Objet : *Sa version de l'attentat et de sa complicité d'assassinat d'un membre du N.K.V.D. lors du convoyage de Catherine Thureau, épouse du prévenu.*

[Ce recours en grâce, adressé à la Commission de réhabilitation des déportés, organisme dépendant de la Cour suprême qui eut à statuer sur le sort à réserver aux victimes de l'arbitraire stalinien, a été formulé en juin 1958, par un dénommé Victor Oublaïev, agent du N.K.V.D. à l'époque des faits, puis condamné à mort par contumace sous les chefs d'inculpation de vol de matériel militaire, participation à une organisation terroriste et complicité d'attentat. A l'issue de l'incident qu'il relate ci-après pour servir d'appui à sa requête, ce fonctionnaire prétend n'avoir eu d'autre choix que de prendre la fuite en compagnie de ceux qui l'avaient assailli et compromis.

Lors du XXe Congrès du Parti communiste de 1956, le rapport Khrouchtchev, en dénonçant les crimes de Staline, eut pour conséquence l'élargissement de centaines de milliers de prisonniers condamnés à des périodes de dix à vingt ans de travaux forcés dans les camps du Goulag et de la Kolyma. A l'annonce de cette libéralisation inattendue, quantité d'opposants, qui avaient été contraints à l'exil, demandèrent également à rentrer en Union soviétique.

Tel fut le cas de Victor Oublaïev. On ignore quelle réponse lui fut réservée puisque aucune lettre officielle n'accompagne celle-ci dans le dossier de Xavier Thureau, auquel cette copie avait été jointe pour information. Sans doute aurait-il fallu avoir accès au dossier d'Oublaïev. Une telle absence n'est cependant pas pour étonner : la bureaucratie répugne à avouer ses torts, de peur d'avoir, en reconnaissant le préjudice subi, à prendre en charge d'éventuelles demandes de réparation ou de restitution de biens. De plus, elle a la hantise de se retrouver en porte à faux et à son tour sommée de rendre des comptes pour le cas où les autorités politiques opéreraient un brusque revirement, comme ce fut d'ailleurs le cas pendant ce qu'on a appelé la zastoï *(ou stagnation) qui, après la chute de Khrouchtchev en 1964, caractérisa la période Brejnev* [1]*.] (NOTE DE L'AUTEUR.)*

1. L'auteur, par souci d'exactitude, signale que sa grand-mère ne lui a jamais raconté de quelle façon elle avait quitté le territoire de l'U.R.S.S. Il regrette également de ne pouvoir se prononcer sur l'éventualité d'un séjour qu'elle aurait effectué en Iran ou en Afghanistan, auquel elle n'aura, en aucun moment de son existence, fait la moindre allusion.

Moscou, le 16 juin 1958

Monsieur le Président
de la Commission de réhabilitation,

Je sollicite votre haute bienveillance afin que vous fassiez acte de clémence dans le réexamen de la condamnation à la peine capitale qui a été prononcée contre moi il y a presque vingt ans. Je vous supplie de bien vouloir prendre en considération le fait que j'étais très jeune à l'époque. A la lumière du témoignage que vous lirez ci-dessous, j'ose croire que vous daignerez mettre un terme au cruel exil que je subis loin de ma patrie et de ce qui reste de ma famille, dont les membres ont déjà payé, par la déportation, un lourd tribut à ce qui ne fut jamais pour moi qu'un malheureux concours de circonstances.

Je n'ai, sachez-le bien, jamais rencontré l'espion français Xavier Thureau et encore moins appartenu au réseau dont il aurait été le chef. En revanche, j'avais bien été chargé, en tant qu'agent dépendant de la Direction principale de la Sécurité d'État, de la surveillance rapprochée de son épouse, Catherine Thureau. A la suite de l'arrestation de son mari, celle-ci avait fait le voyage de Paris à Moscou pour plaider sa cause et obtenir sa libération. Je n'ai, après cet épisode, plus eu aucun contact avec cette femme. Il est vrai, et c'est la seule chose qui puisse m'être reprochée, que je l'ai admirée pour son courage dans l'adversité mais je témoigne aussi qu'elle n'eut à aucun moment d'attitude hostile envers l'Union soviétique. J'en veux pour preuve la complaisance avec laquelle la traita Staline, qui l'envoya chercher en voiture par mon supérieur direct, Anatoli Chivarov, et la reçut en personne au Kremlin.

A la suite de cette entrevue, et obéissant aux instructions données au plus haut niveau, en particulier par Nikolaï Ivanovitch Iéjov, qui venait d'être nommé Commissaire général à la Sûreté de l'État, j'avais reçu pour mission de retrouver Xavier Thureau, le remettre en condition physique, puis procéder à son expulsion en compagnie de son épouse par le premier train en partance pour l'Europe.

On était en février 1938. Or, il était devenu patent, au silence gêné qu'on m'opposait à chaque fois que je me présentais à la porte de la prison des Boutyrki, où étaient regroupés les prisonniers à destination de la Kolyma, qu'un problème avait surgi, dont personne ne souhaitait assumer la responsabilité. Je me doutais bien de sa nature : s'il était impossible de me confier le prévenu, ainsi que l'avait ordonné Iossif Vissarionovitch Staline, c'est qu'on avait agi par excès de précipitation. Compte tenu de l'encombrement des cellules à cette époque, soit il avait été exécuté et son corps jeté à la fosse commune, soit on l'avait déjà expédié en Sibérie extrême-orientale. A cause des distances et de la lenteur des communications, je savais combien le rapatriement d'un condamné, procédure en l'occurrence rarissime, provoquait de complications dans l'administration des camps. Celle-ci n'avait en effet été conçue que pour gérer le flux des prisonniers dans un seul sens. Rien n'avait été prévu ni organisé pour leur retour qui, à lui seul, exigeait souvent plusieurs mois de formalités. Entre-temps, celui qu'on recherchait avait toutes les chances de succomber au froid intense, au manque de nourriture et aux mauvais traitements.

Les directives du Kremlin arrivaient trop tard. Une fois la machine mise en route, il n'était plus dans la compétence de quiconque d'en inverser le sens, et l'embarras des différents responsables était manifeste. On s'agitait, on ouvrait un registre après l'autre, on tournait autour du pot. Tous les prétextes étaient bons, plutôt que de m'avouer la vérité. On me faisait lanterner. Chacun vivait dans la terreur de prendre la faute sur lui et de subir à son tour le traitement qui avait été réservé à celui que je cherchais. Au bout du compte, l'information dut, par un moyen ou un autre, parvenir en haut lieu car, peu après, c'est l'ordre opposé que je reçus : m'assurer de la personne de Catherine Thureau et, dans le plus grand secret, la convoyer par fourgon spécial au centre de détention d'Algir, dans le secteur minier de Karaganda, où étaient reléguées la plupart des épouses et sœurs des ennemis du peuple. Vous imaginez quels furent mon trouble et ma stupeur. J'avais fini par prendre à cœur la cause de cette femme. Chaque jour je la tenais au courant du résultat de mes recherches. Or, voilà que, sans autre explication, au lieu de libérer son mari, il me revenait de l'emprisonner et donc, presque d'ami que j'étais, de devenir son bourreau !

Lorsque j'ai fait irruption chez elle — en réalité c'était chez Ludmila Beretchova qui, en toute illégalité, avait pris le risque de l'héberger pendant la durée de son séjour —, c'était dans la nuit du 26 février. Les instructions relatives aux arrestations étaient formelles : sauf cas d'extrême urgence, toujours tirer parti des ténèbres pour surprendre les prévenus au gîte ; agir de préférence à une heure où leur vigilance se relâche et où les âmes les mieux endurcies, durant les quelques heures qui précèdent l'aube, succombent au sommeil. Malgré ces précautions, je n'eus pas même le temps de frapper à la porte que Catherine Thureau se tenait sur le seuil, habillée et prête à me suivre, sa valise bouclée. Il est vrai que je lui avais conseillé de se préparer à sauter dans le premier train aussitôt que son mari serait libéré.

Sur le moment, pour éviter les larmes et les cris, je n'ai pas osé lui avouer la vérité. J'ai simplement dit qu'il était l'heure de se mettre en route. Lorsqu'elle m'a demandé si j'avais retrouvé la trace de son mari, j'ai détourné le regard et ai répondu oui, tout en prétendant qu'il y avait encore un petit problème à régler, un retard de dernière minute, mais que les formalités étaient en bonne voie. Avait-elle deviné qu'il se passait quelque chose d'anormal ? C'est que je ne devais avoir ni l'air ni le ton très convaincants. Cependant elle n'en a rien laissé paraître. Elle devait surtout craindre que je ne la raccompagne contre son gré jusqu'à la frontière, sans son mari. Mais elle était encore loin du compte... Quand, pour masquer ma gêne, j'ai esquissé le geste de prendre sa valise, elle s'est arrêtée net et m'a regardé droit dans les yeux. Je venais de me trahir : jamais les agents du N.K.V.D. ne s'abaissent à ce genre de prévenances. Elle venait de comprendre que j'avais par avance quelque chose à me faire pardonner. Ses mains se mirent à trembler de façon imperceptible lorsqu'elle referma le col de son manteau.

Nous nous sommes donc rendus dans une caserne des environs de Moscou, qui servait de centre de transit, et où elle a été incarcérée environ une semaine. J'ai fait établir une copie de son dossier à la Loubianka et réglé les dernières formalités de transfert auprès du Bureau de recensement des étrangers afin de la faire rayer des listes. C'est là que j'ai vu le nom de son mari, barré d'un trait de crayon rouge. Puis, un fourgon fut mis à ma disposition, ce qui était un luxe invraisemblable pour l'époque. J'aurais dû comprendre à cet instant qu'elle bénéficiait de complicités encore en place malgré les récents changements d'équipes à la tête du N.K.V.D. Longtemps je me suis obstiné à démêler les raisons d'un convoyage, aussi long et coûteux ; car ce n'était pas un mince trajet que de se rendre par la route à ce camp de travail, situé à plus de deux mille cinq cents kilomètres de Moscou, en plein cœur du Kazakhstan ! En règle générale, on transférait les prisonniers par chemin de fer, en les entassant dans des wagons hors d'âge, impropres au transport normal de passagers. C'était à la fois plus économique et plus sûr ! Je n'osais croire que ce traitement de faveur eût été décidé, à l'insu de Iéjov, par quelque protecteur discret de Catherine Thureau, qui tentait ainsi de lui atténuer les souffrances du voyage. Au pire craignais-je — et avec raison ! — que ce même Iéjov n'eût élaboré cette mise en scène rien que pour me donner l'ordre de l'abattre en cours de route et d'enterrer son cadavre dans la forêt. Son mari mort, il était devenu dangereux de la laisser regagner la France. Elle y avait trop d'amis influents, auprès desquels elle se serait répandue en propos désobligeants à l'encontre de l'Union soviétique.

Mon tort a donc consisté à ne pas avoir soupçonné que deux logiques contradictoires avaient bel et bien été mises en œuvre — celle de l'assassinat de Catherine Thureau par la Loubianka d'une part ; celle de sa libération de l'autre, par un parti ou un clan dont j'ignorais les agissements, et jusqu'à l'existence. Or, ces deux manœuvres s'étaient si parfaitement superposées qu'elles se dissimulaient et que nul ne se douta des intentions de la partie adverse. Moi, moins que tout autre, qui en fus l'acteur involontaire et malencontreux.

Nous partîmes en fin de matinée. Le temps était à la neige et, malgré l'état des routes, nous avions prévu de rouler toute la nuit. Je n'oublierai jamais ceux qui étaient présents dans la fourgonnette. Anton, le chauffeur, qui n'arrêtait pas de siffloter pour se donner une contenance. Moi, à son côté, qui présentais les laissez-passer à mesure que se succédaient les contrôles. J'avais installé Catherine Thureau sur la banquette arrière, sous la garde d'un soldat des milices spéciales qui nous avait été affecté d'office pour la durée du voyage. Vêtu d'un uniforme neuf qui sentait le désinfectant et le cuir frais, celui-ci me fut d'emblée antipathique. D'un naturel obtus malgré son jeune âge, ce fanatique du règlement avait pour consigne de n'adresser la parole à aucun d'entre nous. Je le soupçonnais en plus d'avoir reçu des instructions particulières, comme de me tirer une balle dans la tête si je n'accomplissais pas la tâche qui m'avait été assignée ou même, pourquoi pas, une fois la besogne accomplie.

Malgré la neige qui, ces derniers jours, était tombée en abondance, aux alentours de Moscou les routes avaient été à peu près dégagées. Notre ordre de mission spécifiait le nom de chacune des villes par où nous étions tenus de passer et où nous devions faire viser nos passeports : Riazan, Kouïbychev, Orenbourg, Orsk au sud de l'Oural, Tselinograd et Karaganda. Ces dispositions permettaient en fait à quiconque aurait eu connaissance de ces informations de calculer l'heure de notre passage en n'importe quel point du parcours. Quoi de plus facile alors que de nous y attendre et nous intercepter...

Juste avant la tombée de la nuit, nous avions fait halte dans une caserne où, malgré notre bon de réquisition, nous avions eu le plus grand mal à faire remplir d'essence notre réservoir et les bidons dont nous disposions. Discrètement, j'en profitai pour sortir la grande enveloppe jaune de la sacoche qui m'avait été remise au départ de Moscou et que j'avais pour instruction de ne pas décacheter avant d'avoir passé Kouïbychev. A sa lecture, une sueur glacée me coula entre les épaules. A quoi pouvais-je m'attendre d'autre ? Comme je m'en étais douté, on m'ordonnait de liquider Catherine Thureau en un point précis du parcours. Celle-ci, qui ne se doutait de rien, et qui s'imaginait peut-être qu'on l'envoyait partager le sort de son mari, restait tassée sur son siège. Sans réaction, enveloppée dans la couverture que je lui avais donnée, elle regardait fixement la route. Tout lui était devenu indifférent.

En remontant en voiture, je constatai avec soulagement que le jeune soldat, qui nous avait empestés avec ses cigarettes à l'odeur de foin grillé, avait fini par épuiser ses réserves. Sans en paraître affecté, il froissa son dernier paquet vide en une boule qu'il jeta négligemment par la fenêtre. Dans le rétroviseur, je lui jetais de brefs coups d'œil, inquiet de son teint pâle et du regard dément qu'il portait sur la campagne alentour.

A l'approche des premiers contreforts de l'Oural, nous roulions à petite vitesse sur une voie rectiligne qui traversait une immense forêt. La neige, tant que des congères n'entravaient pas notre progression, avait pour avantage de former sous les roues une sorte de capiton. En comblant nids-de-poule et fondrières, elle uniformisait la surface de la route mal empierrée. Dans le faisceau des phares défilaient les troncs de sapins, dont certains étaient énormes. Leurs branches pliaient sous les paquets de neige qui, à notre passage, se détachaient en grosses masses et tombaient au sol avec un bruit sourd. L'épaisseur de cette forêt avait quelque chose de sombre, d'étouffant et de malsain. C'était comme si nous circulions au cœur des entrailles d'un être vivant, dont cette végétation était les viscères, et toute cette neige les excréments. Les ombres que les lumières de la fourgonnette déplaçaient dans les profondeurs du sous-bois prenaient des formes menaçantes. A l'occasion d'un virage, et lorsqu'elles donnaient l'impression de fondre sur nous, il m'arrivait de sursauter.

Il devait être entre deux et trois heures du matin... Dans le rétroviseur, j'avais remarqué que le soldat à l'arrière, bercé par le ronronnement régulier du moteur, avait fini par piquer du nez. Moi-même, abruti par les bouffées du chauffage, dont j'avais poussé à fond la manette et auxquelles se mélangeaient les odeurs de gaz brûlés en provenance du pot d'échappement, je luttais comme je pouvais pour garder les yeux ouverts. Seule la crainte que le conducteur ne succombât à son tour et ne nous précipitât contre le bas-côté continuait à me tenir éveillé. Or, de temps à autre, celui-ci extirpait une flasque de sa vareuse, dont il se rinçait le gosier en claquant de la langue sur son palais. Les pupilles dilatées, il me lançait alors un clin d'œil, façon à lui de me rassurer et de me signifier qu'il n'y avait rien de tel pour garder la forme. Préférant ignorer ce que contenait le flacon, je surveillais la trajectoire du véhicule, prêt à saisir et redresser le volant à la première embardée, même si un épais talus de neige bordait la route et prévenait toute sortie.

« Hé ! Regardez ! Mais qu'est-ce qu'ils font ceux-là ? Ils sont cinglés ! » Soudain, au détour d'un virage, nous aperçûmes des branches abattues en plein travers de la route. Derrière ce barrage de fortune se tenaient plusieurs silhouettes, dont les armes brillaient sous l'éclat des phares. Un peu en avant, un homme agitait une lanterne pour nous faire signe d'arrêter. A peine le chauffeur eut-il fini de demander ce qu'il convenait de faire que le militaire qui nous accompagnait, tiré de sa somnolence par le changement de régime du moteur et le freinage du véhicule, se rua vers la porte arrière, qu'il ouvrit à deux battants. Avant que ceux-ci ne se referment et alors qu'il venait de sauter en marche, je l'aperçus, emporté par sa chute, qui effectuait sur la chaussée une série de roulades, que je trouvai ridicules et déplacées. Dès la première alerte, celui-ci avait-il donc déjà pris la fuite ?

Dès que le chauffeur eut réussi à arrêter la fourgonnette, nous fûmes cernés par des hommes à l'allure peu engageante, et que nous aurions été en effet en droit de prendre pour des bandits. Avec leurs manteaux de fourrure qui leur battaient les talons et leurs hauts bonnets à poil, ils avaient l'allure de bergers turkmènes. Outre leur long coutelas passé sous le ceinturon et la cartouchière étincelante qui leur barrait la poitrine, leur barbe fournie et la langue dans laquelle ils s'interpellaient finirent de me persuader qu'ils étaient originaires de l'une de ces républiques d'Asie centrale, en rébellion plus ou moins ouverte contre Moscou.

Mais je n'eus pas le temps d'en observer davantage. Dans la pénombre reflétée par le rétroviseur, je m'aperçus que, après s'être relevé, notre soldat avait empoigné son arme et mis un genou à terre. D'instinct je ne pus me retenir de crier ! Sur sa seule initiative et au risque de nous tuer tous, sans prévenir il lâcha au hasard plusieurs rafales de mitraillette. Poussant de brefs cris rauques, aussitôt nos assaillants se jetèrent à couvert. Et à peine eurent-ils riposté que notre tireur gisait déjà en travers du chemin, abattu d'une balle en plein front. Dès qu'ils furent sur lui, ils le délestèrent de son arme, de sa veste fourrée et de ses bottes puis, sans ménagement, balancèrent son cadavre de l'autre côté du talus. Les loups, que tout ce remue-ménage avait attirés, n'osaient cependant encore approcher pour s'emparer de leur proie. Au loin, entre les fourrés et les basses branches, leurs pupilles attentives et obliques brillaient dans l'ombre.

Après cet incident, je m'attendais à subir le même sort. Les mains en l'air, je descendis de voiture comme on me l'ordonnait et constatai que deux de nos assaillants avaient été atteints : l'un, qui s'était peu à peu remis sur pied, ne souffrait que d'une éraflure au bras ; l'autre en revanche, étendu devant notre véhicule, paraissait avoir été plus gravement touché. Plusieurs hommes s'étaient précipités pour lui porter secours ; et ce n'est que lorsqu'ils l'eurent adossé contre le bas-côté que je découvris qu'il s'agissait d'une toute jeune femme, au visage pur et lisse. D'abord, je crus que c'était à cause de la lumière des phares qu'elle plissait le front et gardait les paupières fermées. Les boucles noires de sa chevelure, en se libérant du bonnet tombé à terre et en se déployant sur l'oreiller que formait le bord du talus couvert de neige, par contraste rehaussaient le bombé livide des pommettes, affinaient l'arête du nez, fonçaient jusqu'au violet l'ourlet rouge des lèvres. Aux commissures cependant s'écoulait un mince filet de sang. L'homme qui la soutenait par les épaules tentait de la faire revenir à elle : « Evguénia Alexandrovna ! lui murmurait-il en russe réveille-toi, nous avons réussi. Evguénia, je t'en supplie, ce n'est rien, tu vas t'en sortir ! » Les égards dont on l'entourait indiquaient quel rôle elle avait joué dans la préparation de l'embuscade.

Dès qu'elle eut ouvert les yeux, elle repoussa légèrement l'homme qui lui masquait la vue de notre fourgonnette. D'une voix lente et grave, elle exigea de parler à Catherine Thureau. Comment connaissait-elle son nom ?

« Je suis désolée de ce qui vous arrive ; mais il serait encore plus lâche de vous cacher que Xavier a été exécuté par le N.K.V.D. Vous l'ignorez peut-être, mais nous étions amis. Je n'ai moi-même échappé que de justesse à la police lorsqu'ils l'ont arrêté. Sachez que vous avez de bonnes raisons de me haïr et donc de vous réjouir à me voir agoniser au bord de cette route. Malgré la récente arrestation de mon père, nous avons passé en revue toutes les solutions pour le sortir de là. Nous avons même été jusqu'à envisager, alors qu'il était relégué dans l'un des isolateurs situés sous les combles de la Loubianka, de l'extraire par une des lucarnes, en passant par les toits.

C'est aussi grâce aux derniers de nos partisans demeurés dans la place que nous avons été informés de votre visite au Kremlin et de la mauvaise farce qu'on vous y a jouée. Cet homme-là, fit-elle en me désignant, vous a-t-il avertie, sous le prétexte de vous conduire dans l'un de ces camps de travail où l'on meurt de faim et de froid, qu'il doit vous exécuter en chemin, pour obéir à l'ordre qu'il a dans sa poche ?

Malgré les torts que j'ai envers vous, je n'ai pas supporté l'injustice qui vous est faite, dont je suis, en effet, malgré moi, en partie responsable. En rien vous ne méritez ce qui vous arrive. Aussi ne nous restait-il plus, avec quelques-uns de nos compatriotes qui ont repris la lutte pour l'indépendance du Kirghizistan, qu'à tendre cette embuscade.

Hélas, c'est ici que la mort m'attendait... Cependant, vous sachant hors de danger et n'espérant plus rien de la vie, je n'en éprouve nulle amertume. Avant de m'en aller, au moins ai-je la consolation de vous savoir en bonnes mains. Allez, même si le voyage est encore long, fiez-vous sans crainte à nos amis. Ils vous feront franchir clandestinement la frontière entre l'U.R.S.S. et l'Iran, ou peut-être l'Afghanistan, ça dépendra des circonstances. Là, vous aurez plus de facilités à regagner votre pays.

Quoi que vous en pensiez, je suis heureuse de vous avoir connue. Vous avez fait preuve d'une formidable audace en retournant chercher Xavier. Pouvais-je faire moins qu'essayer d'être à la hauteur de votre courage ? Il y allait de notre honneur à tous de vous sortir du piège mortel où l'on vous avait fait tomber. Ne vous laissez pas aller au désespoir. Restez en vie pour vous occuper de votre fils, à vous et à Xavier, qui vous attend en France. Ne perdez plus de temps ! Adieu, et bonne chance... »

Sur ces derniers mots, elle ferma les yeux et serra le bras de son compagnon comme pour lui donner le signal. Celui-ci, aidé d'un autre, la souleva avec précaution pour la porter jusqu'au carrefour situé de l'autre côté du barrage. Plusieurs voitures y étaient dissimulées, tous feux éteints, bien que leur moteur n'eût pas cessé de tourner. Notre chauffeur, malgré ses protestations — c'est à ce moment que je me rendis compte qu'il était ivre —, fut arraché de la cabine, jeté à terre, et ligoté. Après un rapide échange de vêtements, l'un des assaillants prit sa place au volant. Un autre, d'origine kirghize ou tadjik, et qui avait revêtu l'uniforme de notre garde, s'installa sur la banquette arrière. En échange de la vie sauve, j'acceptai de continuer à tenir le rôle de l'accompagnateur officiel, mais direction l'Ouzbékistan... Avais-je le choix ? Après ce qui venait d'arriver, j'en savais assez sur nos méthodes pour savoir que, de retour à Moscou, on ne m'aurait laissé aucune chance. En dépit des explications que j'aurais données, on m'aurait sur-le-champ fusillé comme traître et comploteur.

Les papiers que je conservais dans ma sacoche en furent retirés et brièvement examinés. L'enveloppe jaune fut brûlée et les sauf-conduits remplacés par d'autres, en tous points semblables, et conformes à notre nouvelle destination. Voyez comme rien n'avait été abandonné au hasard et avec quelle minutie l'opération avait été préparée. Lorsque nous passâmes le croisement à petite allure, nul ne prit la peine de tourner la tête dans notre direction. Les arbres, aux branches couvertes de neige, bâtissaient au-dessus des véhicules comme un dais de velours blanc. La fumée des moteurs, jointe à la vapeur des respirations de ceux qui s'activaient à tout remettre en ordre, auréolait chaque silhouette, baignait cette scène irréelle et muette d'une brume transparente. Dans la lueur des phares, je les aperçus qui finissaient de démonter la banquette arrière de l'une des voitures pour y allonger, sur un lit de fourrures, le corps de la jeune femme évanouie : Evguénia Alexandrovna... Ce nom me disait bien quelque chose, mais quoi ?

Au lieu de continuer vers Karaganda, le chauffeur obliqua à droite, vers le sud-est. Direction : Aralsk, Novo-Kazalinsk, Tachkent... Au moins celui-ci conduisait-il avec assurance et détermination. Cette fois rassuré, et bien que ma tête cognât sans arrêt contre la vitre, je m'endormis d'un coup, comme on bascule dans le coma.

Ainsi qu'il fallait s'y attendre, le voyage fut éreintant, à cause de la distance et des routes défoncées. De plus, une fois la neige disparue, notre progression redevint cahotante et pénible. Sans parler des multiples contrôles, où nous risquions à chaque instant d'être arrêtés, et des précautions qu'il nous fallait prendre pour ne pas éveiller les soupçons des autorités locales. Sur la proposition de Catherine Thureau, nous fîmes le serment, au cas où ça tournerait mal, de vendre chèrement notre peau. Il ne semblait pourtant pas que l'alerte eût été donnée... Notre fuite avait été bien verrouillée.

Combien de fois cette maudite fourgonnette ne tomba-t-elle pas en panne sur les pistes caillouteuses du sud du Kazakhstan, en particulier lors de la traversée des steppes de la Faim ! Par chance, nos deux accompagnateurs se révélèrent des mécaniciens hors pair, de ces bricoleurs de génie qui, avec le peu qui leur tombait sous la main : une boucle de ceinture, un morceau de porte ou un bout de fil électrique, réparaient n'importe quoi. A chaque fois, ils parvinrent à remettre en marche un moteur à bout de souffle dont il était assuré que, comme moi, il ne reverrait jamais Moscou. A cause de son étoile rouge, peinte sur la portière, qui aurait risqué de nous faire prendre pour cible par les rebelles qui guerroyaient contre les Russes à partir des montagnes, nous avions projeté d'abandonner notre véhicule avant le terme du voyage. Nous n'eûmes pas à attendre jusque-là. Il rendit l'âme en bordure d'un champ de coton, où les habitants des fermes voisines s'empressèrent de venir le désosser afin de récupérer ce qui pouvait l'être et n'en plus laisser aucune trace. La carcasse elle-même servit d'abri à des poules qui piquetaient le sable entre les cailloux. A partir d'ici commençaient les déserts d'Asie centrale, seulement accessibles aux caravanes. L'une d'elles, qui bivouaquait comme en nous attendant, prit le relais. C'est la dernière fois que je vis Catherine Thureau. Même si, depuis Moscou, elle avait feint de faire comme si je n'avais plus la moindre existence à ses yeux, elle avait entre-temps peu à peu repris ses esprits. Elle posait des questions sur les choses qu'elle voyait et qui provoquaient son étonnement. De tout le voyage, jamais elle ne se plaignit, ou n'eut une exigence déplacée.

Moi, arrivé là, et ne sachant plus que faire, je suis demeuré sur la frontière. Malgré les dangers et la suspicion où l'on me tenait, j'ai fini par vivre en marge des tribus kirghizes, que j'aidais dans les traductions et les formalités auxquelles elles étaient obligées avec la direction locale du Parti. La mort de Staline a été pour moi une délivrance et la nouvelle politique mise en place par Leonid Khrouchtchev a ranimé en mon cœur l'espoir de revenir à Moscou. Je sais que je ne retrouverai plus aucun membre de ma famille. Tous ont été arrêtés à cause de moi ; non seulement mes proches, mais aussi mes voisins et amis. Dans mon malheur, j'aurai eu de la chance, même si le fait d'avoir survécu se révèle aujourd'hui lourd à porter. Car il est sûr que, comme presque tous les autres agents en fonction à la Loubianka pendant ces années-là, j'aurais à mon tour fini par être déporté à Arkhangelsk ou ailleurs...

Aujourd'hui que je suis vieux et sans espoir, je m'en remets à vous de m'accorder la permission de rentrer enfin chez moi.

Épilogue

Aujourd'hui, après être passé par Dieppe pour me rendre chez le notaire, voilà que je suis de retour au Tréport, dans la vaste demeure de ma grand-mère, qui vient juste d'être vendue. S'il n'avait tenu qu'à moi, jamais je ne m'en serais séparé, mais comment faire autrement ? Je ne suis plus en France que de passage. L'ouvrir pendant l'été suffit tout juste à l'aérer et ne parvient déjà plus à supprimer les odeurs d'humidité qui s'accumulent pendant l'hiver. La conserver davantage aurait risqué d'en compromettre la salubrité.

Les déménageurs ont fini d'emporter ce que les nouveaux propriétaires n'ont pas souhaité garder. Ils ont roulé et suspendu leurs sangles, plié en huit leurs vieilles couvertures kaki, bouclé les portes de leur camion et, après m'avoir fait signer une décharge, sont repartis. Tout vider, trier, et prendre la décision de jeter ce qui ne vous appartient pas est une épreuve. Si on s'écoutait, on n'en ferait rien : pourquoi se séparer de ceci plutôt que de cela ? Et au nom de quoi ? Pour finir, de grands sacs-poubelles en plastique noir sont empilés sur le bord du chemin. La municipalité passera les chercher demain.

Au dernier étage, celui que préférait ma grand-mère et où, malgré les escaliers, elle avait installé sa chambre, ne subsiste, outre le lit de bois sombre et la grande armoire normande, que le sofa à larges rayures jaunes et bleues, sur lequel je m'étais assoupi trois ans auparavant. Cette pièce, qui occupe l'espace laissé libre par le palier et fait office d'antichambre, est éclairée par une porte-fenêtre, qui s'ouvre sur un étroit balcon. De là, on surplombe l'arête de la falaise, et son échancrure sur la droite, où s'aperçoivent les toits du village et l'extrémité de la digue. Que le rebord du précipice soit si proche de la maison aujourd'hui m'étonne. Dans mes souvenirs d'enfant, un immense terrain vague, envahi par les ronces et les herbes, les séparait. Je ne pense pas que la paroi se soit érodée à ce point. Le notaire, au cours de la lecture de l'acte de vente, n'aurait pas manqué d'en faire état. Serait-ce parce qu'on a débroussaillé les abords du sentier douanier ? Il est aussi possible que ce soit la vue, qu'on a du dernier étage, qui accroisse l'impression de surplomb...

Il ne pleut pas, bien que le ciel soit gris. La mer est immobile, en attente d'on ne sait quoi. On dirait que l'horizon retient son souffle. La maison résonne de façon étrange. En la dépouillant de ses meubles, rideaux et tapis, c'est comme si on l'avait en quelque sorte saignée à blanc. Du coup, je n'y retrouve plus ni l'écho de mes pas dans le couloir, ni tous ces bruits à l'étouffée qui me la rendaient si familière et me faisaient m'y sentir chez moi. L'escalier aussi ne craque plus aux mêmes endroits. Les sons s'y répercutent à contretemps, de façon impersonnelle, et presque hostile. Mes souvenirs d'enfance ont perdu leurs repères, sont devenus obsolètes. Nul doute que, en représailles de mon abandon, cet espace vacant m'a déjà signifié mon congé.

J'avais emporté avec moi le dossier de mon

grand-père pour le cas où, en vidant les tiroirs, j'aurais eu à vérifier certains indices, à effectuer des recoupements ou à y insérer de nouveaux documents. Dans ces tiroirs pleins de vieux papiers, pourquoi n'aurais-je pas, par exemple, mis la main sur un passeport périmé, qui aurait attesté, tampons à l'appui, que Catherine Thureau avait quitté le territoire de l'U.R.S.S. par l'Iran ou l'Afghanistan? Hélas, mes recherches sont restées vaines. Avant sa mort, elle avait pris ses précautions, brûlé ses lettres... Aucune trace non plus d'un quelconque journal de voyage ou de notes relatives à cette époque. La pudeur de ma grand-mère sur un certain nombre de sujets demeurera toujours pour moi un mystère.

En attendant l'heure de repartir vers la gare pour attraper le train de l'après-midi, je m'installe sur le canapé resté près de la fenêtre et me chauffe aux rayons du soleil qui ont peu à peu réussi à percer les nuages. Savourant le moment d'accalmie qui m'est accordé après ces deux jours passés à monter et descendre les escaliers, je sors de ma sacoche la chemise en carton toilé où j'ai entassé la correspondance relative à l'enquête que j'ai menée. Après avoir dégagé la mince boucle en métal de la bande en tissu rayé, je l'ouvre sur mes genoux. Une par une, je sors de leur enveloppe les lettres de témoignage que j'ai reçues. Du plat de la main, j'achève de lisser le papier pour tenter d'en effacer les plis, puis vérifie que chacune d'elles a bien trouvé sa place entre les documents d'archives récupérés lors de mon incursion à la Loubianka. Je m'assure une dernière fois que leur succession correspond à l'ordre chronologique de l'histoire et n'en perturbe pas la compréhension. L'ensemble forme un récit à peu près cohérent, même s'il subsiste nombre de contradictions qui, pour la plupart, ne concernent pas le déroulement de l'affaire mais plutôt l'interprétation qu'on lui donne selon qu'on considère que mon grand-père a été ou non un agent de Moscou.

Ces documents se suffisant à eux seuls, les enveloppes auxquelles je les avais agrafés désormais m'encombrent et ne me sont plus d'aucune utilité. Du bout des ongles, j'entreprends de les en libérer, en prenant soin de ne pas trop déchirer le papier. Cependant, au moment de les ranger à part, je suis frappé de l'existence de minuscules similitudes, qui me retiennent d'abord de les jeter à la poubelle et qui me poussent ensuite à les placer côte à côte pour mieux les comparer. Et là, aussitôt une évidence s'impose : pourtant postées d'endroits aussi différents que Cambridge, Tchéliabinsk, Sverdlovsk, Moscou ou Paris, l'encre en est, pour chaque adresse, exactement de la même couleur. Non pas d'un beau bleu ou d'un noir intense comme on en trouve en France ou en Angleterre, mais d'un marron sale, aux reflets couleur de rouille, caractéristiques d'une encre de mauvaise qualité et à oxydation rapide. Et l'écriture, à bien y regarder, même quand elle diffère d'une enveloppe à l'autre, penchée pour la première, droite pour la deuxième, malhabile pour d'autres, apparaît avoir été tracée avec une plume identique, et par une même main, qui se serait efforcée de modifier sa graphie selon les cas. Et cela saute aux yeux, si l'on s'arrête à certains détails, à première vue imperceptibles. Sauf à prendre son temps pour les examiner un à un, le doute n'est plus permis : accents, majuscules, signes de ponctuation ont tous quelque trait en commun.

Le corps engourdi par la chaleur du soleil qui a envahi la pièce, je ferme les yeux pour mieux me rappeler ma visite à la Loubianka, et en particulier le bureau où officiait Fédor Ivanovitch Paskine. Certes, il m'est souvent arrivé de repenser à l'existence que menait celui-ci en son réduit et de m'interroger sur la teneur de ses activités. Ce type-là ne manquait d'ailleurs pas d'allure. Avec son nez en lame de couteau et son éternelle mèche de cheveux qui, à la slave, lui retombait sur l'œil, il arborait cet air inquiet et fiévreux, si caractéristique des personnages qui peuplent les romans de Dostoïevski. Oui, mais à quoi au juste est-ce qu'il employait son temps ? Et qu'est-ce qu'il trafiquait sur sa machine à écrire hors d'âge, avec ses formulaires datant d'avant la guerre ? Piotr n'avait pas été très explicite à ce sujet...

En vain j'essaie de me remémorer les termes que celui-ci avait utilisés pour m'en vanter les talents. Auteur en vue, et à l'avenir plein de promesses, il avait, à la fin de l'ère Khrouchtchev, connu la gloire, les forts tirages et les privilèges qui s'y rattachent. Jusqu'à ce que la glaciation de la période Brejnev le rattrape... On avait alors passé ses livres au crible. On y avait décelé des traces profondes d'antisoviétisme et on avait commencé à exiger qu'il rende des comptes. Suspecté de déviationnisme, menacé d'être expédié en hôpital psychiatrique ou dans un camp de rééducation s'il ne s'amendait, lui avait-on laissé le choix ? Pour continuer à exercer son activité, il avait ainsi été contraint de donner des gages en se mettant à la disposition des services de sécurité, et donc en employant son art à la production de contrefaçons guère recommandables, et peut-être même iniques. Y aurait-il eu matière à conclure que Fédor Ivanovitch avait des choses à se reprocher ? Avait-il aidé à la conception de ces campagnes de désinformation dont furent victimes les pacifistes occidentaux par rapport aux missiles de l'O.T.A.N. ? Avait-il contribué à la propagation de fausses rumeurs touchant certains ministres français du début du premier septennat de Mitterrand ? Ou participé à la fabrication de pseudo-reportages concernant la vie privée des dissidents, leurs travers sexuels, leurs comptes bancaires en Suisse ?

A l'arrivée au pouvoir de Gorbatchev, cet homme, qui n'avait vécu que dans la fiction et survécu que par le leurre, n'a plus eu le courage de quitter son emploi — et pour faire quoi ? Et moi, comment aurais-je réagi à sa place ? Toujours prompt à faire la leçon, est-ce que j'aurais été moins lâche ? Cette fatigue, qu'on ressent à certains moments de l'existence, vous conduit-elle à accepter avec plus de facilité les compromissions ou, au contraire, et puisqu'on est censé n'avoir plus rien à perdre, à les rejeter avec dédain ? Lui sera resté confiné dans son bureau, où on l'avait occupé à d'autres tâches, moins compromettantes peut-être, mais tout aussi fallacieuses.

Du fait des menaces que j'avais reçues, je suppose à présent que ma première petite annonce avait bien attiré l'attention de la mafia. Y décelant la promesse d'un commerce lucratif, celle-ci avait alors réfléchi aux moyens à mettre en œuvre pour gruger ceux qui, comme moi, n'allaient pas manquer de se mettre en quête du dossier d'un disparu. Ma deuxième annonce, assortie d'une récompense, lui avait enfin fourni l'idée qui lui manquait. Il ne lui restait plus qu'à tirer parti des liens qu'elle avait tissés avec certains agents corrompus du K.G.B.

C'est surtout le cynisme triomphant qu'avait manifesté Piotr en me présentant Fédor Ivanovitch Paskine que je n'avais à ce jour jamais compris. Avait-il cherché à se gausser de lui, à l'humilier devant moi ? Impossible, l'autre ne l'aurait pas supporté... Ou n'avait-il pas plutôt poussé la provocation jusqu'à me faire rencontrer l'auteur de l'artifice dont on avait justement usé à mon endroit ? D'où je déduis que, à partir de vagues mais réels indices qu'on lui aura transmis sur mon grand-père, Fédor

Ivanovitch avait été sommé de me concocter un dossier sur mesure, suffisamment consistant pour le cas où il y aurait eu possibilité de faire monter les enchères, et assez complexe pour justifier une mise en scène telle que celle qui m'avait été servie. Avec ce mélange de ruse et de grossièreté qui caractérise les entreprises de désinformation où étaient passés maîtres les services de renseignement soviétiques depuis les années de guerre froide, m'abuser leur aura été un jeu d'enfant.

Aurai-je alors perdu mon temps et dilapidé les économies de ma grand-mère en prenant pour authentique ce qui ne serait pour finir qu'une improbable fiction ? Et ces femmes que j'ai croisées : Ludmila Beretchova d'abord, puis la concierge de la rue Kroupskaïa, si admirables dans leur rôle, n'auront-elles été recrutées par Piotr et mises sur mon chemin que pour donner une ultime touche de réalisme aux inventions concoctées par Fédor Ivanovitch ? Or, à supposer qu'une telle hypothèse pût jamais être vérifiée, je serais bien en peine d'en faire reproche à ce dernier : à quelques détails près, le spectacle aura été parfait.

A l'instant je prends la mesure du bref et imperceptible sentiment de sympathie que je n'avais pu me retenir d'éprouver à l'endroit de Fédor Ivanovitch quand celui-ci s'était levé de derrière son bureau pour venir me serrer la main. Alors que son existence a l'inconvénient d'apparaître fort médiocre, loin de ressentir de la gêne c'est au contraire une certaine gratitude que je lui voue. Faute des documents que Piotr n'avait pas réussi à mettre à sa disposition, Fédor Ivanovitch en aura été réduit à forger ceux-ci de toutes pièces ! Il en ressort à mes yeux auréolé du prestige d'avoir redonné vie à Xavier Thureau, même si cela est dû, et pour une large part, aux seules ressources de son imagination. Le paradoxe ne serait-il pas que seul celui qui avait depuis si longtemps perdu conscience des réalités, de cette réalité-là avait été capable, et bien mieux que quiconque, de retrouver le sens ?

Table

Alain Nadaud
dans Le Livre de Poche :

Auguste fulminant n° 14676

L'incendie d'un musée antique proche de Carthage, suivi de morts suspectes — une archéologue, un attaché culturel d'ambassade : ces deux énigmes d'aujourd'hui nous renvoient à un dossier vieux de deux mille ans, la mort de Virgile. Celui-ci débarqua-t-il à Carthage, comme il en avait l'intention, afin de visiter les sites où se déroule son récit ? Voulut-il détruire ou réécrire l'*Enéide*, composée à la gloire d'Auguste, dont la tyrannie de plus en plus impitoyable l'indignait ? Mourut-il sur ordre de l'empereur ? Alternant l'investigation historique et l'enquête contemporaine, Alain Nadaud nous propose une méditation sur les rapports forcément ambigus de l'art et du pouvoir, de la transfiguration artistique et de la falsification politique.

Du même auteur :

Romans :

ARCHÉOLOGIE DU ZÉRO, Denoël, coll. « L'Infini », 1984 ; Gallimard, « Folio », 1989.

L'ENVERS DU TEMPS, Denoël, coll. « L'Infini », 1985.

DÉSERT PHYSIQUE, Denoël, 1987.

L'ICONOCLASTE, Quai Voltaire, 1989 (Prix de l'Union des éditeurs de langue française).

LA MÉMOIRE D'ÉROSTRATE, Éditions du Seuil, 1992.

LE LIVRE DES MALÉDICTIONS, Grasset, 1995 (Grand Prix du roman de la Société des Gens de Lettres).

AUGUSTE FULMINANT, Grasset, 1997 (Prix Méditerranée) ; Le Livre de Poche, 1999.

UNE AVENTURE SENTIMENTALE, Éditions Verticales, 1999.

Nouvelles et récits :

LA TACHE AVEUGLE, E.F.R., 1980 ; Messidor, 1990.

L'ARMOIRE DE BIBLIOTHÈQUE, Grande Nature, 1985.

VOYAGE AU PAYS DES BORDS DU GOUFFRE, Denoël, coll. « L'Infini », 1986.

AUSCHWITZ EN HIVER, *in* LE VOYAGE À L'EST (collectif), Balland, 1990.

L'ICONOLÂTRE, Tarabuste éd., 1995.

PETIT CATALOGUE DES NATIONS BARBARES (collectif), L'Or du temps, 1999.

Essais :

IVRE DE LIVRES, Balland, 1989.

MALAISE DANS LA LITTÉRATURE, Champ Vallon, 1993.

Théâtre :

LA REPRÉSENTATION, Duchermez, 1991.

Traduction :

LE TERRORISTE ET AUTRES RÉCITS de Vilas Sarang, Denoël, 1988.

Composition réalisée par EURONUMÉRIQUE

IMPRIMÉ EN ALLEMAGNE PAR ELSNERDRUCK
Dépôt légal Édit. : 22415-05/2002
LIBRAIRIE GÉNÉRALE FRANÇAISE - 43, quai de Grenelle - 75015 Paris.
ISBN : 2-253-15294-9

31/5294/9